Knight Reload

마검전생

FANTASY FRONTIER SPIRIT
김재한 판타지 장편 소설

마검전생 1

김재한 퓨전 판타지 소설

초판 1쇄 찍은 날 § 2010년 8월 16일
초판 1쇄 펴낸 날 § 2010년 8월 23일

지은이 § 김재한
펴낸이 § 서경석

편집팀장 § 서지현
편집책임 § 박우진
편집 § 주소영

펴낸곳 § 도서출판 청어람
등록번호 § 제1081-1-89호
등록일자 § 1999. 5. 31
어람번호 § 제1-1172호

주소 § 경기도 부천시 원미구 심곡2동 163-2 서경B/D 3F (우) 420-822
전화 § 032-656-4452 팩스 § 032-656-4453
http://www.chungeoram.com
E-mail § chungeoram@chungeoram.com

ISBN 978-89-251-2258-8 04810
ISBN 978-89-251-2257-1 (세트)

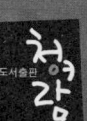

1

천공의 기사

김재한 판타지 장편 소설 FANTASY FRONTIER SPIRIT

Knight Reload

마검전생

Contents

엘프는 멀리 닿고

드워프는 대지와 소통하며

오크는 강건하고

인간은 변화무쌍하다.

『각 종족의 초인에 대하여』 중에서—

Prologue First

　하늘도 땅도 없는, 그저 무한히 펼쳐져 있는 푸른 어둠의
공간. 그곳에 무수한 검의 파편이 모여 떠다니고 있었다. 어
떤 것은 아이가 들던 장난감 검이었고, 어떤 것은 소년이 들
었던 연습용 검이었으며, 어떤 것은 명장에 의해 벼려진 명검
이었고, 또 어떤 것은 무수한 피를 머금었던 마검이었다. 셀
수도 없을 정도로 많은, 세상이 존재하고 나서 만들어지고,
쓰여지고, 마침내 부러져 버렸던 검 모두가 이 공간에 모여
있었다.

　그 안에 두 사람이 있었다. 금발에 푸른 눈을 가진 청년과
회색빛 머리칼 아래로 붉은 눈동차를 빛내는 소년이 마주한

채 서로를 바라본다. 소년은 부서진 검의 파편이 쌓여 이룬 산 위에 앉은 채 청년을 내려다보며 물었다.

"라곤 클란드."

그것이 바로 청년의 이름이었다.

한때 검을 쥐고 바라볼 수 있는 지고한 영광을 거머쥐었으나, 한 남자와의 만남으로 인해 자신이 쌓아올렸던 모든 것을 잃었던 남자.

그 순간 그의 인생은 한 번 끝났다. 모두가 그가 다시는 일어설 수 없으리라 생각했다. 그러나 그는 기적처럼 다시 태어나 이곳까지 기어 올라왔다.

분명 그에게는 자격이 있다. 셀 수도 없을 정도로 많은 검이 태어나고 죽어가는 것을 보아온 소년이 기억하고 되새겨볼 가치가 있었다.

"당신은 이곳에 올 자격이 충분해. 계약을 주관하는 내가 인정하지."

그렇기에 소년은 물었다.

"하지만 분명 계약의 순간은 인간이 태어나는 순간과 같아. 누구도 그 순간을 기억하지 못하기에 이곳에 대해서도 알지 못하지. 그렇게 신은 죽고 신앙만이 남아 언제까지고 되풀이되고 있어. 당신은 그 순간을 잊었고, 그리고 돌아올 방법조차 영원히 잃어버렸으면서도 여기에 다시 왔어. 어떻게 그럴 수 있었지?"

궁금해서 견딜 수가 없다. 죽어서 묻힌 모든 검의 역사를 아는 그에게 있어 라곤 클란드의 인생은 언젠가 알게 될 수많은 사실 중의 하나에 불과하다. 하지만 그가 존재해 온 시간에 비하면 찰나에 불과한 시간조차 기다리기 싫을 정도로 그가 이 자리에 서 있는 것은 비정상적인 일이었다.

라곤 클란드는 쓴웃음을 지었다.

"그건 말하자면 길어질 것 같은데."

"시간은 많아. 당신의 인생을 들려줘. 이제까지, 그리고 앞으로도 영원히 죽은 검들과 더불어 살아야 하는 내게는 검을 쥔 자들의 인생만이 유일한 낙이니까."

눈을 빛내는 소년의 부탁에 라곤은 어쩔 수 없다는 듯 이야기를 시작했다.

그것은 오로지 전장에서만 살아 있다는 것을 실감할 수 있었던 남자의 이야기.

목숨을 걸고 쌓아올렸던 모든 것을 잃고, 단 하나의 목적을 위해 새로운 자신을 만들어 나갔던 남자의 이야기이다.

Prologue Second

　북부의 바람은 매섭다. 그중에서도 대륙 최대의 국가인 바이더스 제국의 가장 악명 높은 범죄자 수용소 카이악이 있는 린든 지방의 바람은 살을 찢을 정도로 차갑고 날카롭다.

　사방이 절벽과 험준한 산맥으로 둘러싸여 천혜의 요새라고 불리는 카이악을 산봉우리 위에서 내려다보는 남자가 있었다. 마법사의 로브를 걸치고 금발을 휘날리는 남자였다. 인간의 힘으로는 도저히 올라갈 수 없을 것 같은 곳이지만 남자는 전혀 지치거나 더러워진 기색이 없었다.

　얼어붙을 듯한 바람 속에 서 있던 남자는 문득 품에서 회중시계를 꺼내서 열어보았다.

"시간이 됐군."

그의 시선이 까마득한 아래쪽에 위치한 카이악의 성벽 안쪽으로 향했다. 병사나 죄수들을 사열시키기 위한 널따란 공터에는 흉흉한 분위기를 띤 병사들과 마법사들이 모여 있었는데, 그들 한가운데서 기이한 변화가 일어나고 있었다.

바닥에 원형의 홈이 생기면서 땅이 좌우로 열린다. 그러자 그 밑으로 벽이 강철로 마감된 구덩이가 나타났다.

모여 있던 자들이 기중기를 이용해서 아래쪽으로 쇠사슬을 늘어뜨렸다. 잠시 후 아래쪽에 있던 뭔가에 갈고리가 걸리고 준비가 다 됐다는 목소리가 울려 퍼졌다. 그러자 마법에 의해 기중기가 작동하면서 아래쪽에 있던 것을 끌어올리기 시작했다.

키기기기긱.

잠시 기다리자 거대한 검은 금속의 십자가 구조물이 모습을 드러냈다. 그 앞에는 놀랍게도 사람이 매달려서 빈틈없이 구속되어 있었다.

멀리서 그 모습을 확인한 금발의 남자가 휘파람을 불었다.

"이거이거, 저런 식으로 살려두다니 진짜 끔찍하군. 아직까지 망가지지 않았나 모르겠어."

마법이 걸린 가죽 구속구로 얼굴을 포함해서 온몸을 묶고 그 위로 얇은 쇠사슬을 겹겹이 둘러쳐서 손가락 하나 제대로 움직일 수 없게 만들었다. 아무것도 보지 못하고, 오로지 입과 코로 호흡하는 것 밖에 할 수 없는 상태로 지하에 갇혀 있었다면 언제 미쳐 버렸어도 이상하지 않았다.

하지만 잠시 구속된 자를 관찰하던 금발의 남자는 미소를 지었다.

"훌륭하군. 저런 상황인데도 아직 힘이 건재하다니."

그렇게 중얼거린 그는 산봉우리 위를 박찼다.

그의 몸이 새처럼 하늘을 날아서 카이악의 성벽 위쪽으로 뛰어올랐다.

그는 상공에서 아래쪽을 굽어보면서 손가락을 튕겼다. 그러자 가느다란 섬광이 날아가서 십자가 구조물을 스치고 지나갔다.

"음?"

십자가 구속구 앞에서 상태를 체크하고 있던 마법사 하나가 의아한 표정을 지었다. 방금 전에 뭔가 미약한 마력 파동이 느껴진 것 같은데…….

하지만 주변을 둘러봐도 이상이라곤 찾아볼 수 없었다. 그는 잘못 느꼈으려니 하고 다시 구속구의 상태를 체크하기 시작했다.

그런데 그때 구속구에 묶여 있던 자의 손가락이 살짝 꿈틀거렸다. 입이 벌어지면서 갑자기 숨을 크게 쉰다.

"하아, 후우우……."

"음? 이놈 왜 이래?"

방금 전까지의 조용함과는 다른 행동에 그 앞에 있던 기사가 눈살을 찌푸렸다. 그런데 그 순간 그들의 시야에 무수한 실 같은 선이 떠오르기 시작했다.

"이, 이건 뭐지?"

그 실 같은 선은 구속당한 남자의 전신에서 떠오른 것이었다. 날카로운 선이 남자를 구속했던 마법의 가죽과 쇠사슬 위로 달려가면서 불길한 소리를 냈다.

투두둑, 티디딕!

"서, 설마……."

그들은 경악했다. 칼로 내려쳐도 흠집도 안 나는 견고한 가죽과 쇠사슬이 연쇄적으로 끊어져 나가고 있는 게 아닌가?

당황한 그들 앞에서 구속구가 한순간에 끊어져서 해체되었다. 그리고 그 속에서 미라처럼 비쩍 마른 알몸의 남자가 풀려나서 앞으로 쓰러졌다.

남자가 너무 힘없이 쓰러져서 그 주변에 있던 자들은 한순간 안도했다. 차라리 죽는 것만 못한 구속 조치를 취해두지 않으면 안심하지 못할 정도로 그 남자는 위험한 인물이었기 때문이다.

하지만 남자의 다음 행동은 그들의 기대를 무참히 무너뜨렸다. 그의 눈동자가 붉게 빛나는가 싶더니 허공에 새카만 어둠의 선이 그어지는 게 아닌가?

파학!

참혹한 파육음과 함께 피가 확 튀었다. 순간 사람들은 무슨 일이 벌어졌는지 파악하지 못하고 눈만 동그랗게 뜨고 있었다. 그런 그들 앞에서 마법사의 목이 깨끗하게 잘려서 절단면을 타고 미끄러지듯이 흘러내려 아래쪽으로 떨어져 내렸다.

톡, 데구루루…….

매서운 바람 소리만이 울리는 그 땅에서, 애들의 장난감 공을 굴리는 것 같은 소리와 함께 사람의 머리가 나뒹군다. 그리고 목을 잃은 몸통이 흐느적거리면서 무너지고 피가 분수처럼 튀어 올랐다.

"으, 으아아아아악!"

비현실적으로까지 느껴지는 상황에 병사들이 비명을 질렀다. 그런 패닉의 현장에서 남자가 고개를 들었다.

"…속세의 빛은 여전히 더럽게 눈부시군."

남자의 목소리는 끔찍하게 쉬어서 듣는 것만으로도 소름이 끼칠 정도였다. 그 목소리를 들은 기사 하나가 정신을 차렸다.

"정신 차려! 이놈을 죽여라!"

그는 마법사를 죽인 것이 이 남자라는 것을 알아차렸다. 제국 역사상 최악의 살인마이면서, 너무나도 귀중한 재능의 보유자이기에 황제의 명령으로 '봉인 후 연구 조치'를 받은 그 남자는 15년 동안 캄캄한 어둠 속에 구속되어 있었으면서도 풀려나자마자 사람을 죽여 버린 것이다.

"늦었어."

남자가 흉측한 미소를 지었다. 동시에 허공에 새카만 궤적이 연달아 그려졌다.

파학! 푸화학!

그 궤적에 걸려든 자들이 모조리 동강나서 쓰러졌다. 분명 검을 들어 막은 자도 있었건만 아무런 소용도 없었다. 검은 궤적은 검도, 갑옷도 버터를 자르듯이 가볍게 잘라 버리고 주변에 있던 인원을 모조리 학살했다.

약 20초가 지난 후 그 자리에 서 있는 것은 남자밖에 남지 않았다. 나머지는 전부 처참하게 도륙된 시체가 되어 피바다 속에 잠겨 있었다.

남자는 힘겹게 몸을 일으켜서 손등에 튄 피를 핥았다. 그런 그의 앞쪽에 금발을 휘날리는 남자가 내려섰다.

"당신이 나를 구해주었나?"

"그렇다, 베이런 경."

금발남자가 자신의 이름을 부르자 카이악의 지하에 구속되어 있던 자, 베이런은 흠칫했다. 그는 경계심 어린 표정으로 금발의 남자를 관찰했다.

처음 느낀 감상은 그가 인간 같지 않은 요사스러운 아름다움을 가졌다는 것이다. 분명 남자임을 알 수 있는데도 한순간 홀려 버릴 정도로 아름다운 얼굴 위로 가을 하늘처럼 깊고 푸른 눈동자가 은은한 빛을 발하고 있었다.

"15년 만에 맛보는 속세의 공기는 어떠한가? 자네를 위해 굳이 준비운동거리까지 마련해 주었는데."

"아아, 이 결계는 당신이 친 건가? 당신 정말 대단한 마법사로군."

베이런이 주변을 흘끔거리며 말했다. 그들의 주변에는 보이지 않는 마법의 막이 쳐져 있었는데, 그것이 발휘하는 효과 때문에 바깥에서는 안쪽에 어떤 이상이 발생했는지 전혀 모르고 있었다.

아무것도 모르는 채 주변을 걸어가는 병사들을 신기한 듯이 바라보던 베이런은 남자에게 물었다.

"나를 구해준 것은 뭔가 원하는 게 있어서겠지?"

"그렇다네."

"뭔지 말해. 나는 빚지고 사는 건 별로 달갑지 않거든."

"15년의 어둠에서 벗어나 자유를 준 은혜는 꽤 크다고 생각하지 않나?"

"물론 그렇겠지. 그러니까 원하는 걸 말해라. 설령 당신이 이 빌어먹을 나라의 황제의 목을 베어오라고 해도 들어줄 테니까."

베이런의 말은 광오하기 짝이 없었지만, 그에 대해 조금이라도 알고 있는 자라면 그것이 충분히 현실성있다는 것을 인정할 것이다. 그는 단 한 명의 부하조차 거느리지 않으면서도 제국 전체가 두려워해야만 하는 이였으니까.

"내 이름은 아이오네스."

금발의 남자는 요사스러운 미소를 지으며 말했다.

"흑기사 베이런이여, 나에게 충성하는 첫 번째 기사가 되어주게. 대신 나는 자네에게 역사상 전례없는 전쟁과 살육과 타락의 무대를 선물하지."

그의 말에 베이런은 눈살을 찌푸렸다. 터무니없는 내용을 담은 그의 말이 가진 진의를 꿰뚫어 보고자 하는 것처럼.

하지만 베이런은 곧 아이오네스의 눈 속에서 익숙한 감정을 보았다. 그것은 바로 현실 속에서 지옥을 살아가는 자만이 가질 수 있는 광기였다.

그것을 발견한 순간, 베이런은 망설임을 버렸다. 그는 흉하게 일그러진 미소를 지으며 말했다.

"좋아, 당신에게 충성을 맹세하지."

전생(轉生) : 다른 것으로 다시 태어남.

CHAPTER 01
소드 마스터

1

리할드 왕국력 354년 5월.

밤의 어둠을 밝히며 빛무리가 춤을 춘다. 자연적인 빛은 아
닌 듯, 대지에 그려진 지름 20미터의 커다란 원형 마법진 위
로 그 테두리를 투영하듯 허공에 수십 개의 고리가 일정한 간
격으로 배열되어 있었다.

라곤 클란드는 자신의 주변을 둘러싼 빛의 고리들을 바라
보았다. 빛의 고리들은 자세히 보면 무수한 마법 문자들의 집
합으로 이루어져 있었다. 그것들이 천천히 공명하면서 그의
주변을 회전한다.

허공에 떠 있는 빛의 고리들은 그의 머리 위로 비스듬하게 휘어지는 통로를 형성하고 있었다. 그는 그것을 올려다보면서 때를 기다렸다.

우우우우웅…….

이윽고 그 고리들이 미미하게 떨리며 공명음을 내기 시작했다. 라곤은 심호흡을 한 번 하고는 위쪽을 올려다보았다.

그런 그의 귀에 어떤 남자의 목소리가 들려왔다.

—라곤 경, 준비되셨습니까?

마법진을 통제하고 있는 마법사가 근거리 통신 주문을 사용해서 말을 걸어온 것이다. 라곤은 작게 고개를 끄덕였다.

"문제없습니다. 곧바로 시작하죠."

—알겠습니다. '천공의 궤적'을 발동시키겠습니다. 오러 디펜더를 사전에 말씀드린 형태로 전개해 주십시오.

"알겠습니다."

라곤은 마법사의 지시에 따랐다. 정신을 집중하자 일반인은 결코 느낄 수 없는 감각과 함께 주변에 투명한 빛이 일어나기 시작했다.

쿠우우우웅!

굉음과 함께 일어난 그 빛이 주변을 뒤흔들며 흙먼지를 일으켰다. 이윽고 라곤을 감싸며 위쪽을 향한 송곳 같은 형태를 이루었다.

그 속에서 라곤의 몸이 천천히 허공으로 떠올랐다. 그러자 그의 발아래쪽으로도 빛이 만들어낸 형태가 드러난다. 그것은 양끝이 뾰족한 보석결정 같은 모양이었다.

— '천공의 궤적' 발사 작업에 들어갑니다.

마법사의 선언과 함께 주변의 고리들이 발하는 빛이 강해지기 시작했다. 통신으로 말을 걸어온 마법사뿐만 아니라 스무 명 이상의 마법사가 발하는 막대한 마력이 마법진에 흘러들어 오면서 공명을 일으켰다.

위험한 수준까지 부풀어 오른 마력은 어느 순간 마법진에 의해 통제되어 급격하게 수축되었다. 그리고 몇 초 후, 라곤이 갑자기 주변이 고요해졌다고 느낀 순간 강렬한 충격이 엄습해 왔다.

파아아아아아!

대기가 울부짖으며 라곤의 몸이 흔들렸다. 엄청난 힘이 아래쪽에서 그를 붙잡고 하늘을 향해 밀어 올렸다. 빛의 고리들이 격하게 뒤흔들리며 무수한 파편을 흩뿌렸다.

'으으으윽!'

라곤은 속으로 신음을 삼켰다. 소리를 내지 않은 것은 절대입을 벌리지 말라고 경고를 받았기 때문이다.

한순간 그의 몸이 엄청난 속도로 가속해서 하늘을 향해 뛰쳐나갔다. 고리 하나를 지날 때마다 가속이 더해진다. 말보다도 빠르게, 화살보다도 빠르게, 섬광보다도 빠르게!

인간의 몸으로는 결코 버틸 수 없을 급가속은 음속을 돌파

할 때까지 계속되었고, 목표치를 달성하는 순간 빛의 고리들이 만든 허공의 통로가 끝났다.

엄청난 속도로 '발사' 된 라곤의 몸이 목표 지점을 향해 날아가기 시작했다. 밤의 어둠을 가로지르는 그 모습은 마치 한 줄기 유성 같았다.

빠르게 멀어져 가는 라곤의 모습을 보면서 마법사가 중얼거렸다.

"매번 느끼는 거지만 저러고도 살아 있다니 역시 소드 마스터가 용하긴 용하다니까."

제6서클 마법 주문, 천공의 궤적.

그것은 오로지 초인의 경지에 도달한 소드 마스터만을 위한 초 장거리 이동 마법으로, 일반적인 비행 마법과는 달리 엄청난 힘으로 가속을 붙여서 대상을 머나먼 목적지까지 쏘아 날리는 방식이었다. 일반인이 이 마법으로 이동을 시도하면 가속 시의 중압으로 내장이 파열되고 만다.

그러나 리할드 왕국의 일곱 번째이자 최연소 소드 마스터인 라곤 클란드는 오러의 힘을 이용해 그러한 중압을 이겨내고 목표 지점을 향해 날아간 것이다.

"임무 완료. 그럼 철수한다."

임무를 마친 마법사들은 명상을 통해 마력을 회복한 다음 마법진을 치우고 철수했다. 그러는 동안에도 라곤은 엄청난 속도로 리할드 왕국 남부 지역을 향해 날아가고 있었다.

2

인간은 죄를 지은 자들이 죽지도 못하고 억겁의 세월 동안 고통받는 곳을 가리켜 지옥이라는 이름을 붙였다. 그곳은 아주 끔찍한 곳이지만 분명 인간이 사후에나 가게 되는 장소다.

그랬어야 했을 것이다.

흐어어어어어……

그러나 병사는 지옥의 한가운데 서 있었다. 그곳은 분명 현실 한복판이었지만 그는 악몽 속을 헤매고 있다고 느꼈다. 이것이 악몽이 아니라면 자욱하게 내리깔린 안개 속에서 흐느적거리는 저 망자의 실루엣은 도대체 뭐란 말인가?

안개를 뚫고 망자가 그의 앞에 고개를 들이밀었다. 눈구멍이 퀭하니 뚫려 있고 썩어가는 살이 짓물러 흘러내리는 그것은 분명 시체였다. 하지만 무덤에서 일어나서 생자인 그를 향해 아가리를 벌리고 있었다.

"큭!"

병사는 자신을 덮치는 망자의 이빨을 피했다. 동시에 손에 든 창으로 망자의 얼굴을 후려갈긴다. 썩은 살점이 부서져 튀는 것을 보면서 자세를 취하고 힘껏 창을 찔렀다.

창이 정확하게 목표물을 명중시켰다. 두터운 창날이 망자의 머리통을 후려치자 둔탁한 소리와 함께 그 머리가 터져 나갔다. 뼛조각이 흩어지며 썩은 뇌수가 사방으로 튀었다. 보기만 해도 먹은 것이 올라오는 광경이었다.

그러나 이 안개 속은 온통 그러한 광경으로 가득했다. 죽음의 신이 심술을 부리듯 무수한 시체들이 일어나 살아 있는 자를 덮친다.

"헉, 헉……."

병사는 숨을 몰아쉬며 주변을 살폈다. 사방에서 망자들의 흐느낌과 사람들의 비명이 울려 퍼졌다. 자욱한 안개 때문에 제대로 보이는 것은 아무것도 없는데 그 속에서 무수한 죽음이 발생하고 있다는 사실만은 알 수 있었다.

전율이 일었다. 어째서 흑마법이 손을 대는 것만으로도 용서받을 수 없는 죄악인지 확실하게 실감할 수 있었다. 섭리를 거스르고 이런 지옥을 지상에 만들어낼 수 있는 힘은 무슨 일이 있어도 없애버려야 한다.

콰아아앙!

그때 가까운 곳에서 폭음이 울려 퍼졌다. 병사가 깜짝 놀라서 그곳을 바라보자 푸른 섬광이 뿜어져 나오면서 안개가 갈가리 찢겨져 흩어졌다. 그 속에는 전신을 푸른빛으로 두른 한명의 기사가 있었다.

아르센드라는 이름을 가진 그는 이 언데드 토벌군이 보유한 최강의 전력이었다. 왕국에 일곱 명밖에 없는 소드 마스터 중에 하나였으니까.

소드 마스터.

그것은 생명의 힘, 오러를 근본으로 오러 블레이드와 오러 디펜더를 사용할 수 있는 존재를 말한다.

오러 블레이드란 소드 마스터가 스스로의 영혼을 정련해 만들어낸 세상에 단 하나뿐인 빛의 검이다. 그것은 그 형태가 자유자재로 변하며 강철조차도 종잇장처럼 찢어버릴 수 있다.

오러 디펜더란 소드 마스터의 몸속에서 근육과 내장 같은 연약한 체내기관들을 감싸 보호함으로써 괴력을 발휘할 수 있게 하고, 몸 밖에서는 자유자재로 그 형상을 바꾸며 모든 공격을 막아내는 기적의 갑옷이자 방패다.

이러한 힘을 자유자재로 다루는 아르센드는 분명 초인이라는 말이 어울리는 존재였다.

"흠!"

그가 오러 블레이드를 전개하자 상황이 급변했다. 이 안개 속에서도 그는 모든 것이 보이는 듯 정확하게 망자들이 있는 곳으로 돌격해서 검격을 날렸다. 그가 검을 휘두를 때마다 굵직한 섬광의 궤적이 그려지며 망자들이 산산이 부서져 나갔다. 그야말로 빛의 태풍이 몰아치는 것 같았다.

"모두 한곳으로 모여! 흩어지다가는 당한다!"

단번에 수십 마리의 적을 날려 버린 그가 외쳤다. 한 사람이 냈다고는 믿을 수 없을 정도로 큰 목소리였다. 안개 속에서 망자들에 대한 공포로 허우적거리던 이들이 정신을 차리고 아군을 찾아서 모이기 시작했다.

"하나하나는 별것 아니다! 마법사들, 사제들은 한곳으로 모여서 안개를 몰아내시오!"

아르센드는 그렇게 지시를 내리고는 자신의 감각에 잡히는 모든 적을 섬멸했다. 그의 움직임은 보이지도 않을 정도로 빨랐고, 3미터 길이로 타오르는 오러 블레이드는 한 번 휘두를 때마다 범위에 걸리는 모든 것을 쓰러뜨렸다. 움직임이 둔한 망자들은 그에게 접근조차 하지 못하고 모조리 박살 나고 있었다.

흐어어어어어…….

망자들의 울림이 커져 간다. 동시에 불길한 마력의 파동이 전장을 스쳐 지나갔다.

그 직후 적의 마법이 작렬했다. 안개 속에 섞여서 날아든 회색 기운의 덩어리가 아르센드를 덮쳤다. 잿빛 연기로 그려진 무수한 데드마스크의 집합체 같은 그것은 아르센드의 몸을 삼켜 버리며 끔찍한 소리를 토해냈다.

키에에에에에!

듣기만 해도 정신이 나가 버릴 것 같은 소리였다. 병사는 견디지 못하고 그 자리에 주저앉았다. 잠깐 동안 의식이 끊어졌다. 가까스로 정신을 차리고 숨을 몰아쉬자 심장이 마구 쿵쾅거렸다.

그 여파만으로도 자신이 이렇게 되었는데, 직격당한 아르센드는 어떻게 되었을까? 병사는 섬뜩함을 느끼며 그 자리를 바라보았다.

빛이 물결치고 있었다.

아르센드는 검을 앞으로 들어 올린 채 그 자리에 서 있었다. 그의 주변에 둥근 빛의 막 형태로 펼쳐진 오러 디펜더는 흩어지는 흑마법의 저주 속에서도 꿈쩍도 하지 않았다.

"가증스러운 것들!"

아르센드가 노호성을 토했다. 순간 그의 오러 블레이드가 두 갈래로 갈라지더니 채찍처럼 주변을 후려쳤다. 망자들이 한 번에 분쇄되고 그의 몸이 맹수처럼 앞으로 돌격한다.

하지만 그 돌격은 얼마 가지 않아서 가로막혔다. 안개를 흩어뜨리며 모습을 드러낸 거인의 형상 때문이었다.

그것은 마치 안개가 뭉쳐서 빚어낸 환영 같았다. 키가 4미터 이상이고 기괴하게 일그러진 팔은 땅에 닿을 정도로 길었다. 그리고 검은 가죽으로 눈을 봉인당한 얼굴에서 육식동물의 그것처럼 날카로운 이빨이 번뜩이고 있었다.

길고 육중한 팔이 대지를 긁어내며 날아들었다. 그 속도가 생각 이상으로 빨라서 아르센드도 피해내지 못하고 오러 블레이드를 휘둘러서 맞받아쳤다.

쾅!

폭음과 함께 아르센드의 몸이 뒤로 튕겨 나갔다. 10미터 이상 날아간 그가 땅에 착지하며 이를 악물었다.

"큭, 빌어먹을 구울."

그워어어어어!

흉흉하게 포효하는 그 괴물의 이름은 구울. 지금 이 전장을 가득 메운 좀비들과는 격이 다른 흑마법의 정수였다. 수십 구의 시체를 모아서 진흙 주무르듯이 만들어내는 추악한 존재다.

그것이 강적이라는 것만은 분명했다. 소드 마스터인 아르센드가 막강한 힘을 발휘할 수 있는 것은 절대적인 파괴력을 자랑하는 오러 블레이드와 절대적인 방어력을 가진 오러 디펜더 덕분이다. 그런데 구울의 육체는 그의 오러 블레이드를 맞고도 버텨낼 수 있었다.

무쇠조차 쉽게 베어내는 오러 블레이드이거늘, 방금 전에 맞부딪친 팔에는 피부를 뜯어낸 것 같은 흠집이 생겼을 뿐이다. 그 속에서 역겹게 썩어 들어가는 생체 기관들이 꿈틀거리고 있었다.

쿵쿵쿵쿵쿵!

구울이 달려들었다. 한순간에 거리가 좁혀들면서 그 거대한 팔이 아르센드를 후려갈겼다.

아르센드는 날랜 움직임으로 그것을 피하면서 구울의 옆구리를 후려갈겼다. 맹렬하게 타오르는 빛의 칼날이 옆구리의 표면을 뜯어낸다. 동시에 그의 옆을 감싼 오러 디펜더가 변화했다. 날개처럼 펼쳐지면서 구울의 등짝을 후려갈겨서 균형을 무너뜨렸다.

쿠당탕탕!

요란하게 쓰러지는 구울을 보면서 아르센드는 몸을 돌렸다. 그러자 이번에는 그와 거의 비슷한 크기의 적이 달려들었다. 비정상적으로 큰 손에, 날카로운 손톱이 달린 그것이 아르센드를 덮쳤다.

카강!

날카로운 소리와 함께 그것이 튕겨 나갔다. 동시에 아르센드의 오러 블레이드가 변화했다. 응축되어 얇게 변화한 오러 블레이드가 튕겨 나가는 적을 따라잡아서 그 몸통을 후려갈겼다.

촤악!

날카로운 소리와 함께 그것이 땅에 처박혀서 몇 번이나 튕겨지고 구른다. 인간이라면 즉사했을 충격이었지만 아르센드는 그것이 다시 일어날 것을 확신했다.

그 예상대로 그것은 흐느적거리면서 일어났다. 방금 전에 맞은 부위가 뜯겨 나갔지만 살아 있는 존재가 아니기에 움직임이 불가능할 정도의 타격을 입지 않으면 절대 전투를 멈추지 않는다.

아르센드가 입술을 깨물었다. 구부정한 자세로 서 있는 그것 역시 눈을 검은 가죽 구속구로 봉인당하고 있었다. 크기도 형상도 인간과 비슷하지만 그 역시 구울의 일종이다.

그런 것들이 속속 모습을 드러냈다. 아르센드는 혀를 찼다. 작은 구울이 열일곱, 그리고 큰 구울이 다섯이었다.

"젠장. 하루 만에 이만큼이나 더 완성시킨 건가?"

—우리는 오래전부터 준비되어 있었다, 어리석은 소드 마스터.

안개를 타고 아르센드를 조롱하는 목소리가 들려온다. 남자의 것인지 여자의 것인지 구분되지 않는 그 목소리는 이 안개 너머에서 모든 것을 조종하는 사악한 흑마법사의 것이었다.

—왕국이 자랑하는 무적의 인간병기도 그 정도가 한계인 것 같군. 위대한 마법의 힘 앞에서 무릎을 꿇어라.

"개소리는 작작 지껄이시지!"

아르센드가 이를 갈며 내뱉었다. 답답한 기분에 투구의 마스크 부분을 잡고 열자 땀에 젖은 갈색 머리칼과 20대 중, 후반 정도로 보이는 젊은 얼굴이 드러났다. 아르센드가 으르렁거리는 목소리로 말을 이었다.

"왕국에서 이 상황을 두고 보기만 할 거라고 생각하나? 네 놈들에게 미래는 없어."

—고작해야 소드 마스터가 한두 명 더 오는 정도겠지. 국경을 비울 수는 없을 테니 그 정도가 한계일 터. 그것도 아니면 좀 더 많은 마법사와 가증스러운 사제들이 오는 정도일 터.

그것만으로 우리가 만들어낸 불사의 군단을 막아낼 수 있겠느냐?

"오만이 하늘을 찌르는군."

─오만한 것은 너다. 너도 이 자리에서 죽어 우리를 위해 싸우는 존재가 되리라. 너를 괴물로 되살렸을 때 저들이 지을 표정이 궁금하구나.

"웃기지 마라!"

아르센드가 오러 블레이드를 뿌렸다. 다섯 줄기로 갈라진 오러 블레이드가 사방을 포위한 적들을 후려갈긴다. 적들은 재빨리 팔을 들어 그것을 막아냈지만 충격을 이겨내지 못하고 뒤로 날아가 버렸다.

이대로 포위당한 채 싸우는 것은 자살행위다. 그 사실을 인지하고 있는 아르센드는 일단 땅을 박차고 그들의 머리 위를 뛰어넘었다. 동시에 그로부터 세 갈래로 뻗어 나온 오러 블레이드가 거대한 구울의 몸을 후려갈겨 쓰러뜨렸다.

"한 번으로 쓰러뜨릴 수 없다면 쓰러질 때까지 치면 그만이다."

─네 힘이 그때까지 버텨줄까?

흑마법사들이 조소했다. 동시에 또다시 불길한 마력 파동이 엄습해 왔다. 아르센드가 흠칫하는 순간 아까 전의 그것과 똑같은 저주의 덩어리가 그에게 작렬했다.

그워어어어어어!

이번 것은 아까 것보다 훨씬 강력했다. 아르센드를 지키는 오러 디펜더가 위태위태하게 흔들렸다.

폭발하는 저주에서 비롯된 망자들의 통곡과 사악한 기운이 주변에 있는 자들을 덮쳤다. 평범한 병사들은 그것만으로도 숨통이 끊어져 쓰러지고, 이 대지를 가득 메운 흑마법의 기운에 오염되어 괴물로 변하기 시작했다.

"하아아아아!"

아르센드가 비명처럼 외치며 흑마법의 기운을 베어버렸다. 하지만 한순간 탈력감이 찾아오면서 그의 몸이 휘청거렸다.

―너도 인간일 뿐이다. 무력한 인간일 뿐…….

흑마법사들이 기분 나쁘게 웃었다.

그 말대로였다. 초인적인 힘을 가진 소드 마스터지만 살아 있는 인간인 이상 한계가 있었다. 애당초 처음 전투를 시작했던 어제 승부를 내지 못하고 물러났던 것도 간단히 쓰러뜨릴 수 없는 구울들의 존재 때문에, 그리고 장시간 싸우다 보니 아르센드의 체력이 한계에 달했기 때문이다.

"그렇게 웃는 것도 얼마 안 남았다."

아르센드는 숨을 고르며 쏘아붙였다. 그리고 하늘을 올려다보았다.

―뭔가 믿을 만한 것이 남아…….

그를 비웃던 흑마법사가 말끝을 흐렸다. 아마 그도 아르센드와 같은 것을 느꼈으리라. 이 안개 너머, 밤하늘을 가로지르며 유성처럼 날아오는 존재를.

─천공의 궤적. 소드 마스터로군.

밤하늘을 희미하게 밝히는 별들 사이로 빛을 발하는 무언가가 유성처럼 날아오고 있었다. 까마득한 상공을 가로지르고 있었지만 강렬한 빛을 발하고 있어서 뚜렷하게 보인다.

그것은 급속도로 가까워지고 있었다. 푸른 보석 결정처럼 사방으로 날카로운 빛을 흩뿌리다가, 고도가 1000미터 미만으로 떨어지는 순간 변형한다. 커팅된 보석 같은 면이 수축되는가 싶더니 원으로, 그리고 다음 순간에는 새의 날개처럼 양쪽으로 크게 펼쳐졌다. 날카롭게 갈라지던 기류가 그 면에 얹히면서 낙하 속도가 극적으로 줄어든다.

─하나가 더해진다고 뭐가 변하진 않는다.

"그건 이제부터 두고 봐야겠지."

아르셴드가 숨을 고르며 말했다.

3

라곤 클란드는 금발을 휘날리면서 지상으로 낙하해 오고 있었다. 전장을 눈으로 확인하고, 고도가 일정 지점에 도달하는 순간 자신을 감쌌던 푸른 방어의 빛, 오러 디펜더를 변형시켜서 공기 저항을 늘리고 속도를 감소시킨다.

그가 지상이 가까워지는 것을 보면서 투덜거렸다.

"우웩! 두 번 다시 하고 싶지 않은 짓이군."

소드 마스터가 된 지 얼마 안 되는 그는 천공의 궤적으로 장거리 이동을 시도해 본 것이 처음이다. 다른 소드 마스터들로부터 정말 끔직한 경험이 될 거라고 듣기는 했지만 이 정도일 줄은 몰랐다.

처음 가속 때는 진짜 내장이 짓눌려 터지는 줄 알았다. 오러 디펜더의 힘이 몸을 지키지 않았다면 실제로 그렇게 됐을 것이다.

가속이 끝나고 안정기에 들어간 후에는 생전 처음 올라가 본 구름 위의 풍경을 즐길 수 있었지만 그래도 여전히 가속 시의 충격이 남아서 속이 메스꺼웠다. 좀 더 천천히 가속시켜주면 좋을 텐데, 100킬로미터 이상의 거리를 한 번에 날려 보내는 것이라 최대한 가속을 붙인 후에 비행 마법을 유지시키지 않으면 안 된다고 한다.

우우우우웅…….

목적지가 가까워 오자 그에게 걸린 비행 궤도 조정용 마법들이 작동한다. 그 마법들은 지상에서 광범위하게 쏘아 올린 수십 개의 착륙 유도용 마법정보체들과 공명, 그의 비행 궤도를 조금씩 수정해주고 있었다. 애당초 천공의 궤적으로 먼 거리를 이동할 때는 필연적으로 큰 오차가 발생할 수밖에 없기 때문에, 목적지 쪽에서도 송신을 받고 미리 준비를 해둬야 하는 것이다.

그 후로도 수 킬로미터 이상을 더 날아간 끝에 지상에 가까워진 라곤은 전장을 가득 채운 짙은 안개의 존재를 확인했다. 믿을 수 없을 정도로 불쾌한 마력이 그곳에서 풍겨 나오고 있었다.

"저게 흑마법인가."

그가 중얼거리는 순간, 지상에서 이변이 일어났다. 안개 속에서 마법의 섬광이 뻗어 나와 그를 노리는 것이 아닌가?

마치 수십 명의 마법사가 모여서 일제히 그를 공격하는 것 같았다. 섬광이, 불꽃이, 뇌전이 어지럽게 하늘을 수놓으며 그를 덮쳤다.

"흥! 이런 게 통할 것 같냐?"

라곤은 코웃음을 치며 오러 디펜더를 변형시켰다. 날개처럼 펼쳐졌던 빛이 그의 앞에 집결되며 둥근 방패를 형성한다.

퍼버버버벙!

날아들던 섬광이, 뇌전이, 불꽃이 모조리 그 빛의 막에 막혀서 흩어져 버렸다. 소드 마스터의 오러 디펜더는 최강의 갑옷이자 방패다. 이따위 마법들은 수백 발이 날아든다고 하더라도 무섭지 않았다.

라곤은 마법의 집중 포화를 뚫고 지상에 도달했다. 50미터 높이에서 다시 한 번 오러 디펜더를 넓게 펼쳐서 감속, 몸을 빙글빙글 돌리면서 무수한 망자들 한가운데 내려섰다.

쿠우우우웅!

그가 내려서는 것과 동시에 빛의 파문이 사방으로 날려 나
갔다. 그 자리에 있던 좀비들이 피 박살이 나서 흩어지고 파
문에 휩쓸린 놈들 역시 버티지 못하고 사방으로 날아가 버렸
다.

라곤은 오러 디펜더를 다시 결집시키고 검을 뽑아 들었다.
동시에 푸른 섬광이 검을 감싸고 거대하게 타오르기 시작했
다.

"오러 블레이드 전개. 간다, 이 잡것들아!"

라곤이 호기롭게 외치며 달리기 시작했다. 동시에 검을 한
번 크게 휘두르자 그 앞에 몰려 있던 좀비들이 한순간에 찢겨
져 흩어진다. 좀비들이 흐느적거리며 덮쳐 왔지만 소용없다.
그들의 몸이 진흙이라도 되는 것처럼 빛의 검은 너무나도 쉽
게 그 모든 것을 찢어발겼다.

콰콰콰콰콰콰!

푸른 섬광의 태풍이 몰아친다. 사방팔방으로 쏟아지는 빛
의 격류가 안개와 함께 좀비들을 쓸어버렸다.

라곤은 사나운 미소를 지으며 땅을 박찼다. 그의 몸이 한
번에 20미터 이상을 뛰어서 땅을 찍는다.

쿠우우우웅!

원형으로 전개된 오러 디펜더가 아래쪽에 있던 좀비들을
찍어 눌러서 박살 내버린다. 그리고 다시 도약하자 또다시

20미터 거리가 좁혀진다.

"라곤 경!"

그 모습을 본 아르센드가 외쳤다. 처음 내려올 때부터 그의 오러 파동을 느끼고 있던 라곤은 곧바로 그가 있는 방향으로 돌진했다.

그 앞을 인간형 구울이 가로막았다. 괴성을 지르며 크고 날카로운 손톱을 휘둘러 그를 노린다. 평범한 인간은 반응조차 하기 어려운 속도였다.

카강!

하지만 라곤은 너무나도 자연스럽게 그것을 피해내면서 구울을 베어버렸다. 하지만 구울을 베며 지나치는 순간 손끝에 걸리는 감촉이 이상하다는 점 때문에 눈살을 찌푸렸다.

"음? 안 베어져?"

라곤은 어처구니없어하며 구울을 바라보았다. 오러 블레이드에 정통으로 맞은 구울은 몸의 표면이 뜯겨져 나갔을 뿐, 멀쩡하게 땅에 착지해서 그를 향해 몸을 돌리는 게 아닌가?

"라곤 경! 구울들은 오러 블레이드를 버텨낸다! 주의하게!"

"아하, 그래서 굳이 저까지 찾으셨군요."

라곤은 아르센드의 말을 듣고 고개를 끄덕였다. 왕국 최강의 인간병기인 소드 마스터, 그중 하나가 투입되었는데도 고작 흑마법사 하나 잡지 못하고 지원을 부른 이유가 뭔지 이제야 알 수 있었다. 감각을 넓혀보니 이런 것들이 22개체나 있었는데 그렇다면 아르센드가 고전할 만했다.

'하지만 그건 아르센드 경한테나 해당하는 이야기고.'

상황을 파악했으면서도 라곤은 움츠러들기는커녕 코웃음을 쳤다. 그런 그에게로 구울이 다시 달려들었다.

키에에에에엑!

"시끄럽군."

라곤은 시큰둥하게 중얼거리며 구울의 공격을 피했다. 물 흐르는 듯한 움직임으로 그 뒤를 잡고 검을 내려친다. 전혀 낭비가 없는 그 움직임은 얼핏 대충 휘둘러대는 것으로 보일 정도였다.

파학!

섬뜩한 소리가 울려 퍼졌다. 그 일격이 빚어낸 결과에 아르센드가 눈을 크게 떴다. 그리고 안개 너머에서 상황을 지켜보던 흑마법사 역시 경악했다.

―어, 어떻게 구울이 일격에……!

"아니, 그 말은 틀렸어."

동강난 몸으로 꿈틀거리는 구울을 오러 블레이드로 후려쳐서 박살 내면서 라곤이 말했다.

"이격이지. 첫 번째 공격으론 별로 재미 못 봤잖아."

그가 피식 웃었다. 동시에 기묘한 자세를 취했다. 검을 쥔 오른손을 뒤로 당기고, 왼손을 죽 뻗어서 그 앞으로 향하면서 자세를 낮추는 게 아닌가? 그의 몸을 감싼 오러 디펜더가 공명하면서 주변의 공기가 소용돌이치기 시작했다.

후우우우우우!

"자아, 소드 마스터가 된 후로 공식적인 무대에서는 처음으로 선보이는 기술이야. 이름하여 스파이럴 차징. 그 위력을 감상해 보라고."

라곤이 사나운 미소를 지으며 말했다. 동시에 그의 검으로부터 뻗어 나온 오러 블레이드가 5미터 길이로 불타올랐다. 최대 출력으로 발현된 그의 오러 블레이드는 물론 거기에 연결된 오러 디펜더까지 한꺼번에 맹렬한 기세로 회전하며 눈이 멀어버릴 듯한 섬광을 토해낸다.

"하아아아아!"

사자의 울부짖음 같은 기합성과 함께 라곤이 땅을 박찼다. 그가 박찬 지면이 터져 나가면서 그의 몸이 화살보다도 빠르게 구울이 모여 있는 곳으로 돌격했다. 거대한 빛의 선이 그어지면서 구울의 모습이 빛에 삼켜져 버렸다.

콰콰콰콰콰콰!

폭음과 함께 빛의 폭풍이 휘몰아쳤다. 반사적으로 오러 디펜더를 전개한 아르센드조차도 그 격류에 휩쓸려 수십 미터나 뒤로 밀려나야만 했다.

그리고 빛이 사그라지면서 장대하게 일어 올랐던 흙먼지가 서서히 가라앉았다. 눈을 가렸던 팔을 치운 아르센드는 그 너머에 굳건하게 서 있는 라곤의 그림자를 볼 수 있었다.

"세상에……."

그가 믿어지지 않는다는 듯 입을 떡 벌렸다. 라곤의 공격에 맞은 구울들이 박살 나버렸다. 라곤은 구울들이 한곳에 밀집되어 있는 것을 보고는 최대 출력으로 전개한 오러 블레이드로 돌격, 공격이 도달하는 지점에 있던 모든 구울을 일격으로 분쇄한 것이다.

22개체나 되었던 구울 중에 9개체가 이번 일격으로 소멸했다. 그전에 라곤이 베어버린 것까지 해서 10개체가 분쇄되고 이제 남은 것은 12개체.

라곤은 안개 너머를 바라보며 웃었다.

"설마 이따위 것들만 믿고 있었던 건 아니겠지?"

―그럴 리가, 그럴 리가 없어! 아무리 소드 마스터라도 구울이……!

"한 가지는 분명하군. 네 녀석들이 소드 마스터에 대해서 제대로 아는 게 아무것도 없다는 것."

라곤은 그들을 비웃으며 오러 블레이드를 전개했다. 몸을 돌리며 검을 휘두름과 동시에 오러 블레이드가 세 갈래로 갈라져서 구울들을 후려갈긴다. 구울들은 반사적으로 팔을 들어서 막았지만 전혀 의미 없는 짓이었다. 라곤의 오러 블레이드는 그들의 팔을 버터처럼 갈라 버리고 그 머리를 꿰뚫었기 때문이다.

"죽어."

라곤이 짧게 내뱉는 것과 동시에 그들을 꿰뚫은 오러 블레이드가 폭발했다. 체내에서 강렬한 오러의 폭발이 일어나자 그들도 견디지 못하고 산산조각 나서 흩어졌다.

그 모습을 보던 라곤은 아르센드를 보며 말했다.

"아르센드 경."

"어… 대, 대단하군."

멍청하니 그 광경을 바라보고 있던 아르센드가 화들짝 놀라며 대답했다. 라곤과 같은 소드 마스터인 그는 지금 눈앞에서 벌어진 일을 믿을 수가 없었다. 분명히 똑같이 오러의 힘을 사용하는 초인이거늘 이렇게까지 엄청난 차이가 있을 수 있단 말인가?

그런 그를 보며 라곤은 속으로 차가운 웃음을 지었다. 그가 무슨 생각을 하고 있는지 빤히 보인다.

'같은 소드 마스터라…….'

절대 같지 않다. 부유한 귀족 가문에서 태어나 소드 마스터가 되기 위한 어리석은 훈련만을 계속해서 소드 마스터로 완성된 아르센드와 평민 출신으로 무수한 전장을 떠돌았던 라곤이 같을 리가 없었다.

"이놈들, 몸 안쪽까지 강하진 않습니다. 일단 찔러 넣기만 하면 그 후에는 충분히 분쇄할 수 있을 겁니다."

아무리 무능한 당신이라도 말이죠. 라곤은 그런 속내를 감추면서 진지한 표정으로 그에게 충고했다. 그리고 조종하는 흑마법사의 심정을 대변하듯 얼어붙은 듯 멈춰 있는 구울들을 향해 돌진했다.

그 모습에 아르센드 역시 정신을 차리고 구울들을 공격해 갔다. 두 사람의 소드 마스터가 전력을 발휘하자 구울들은 얼마 못 버티고 전멸했고, 이후에는 마법사들과 사제들을 한데 모아 전장을 메운 불길한 안개를 걷어내면서 좀비들을 풀 베 듯 쓰러뜨려 갔다.

토벌대가 고전했던 원인인 구울들이 무너지고 나자 흑마법사의 아지트까지 도달하는 데는 얼마 걸리지 않았다. 그 후에도 몇 마리의 덜 만들어진 것 같은 구울들이 앞을 가로막았지만 라곤은 그들을 상대로 거의 시간을 낭비하지 않았다. 좀비하고 별로 다를 것도 없다는 듯 일격에 분쇄해 버렸다.

흑마법사는 산중에 음침한 성을 지어놓고 있었다. 망자들을 노동력으로 부려서 잿빛의 성을 지어놓고, 그곳에서 왕이라도 된 듯 거들먹거리고 있었던 것이다.

차가운 왕좌에서 토벌대를 맞이한 것은 세 명의 흑마법사였다. 처음부터 한 명이 아니고 세 명이서 이 모든 사태를 일으켰던 것이다.

얼굴이 시체처럼 창백하고 온통 시커먼 로브로 몸을 감싼 그들은 아르센드의 뒤를 따라서 들어오는 라곤을 믿을 수 없다는 듯 바라보았다. 아르센드가 앞으로 나서며 물었다.

"어째서 도망치지 않았지?"

그로서는 이해할 수 없었다. 토벌대가 이곳까지 오는 동안 충분히 도망칠 만한 시간이 있었는데, 어째서 이곳에서 그들이 숨통을 끊으러 오길 기다리고 있었던 것일까?

흑마법사 하나가 웃었다.

"크크큭……."

아르센드가 눈살을 찌푸렸다. 그 웃음소리가 안개 너머로 들었던 것처럼 기괴했기 때문이다. 게다가 그것은 혼자 내는 소리가 아니었다.

"크크크크큭……."

흑마법사는 셋이 똑같이 웃고 있었다. 분명히 다른 얼굴을 하고 있고, 키와 덩치도 다른 세 사람인데 쌍둥이로 보일 정도로 똑같은 표정, 똑같은 목소리 톤으로 웃고 있었다. 그 기괴함에 기사들과 병사들이 흠칫 몸을 떨었다.

"도망친다는 선택지는 처음부터 없었다."

그렇게 말하는 것은 세 사람 모두였다. 세 사람은 마치 한 사람처럼 입을 맞추어 말하고 있었고, 심하게 쉬어버린 그 목소리가 기괴한 울림을 만들어내고 있었다.

"그건 우리에게 허락된 일이 아니지……."

"무슨 말이냐?"

아르센드가 눈살을 찌푸리며 물었다. 흑마법사들이 대답했다.

"우리는 여기가 아니면 살아갈 수 없는 존재. 생명과 영혼을 바치고 우리가 증오하던 것들을 말살시킬 힘을 손에 넣었다."

"증오하던 것들?"

"너희들과 싸웠던 것들 중에 있었을 것이다. 분명히, 원래 이 땅을 다스리던 영주라는 쓰레기가."

그렇게 말하는 흑마법사들의 표정은 믿을 수 없을 정도로 평안했다. 살아서 할 일을 모두 마쳐서 아무런 여한이 없는 것처럼.

"복수는 이루어졌고 남은 것은 그분이 바라시는 실험을 하는 것뿐이었지. 원했던 바는 다 얻었다. 힘으로 부딪쳐서 쓰러지는 것이니 그분도 만족하실 테지……."

공허하게 말하는 그들의 몸에서 불길이 일어났다. 현실의 것으로 보이지 않는 잿빛 불길이 일어나서 그 몸을 불태우기 시작했다. 그것을 본 마법사가 외쳤다.

"저주의 불길이다! 모두 여기서 나가시오!"

그 말에 아르센드도 깜짝 놀라서 명령했다.

"전부 퇴각해라!"

아르센드는 흑마법사가 자폭하려 한다고 생각했다. 도망치지 않고 이곳에서 기다린 것도 분명히 수상쩍은 마법을 준비해서 그들 모두를 길동무로 데려가려는 것이라고.

그의 명령이 떨어지자 사람들이 허겁지겁 달려나갔다. 마지막으로 빠져나가려던 아르센드가 흠칫 멈춰 섰다. 라곤이 시큰둥한 표정으로 그 자리에 서 있었기 때문이다.

"라곤 경, 뭐 하는 건가?"

"걱정하지 않으셔도 됩니다. 저주받을 일은 없어요. 저놈들한테는 그런 힘이 남아 있지 않습니다."

"뭐?"

모든 것을 꿰뚫어 보는 것 같은 라곤의 말에 아르센드는 어리둥절해졌다. 그가 흑마법사들을 바라보자 그들이 말했다.

"큭큭큭. 대단하군, 젊은 소드 마스터."

"그냥 냉정하게 보면 알 수 있는 일이지. 난 마법사에 대해서도 제법 많이 공부했거든."

라곤이 금발을 쓸어 올리며 대꾸했다. 흑마법사들이 말했다.

"그래, 우리의 힘은 망자들을 조종하는 것으로 다했다. 그것들이 죽어서 더 이상 생자를 뜯어먹을 수 없게 되었을 때… 우리의 힘도 다했지."

"보아하니 셋의 심령이 하나로 묶인 것 같은데, 누군가 그런 짓을 한 존재가 있겠지?"

"그렇지. 너희는 언젠가 그분을 만나게 될 것이다……."

흑마법사들의 말에 라곤이 눈살을 찌푸렸다. 소드 마스터의 감각은 표면을 관찰하는 것에 지나지 않고 모든 에너지의 움직임을 파악한다. 그것이 마력이든, 정신으로부터 비롯된 사념이든 간에 마찬가지다. 그 감각을 극한까지 연마한 라곤에게는 세 흑마법사의 정신이 하나로 연결되어 더 이상 세 사람이라고 할 수 없는 하나의 개체가 되어 있는 것으로 보였던 것이다.

곧 흑마법사들의 몸이 완전히 잿빛 불길에 삼켜져 버렸다. 그들의 몸을 재로 바꾸고 서서히 사그라지는 불길 앞에서 라곤이 몸을 돌렸다.

'불길하군. 저놈들의 배후에 있는 건 도대체 어떤 놈이지?'

라곤은 아르셴드와 함께 성을 나서며 생각했다.

흑마법사들은 갑자기 나타나서 왕국 전체를 적대할 것처럼 크게 일을 벌였다. 하지만 수백 명의 사람이 죽어나가는 재앙을 불러일으킨 그들의 목적은 고작 폭정을 일삼는 영주에게 복수하는 것이었다고 하며, 그 배후에는 그들을 조종하고 흑마법의 힘을 준 누군가가 있는 게 분명했다.

라곤은 마지막으로 주인이 사라진 성을 돌아보았다. 왠지 좋지 않은 일이 시작되는 것 같았다.

4

흑마법사 토벌이 끝나고 나자 그 부근의 영주 노리스 백작은 토벌대를 위해 파티를 열었다. 라곤은 노리스 백작을 적당히 상대하다가 발코니로 나왔다. 그의 딸이 노골적으로 뜨거운 눈빛을 보내면서 달라붙는 게 싫어서 몸을 피한 것이다.

라곤은 21세라는 젊은 나이에 소드 마스터가 되었기 때문에 추파를 던지는 자들이 많았다. 평민 출신이라는 점은 소드 마스터의 명함만 갖고 있으면 전혀 문제가 안 된다. 덕분에 현재 들어와 있는 혼담이 한둘이 아니었다.

"후우."

라곤은 한숨을 쉬었다. 그 여자는 일단 토벌대의 다른 기사들에게 맡겨두면 될 것이다. 신분이 좋은 자들은 얼마든지 있었으니까.

"오늘의 주인공이 이런 데서 뭐 하나?"

그런 그에게 다가오는 이가 있었다. 밤색 머리칼에 푸른 눈동자를 가진 기사, 아르센드였다. 라곤은 난간에 기댄 채 쓴 웃음을 지었다.

"주인공이라니, 그건 아르센드 경이지요."

"다들 자네 덕분에 살았다고 생각하고 있어."

"무슨 말씀을. 뭐, 저는 노리스 백작 영애 때문에 좀 지쳐서 도망 나왔습니다."

"저런. 꽤 미인이던데 잘해봐도 좋지 않겠나?"

"그렇게 생각하시면 아르센드 경이 한번 잘해보시죠?"

"유부남에게 무슨 말을 하는 건가. 내 아내한테 혼난다네."

아르센드의 대답에 라곤이 피식 웃었다. 아르센드는 외모상으로는 20대 후반 정도로 보였지만 사실은 30대 중반으로 아들 하나, 딸 하나를 두고 있었다. 소드 마스터는 오러의 힘을 손에 넣은 시점부터는 다른 이들에 비해 오랫동안 젊음을 유지한다.

문득 아르센드가 난간에 팔을 얹으면서 말했다.

"솔직히 오늘은 정말 놀랐네."

"뭐가 말입니까?"

"자네한테 말이야."

아르센드가 진지한 눈으로 라곤을 바라보았다. 라곤은 그 눈빛이 의미하는 바를 깨닫고 어깨를 으쓱했다.

"소드 마스터가 된 지 반년밖에 안 된 애송이가 생각보다 크게 활약해서 놀라신 겁니까?"

"직설적으로 표현하면 그렇게 되겠지."

그 말대로 라곤은 소드 마스터가 된 지 반년밖에 안 되는 신참이었다. 왕국에 현존하는 유일한 평민 고아 출신의 소드 마스터라는 점 때문에 구설수에 오르는 일이 많았지만 실전에 투입되어 그 위용을 선보인 적은 거의 없었기 때문에 아직까지 실력 면에서는 제대로 된 평가가 이루어지지 않았다.

하지만 오늘의 전투로 아르센드는 물론이고 그 자리에 있던 자들은 모두 전율을 느껴야만 했다. 라곤이 보여준 힘은 믿어지지 않을 정도로 압도적이었으니까. 같은 소드 마스터인 아르센드가 초라해 보일 정도로.

"운이 좋았던 거죠. 아르센드 경은 어제부터 싸워서 지쳐 있었고."

라곤은 고개를 저으며 마음에도 없는 말을 늘어놓았다. 물론 얼굴에도 목소리에도 가식적인 겸양이 배어 있었다.

"그런 말로 얼버무릴 수 있는 차이가 아닌 것 같군. 자네는 누구에게 검술을 배운 건가?"

"아, 스승을 말씀하시는 겁니까?"

"그렇네."

"스승이라면… 글쎄요, 글레틴 씨 정도인가?"

라곤이 조금 생각해 보고 입에 담은 이름은 아르센드가 들어본 적 없는 이름이었다. 소드 마스터가 아니더라도 왕국에서 이름난 검호(劍豪)라면 거의 다 알고 있는데 전혀 들어보지 못했다.

"글레틴? 어디의 고명한 기사이신가?"

"고명한 기사? 아닙니다."

"기사가 아니라고?"

"네. 그냥 지벨 성의 십부장이었죠. 그쪽 병사들의 교관이었기 때문에 저도 그한테서 검술을 배웠습니다."

"십부장? 교관?"

아르센드가 믿을 수 없다는 듯 눈을 크게 떴다.

지벨 성이라면 분명 북부의 야만인들과 대치하는 최전선

의 요새였다. 그곳에서는 하루가 멀다 하고 야만인들과 그 이상으로 위험한 몬스터들과의 전투가 벌어진다. 그런 곳이라면 확실히 일개 병사라도 뛰어난 실력을 가질 만하리라. 하지만 아무리 그래도……

"믿을 수 없으신 것 같군요."

라곤이 피식 웃었다. 아르센드가 대꾸했다.

"그럴 수밖에 없지 않나?"

"뭐, 아르센드 경만이 아니고 누구라도 그렇겠죠. 하지만 사실입니다. 십부장 부관이 되어서 글레틴 씨한테 기초를 배운 이후로, 군사훈련으로 이래저래 구른 것 외에는 딱히 누구한테 검술이라는 것을 배워본 적이 없어요. 검술은 혼자 단련한 겁니다."

"혼자서 소드 마스터가 될 정도로 검술을 훈련하는 게 가능하단 말인가?"

노골적으로 불신의 기색을 보이는 아르센드 앞에서 라곤은 밤하늘을 올려다보았다. 무수한 별들 사이에서 지난날의 기억을 찾아내려는 것처럼.

"아시겠지만 지벨 성이 있는 메버스트는 하루가 멀다 하고 전투가 벌어지는 지역입니다. 거기서는 사람이 죽어나가는 게 별로 신기한 일이 아니에요. 가끔은 왜 사람들이 이런 데서 살고 있을까 의아할 지경이었죠."

라곤은 전염병으로 덜컥 죽어버린 부모가 남긴 빚을 갚기 위해 열네 살의 나이로 병사가 되었다. 라곤 같은 소년병은 첫 전투에서 죽을 확률이 7할 이상이었기에 첫 전투 때는 낡은 가죽 갑옷과 창이 주어지고 대열을 맞추는 법을 가르쳤을 뿐, 아무도 그가 살아남아 전력이 될 것을 기대하지 않았다.

하지만 라곤은 그들의 예상을 배반했다. 무수한 전투를 거치면서 수많은 야만인들을 죽이고, 다양한 몬스터들도 죽여보았다. 그러는 동안 십부장 부관이 되어 검을 찰 수 있는 신분이 되었고, 자신이 보좌하던 글레틴에게 검술을 배웠다.

물론 그 검술이 깊이 있고 오묘한 기술은 아니었다. 그런 기술은 명성있는 무가(武家)에나 전해져 내려오는 것이기에 라곤은 리할드 왕국의 병사라면 누구나 익힐 수 있는 제식 검술을 배웠을 뿐이다.

하지만 그것만으로도 충분했다. 그 어떤 존재도 라곤을 죽일 수 없었다.

전장에서 라곤은 적을 쓰러뜨릴 수 있는 가장 효율적인 기술을 구사할 줄 알았다. 머리에 스칠 정도로 아슬아슬하게 적의 공격을 피해내면서, 정확하게 급소를 찔러주는 것만으로도 인간은 어이없이 죽는다. 괴물처럼 강건한 북부 야만인들 역시 그 점은 마찬가지였다.

"저는 소드 마스터가 되고 나서야 다른 소드 마스터들이 어떻게 해서 소드 마스터가 됐는지 알았습니다. 물론 아무도 가르쳐 주진 않았지만."

라곤의 말에 아르센드가 흠칫했다. 라곤은 장난기있는 푸른 눈으로 그의 반응을 즐기듯 바라보았다. 마치 아르센드의, 귀족 출신의 소드 마스터들이 공통적으로 가진 그 어처구니없는 약점을 알고 있다는 듯이.

"다른 사람들처럼 검술의 극한을 보겠다거나 하는 고고한 마음가짐으로 단련해서 소드 마스터가 된 것은 아닙니다. 그냥 적을 죽이고 살아남는다는 생각으로 살았을 뿐."

라곤은 6년간 지긋지긋할 정도로 많은 실전을 겪었다. 글레틴이 죽고, 지벨 성이 함락될 뻔한 위기를 겪으면서도 라곤은 살아남았다.

곁에 있던 사람들이, 이름을 기억하고, 감정을 나누었던 사람들이 하나씩 스러져 가는 동안에도 그는 피바람 한가운데에 있었다. 전공을 쌓으러 온 대귀족의 아들을 구한 공적을 인정받아 평민이면서도 기사 서임을 받은 것이 열여덟 살 때의 일이다.

그 후 라곤은 지벨 성을 떠나 탄트레 지방으로 가게 되었는데 그곳 역시 격전의 땅이었다. 단, 그곳에서 맞이하는 적은 인간이 아니고 오크와 대형 몬스터들이었다.

그곳에서 그는 싸우고 또 싸웠다. 사람들이 죽어나가는 것을 보면서 살아남으려고 악착같이 몸부림쳤다. 적에 대해서 조금이라도 알기 위해 책을 들고 공부하는 노력을 아끼

지 않았고, 그를 지금까지 살려준 검술을 필사적으로 갈고 닦았다.

그러다 보니 어느 날, 전장 한복판에서 너무나도 깔끔한 일 격으로 적을 베어 넘겼을 때 갑자기 이상한 감각이 그를 사로 잡았다. 이전까지는 이 세상에 존재한다는 것을 인지할 수 없 었던 무언가, '마나' 라고 불리는 신비로운 힘의 흐름이.

그 순간 그는 소드 마스터가 되었다. 이후에 마나와 공명하 여 스스로의 생명력을 증폭시키고, 그 힘으로 오러 블레이드 를 만들어내기까지는 한 달도 채 걸리지 않았다.

익숙해진 전장에서 목숨을 위협하는 긴장감이 사라지고 그의 검이 눈부신 빛을 발했을 때, 모든 이들이 경악하는 가 운데 그는 빛의 태풍이 되어 적들을 휩쓸었다.

그리고 왕은 곧바로 사자를 보내어 그를 왕실로 불러들이 고 백작위를 내렸다. 그것이 반년 전의 일이다.

"…정말인 것 같군."

라곤의 말을 들은 아르센드가 혀를 내둘렀다. 믿을 수 없는 일이었다.

그런 그를 라곤은 속내를 알 수 없는 미소를 지으며 바라보 았다. 조금만 정신을 집중하면 그의 눈에는 일반인에게는 보 이지 않는 무수한 빛의 선이 보인다. 그것은 상대를 쓰러뜨릴 수 있는 이상적인 검격의 궤도였다.

아마 아르센드도 보고자 한다면 라곤에게로 향하는 검격

의 궤도를 볼 수 있으리라. 라곤은 그가 발하는 궤도 역시 읽어낼 수 있었다. 그것은 고작해야 세 개. 저 자세에서 그가 라곤을 상대로 날릴 수 있는 필살의 검격은 고작해야 그 정도라는 소리다. 그는, 라곤을 제외한 왕국의 여섯 소드 마스터는 모두 그런 한계를 가진 존재이니까.

라곤은 흘끔 안쪽을 바라보며 물었다.

"내일이면 또 왕도로 돌아가야겠군요. 아르센드 경은 어쩌실 겁니까?"

"나는 며칠 더 머물러야 할 것 같네. 조사단이 파견되어서 오려면 시간이 걸릴 것 같으니까."

"그렇군요."

"뭐, 자네는 곧바로 왕도로 돌아갈 수 있을 걸세. 닐센 경이 천공의 궤적을 쓸 수 있으니까 토벌대의 마법사들과 여기 노리스 백작가의 마법사까지 힘을 합치면 충분히……."

그 말에 라곤의 인상이 팍 일그러졌다.

"…그거, 그냥 말 하나 얻어 타고 가면 안 될까요?"

천공의 궤적을 싫어하는 기색을 노골적으로 드러내는 라곤의 모습에 아르센드는 풋 하고 웃음을 터뜨리고 말았다. 그가 빙긋 미소 지으며 말했다.

"안 된다네. 폐하께서 기다리고 계실 테니 얼른 가게나."

라곤은 벌레 씹은 표정을 지으며 한숨을 푹 쉬었다.

　결국 천공의 궤적으로 왕도로 귀환한 라곤은 곧바로 국왕을 만나 보고를 올린 다음 어전에서 물러났다. 그리고 누군가 붙잡기 전에 잽싸게 자신의 저택으로 향했다.

　클란드 백작으로서 그가 소유한 영지는 본래는 왕실 직할령이었던 곳으로 왕도에서는 나흘 거리에 있는 곳이다. 하지만 활동이 활발한 귀족들이 그렇듯 대리인에게 영지를 맡겨 두고 왕도에 마련한 저택에서 살고 있었다.

　국왕 직속의 은사자 기사단 소속 기사라는 점만 빼면 다른 관직이 없는 그는 임무가 없을 때는 대체로 한가했다. 물론 사방에서 여러 행사에 참석해 달라는 초대장이 날아들지만 귀찮고 피곤하면 집에 처박혀서 전부 다 무시해 버린다.

　"놀 사람도 없고 심심하네, 진짜."

　라곤은 넓은 침대 위를 데굴데굴 굴러다니며 투덜거렸다.

　지금의 그에게는 친구가 없었다. 전장에서 그가 이름을 기억했던 이들은 다 죽었고, 그런 일이 셀 수 없이 반복되자 그는 아무도 마음에 담지 않게 되었다.

　그리고 귀족사회에 들어온 이후로는 아직까지 마음을 열 만한 상대를 만난 적이 없다. 항상 겉과 속이 다른 이들만 만났기에 라곤 역시 그들이 원하는 모범생 가면을 쓴 채 마음속으로는 차가운 미소를 보낼 뿐이다.

똑똑.

심심함을 주체하지 못하고 있을 때 누군가 방문을 두들겼다. 초감각으로 그것이 하인이라는 사실을 안 라곤은 대답 대신 오러를 움직였다.

찰칵.

아무도 문에 손을 대지 않았는데 문이 저절로 열렸다. 대답도 없이 문이 열리고, 그 너머에 아무도 없자 젊은 하인이 흠칫 놀랐다.

"저, 저, 저기 주인님."

저택에 들어온 지 얼마 안 되는 젊은 하인은 아직도 소드 마스터인 주인의 행동에 익숙해지지 못했는지 당황을 감추지 못하고 있었다. 라곤은 피식 웃으며 물었다.

"무슨 일이야?"

"그게……."

하인은 절대 정상적이라고 할 수 없는 방 안의 광경을 흘끔거렸다.

라곤은 넓은 침대에 엎드려 있었고, 그 앞에는 아주 희미한 빛이 어려 있는 책이 둥둥 떠서 가끔 페이지가 사락거리며 넘어가고 있었으며, 라곤으로부터 뻗어나간 촉수 같은 빛의 실이 예쁘게 깎아놓은 사과 조각을 콕 집어서 그의 입으로 가져가고 있었다. 그 모두가 라곤이 오러 블레이드와 오러 디펜더를 세밀하게 운용해서 하고 있는 일이었다.

일반인인 하인은 몰랐지만 다른 소드 마스터들이 보면 입을 쩍 벌리고 말 광경이었다. 라곤은 일상 속에서 오러의 힘을 사용하면서 그것을 제어하는 감각을 갈고닦고 있었던 것이다.

물론 지금 그가 하고 있는 것을 보면 그냥 게으름을 부리기 위해 재능을 낭비하는 것으로밖에 안 보이겠지만.

"그러니까… 오란 백작 영애께서 오셨습니다."

"어, 그래?"

순간 시큰둥했던 라곤의 눈이 반짝였다. 라곤은 벌떡 일어나면서 하인에게 말했다.

"빨리 준비해야겠네. 다들 오라고 해."

"알겠습니다."

하인은 잽싸게 대답하고 하녀들을 부르러 달려갔다. 라곤은 옷장을 열어보면서 고민하기 시작했다.

"아, 무, 무슨 옷을 입고 만나지? 집 안에서 만날 때 입을 옷은 생각을 안 해봤는데……."

잠시 후, 하녀들의 도움을 받은 라곤은 말끔한 귀공자의 모습으로 응접실로 향했다. 그곳에는 화사한 금발과 에메랄드 빛 눈동자를 가진 아름다운 소녀가 기다리고 있었다.

"라비니아 양, 기다리게 해서 미안합니다."

그의 말에 라비니아가 생긋 미소 지었다.

"무슨 말씀을요. 불쑥 찾아온 제가 잘못이지요."

"그렇게 말씀해 주시니 감사하군요. 이렇게 찾아와 주실 줄은 몰랐습니다."

"시내에 나오는 김에 라곤 경이 보고 싶어져서요. 어제 돌아오셨다고 들었어요."

"저, 저도 보고 싶었습니다."

살포시 미소 짓는 그녀의 얼굴은 정말로 매력적이다. 라곤은 그렇게 생각하며 얼굴을 붉혔다. 라곤보다 두 살 어린 열아홉 살의 나이였지만 어리다는 느낌은 전혀 없고 활짝 피어난 꽃 같았다.

그녀가 바로 라곤이 노리스 백작의 딸을 냉정하게 뿌리칠 수 있었던 이유였다. 지겹도록 많이 들어오고 있는 혼담의 상대 중에서 오란 백작가의 둘째딸인 라비니아만이 라곤의 마음을 움직였다.

두 사람은 두 달 전 둘째 왕자의 생일 기념 무도회에서 만나서 서로에 대해 모르는 채 친해졌고, 그 후로 꾸준히 교제를 계속해 오고 있었다. 아마도 라곤이 자리를 잡는 대로, 즉 내년 중순으로 약속된 새 기사단 창설이 이루어지고 라곤이 단장으로 취임하게 되면 결혼식을 올릴 수 있을 것 같았다.

"이렇게 들러주시니 정말 오늘 제가 운이 좋은 것 같군요. 미리 기별을 주셨으면 맞이할 준비를 했을 텐데 조금 부끄럽습니다."

"어머, 라곤 경의 집을 볼 수 있는 것만으로도 충분해요. 갑자기 찾아온 제가 잘못인 걸요. 괘념치 마세요."

두 사람은 닭살 돋는 연인의 대화를 나누었다. 문득 라비니아가 물었다.

"이번에 다녀오신 일은 어땠나요?"

"생각보다 간단하게 끝났습니다."

"사악한 흑마법사들 때문에 불려가셨다고 들었어요."

"네. 마을 하나가 모두 저주에 희생된 사건이었지요. 끔찍했습니다. 더 피해가 확산되기 전에 처리할 수 있어서 다행이었고요."

"라곤 경이 활약하신 이야기를 들려주지 않겠어요?"

라비니아는 눈을 반짝반짝 빛내며 물었다. 라곤은 기꺼이 자신의 무용담을 들려주었다. 남자라면 누구나 호기롭게 자신의 활약을 자랑하고 싶어하는 법이고, 그것은 라곤 역시 마찬가지였다.

라곤이 흑마법사가 거느린 시체의 군단과 싸운 이야기를 들려주자 그녀는 흥미 가득한 표정으로 귀 기울였다. 라곤은 그럴 때 그녀가 짓는 표정이 좋았다. 상대방의 이야기 속으로 살짝 가라앉은 듯한 눈동자와 입가에 걸린 부드러운 미소가.

한동안 이야기를 나누던 두 사람에게 라비니아의 시녀가

다가왔다. 그녀가 공손하게 고개를 숙이며 말했다.

"아가씨, 슬슬 시간이……."

"어머, 벌써 시간이 그렇게 됐니?"

라비니아는 놀라서 눈을 동그랗게 떴다. 라곤은 그 모습이 귀엽다고 생각하며 작게 웃었다. 라비니아가 몸을 일으키며 말했다.

"전투를 치르고 오셔서 피곤할 텐데 귀찮게 해드려서 죄송해요. 오늘은 초대받은 자리에 가는 길에 들른 것인지라 이만 실례해야 할 것 같네요."

"저런, 저녁 식사를 제가 대접하고 싶었는데 선약이 있었다니 유감이군요."

"그러네요. 사흘 후를 기대할게요."

"예."

라곤은 그녀의 손등을 잡고 살짝 키스했다. 문밖까지 나가서 그녀를 배웅한 라곤이 따라 나온 집사에게 말했다.

"아아, 라비니아 양, 진짜 귀엽지 않아?"

"아름다운 분이시지요. 교양도 깊으시고."

"그러게. 전쟁터 이야기 같은 건 할 때마다 지루해하지 않을까 싶어서 조심스러워지는데, 의외로 전문적인 지식도 많아서 놀랐어. 집안이 무가라서 그런가?"

"그럴지도요. 오란 백작가라고 하면 대대로 이름난 기사를 배출해 온 명문이기도 하고. 어쨌든 감히 한 말씀 드리자면,

제가 보기에도 두 분 정말 잘 어울리시는 것 같습니다."

"그, 그래? 하하."

라곤이 쑥스러운 듯 머리를 긁적였다. 귀족 사회에서 소드 마스터라는 이유로 그를 원하는 이도 많았지만, 그만큼 평민 출신인 그를 험담하는 목소리도 많았다. 그런데 저만큼 유서 깊은 가문의 아가씨가 자신에게 진심 어린 호의를 보인다는 것은 꽤 가슴을 두근거리게 만드는 일이었다.

"요즘 왕실에서 나를 부려먹으려고 잔뜩 벼르고 있는 것 같은데, 나도 힘을 내서 라비니아 양에게 부끄럽지 않은 상대가 되어야겠어."

지난 반년 동안은 귀족 사회의 일원으로서 교양을 갖추고 인맥을 만들기 위해 바쁘게 돌아다니느라 정신없이 보냈다. 동시에 갑자기 얻게 된 소드 마스터의 힘을 완벽하게 사용하기 위한 연구도 게을리하지 않았다.

그리고 마침내 왕실에서 라곤을 적절하게 활용할 생각으로 투입한 것이 어제의 전투였던 것이다. 다른 소드 마스터들이 다들 장군이나 기사단장 등의 그럴싸한 자리를 하나씩 꿰차고 있는 데 비해 라곤은 국왕 직속의, 소드 마스터들만이 소속되는 은사자 기사단의 일원일 뿐이었으므로 앞으로는 무슨 일만 있으면 부려먹으려 들 것이다.

하지만 라곤은 그런 상황을 환영했다. 그런 일들을 하나하나 해결해 나갈 때마다 라곤의 명성은 높아질 것이고, 그만큼

라비니아의 신랑감으로서 헐뜯을 구석이 없는 사람이 될 수
있을 테니까.

라곤은 콧노래를 부르며 따뜻한 물에 몸을 씻고 잠이 들었
다. 오늘은 정말 꿀처럼 달콤한 잠을 즐길 수 있을 것 같았다.

6

리할드 왕국 서부에 있는 바렐의 숲은 아직 인간에게 정복
되지 않은 마경(魔境)이었다. 수십 년 전부터 리할드 왕국에
서 이 숲을 개간하려고 애를 쓰고 있었지만, 정치적인 문제와
이 숲의 위험성이 맞물려 제대로 진행되지 않고 있었다.

그 숲의 깊숙한 곳을 한 남자가 걷고 있었다. 전신을 검은
옷으로 두른 그는 회색 머리칼에 섬뜩한 붉은 눈동자를 가진
키가 큰 남자였다.

"크워."

남자가 다가오자 나무들 사이로 모습을 감추고 있던 존재
들이 모습을 드러냈다. 인간을 닮은 체형, 그러나 터질 듯한
근육질에 녹색의 피부를 가졌고, 얼굴은 들창코에 삐죽한 송
곳니가 튀어나와 있었다. 바로 오랜 시간 인간을 괴롭혀 온
종족인 숙적 오크였다.

인간만 보면 살의를 드러내는 오크들이었지만 남자를 보
고는 오히려 절도있게 경례를 붙였다. 남자는 고개를 한 번

끄덕여 주고는 그들을 지나서 목적지로 향했다.

우거진 나무들 사이에 호수가 형성되어 있었다. 신기하게도 그 위로 나무들이 돔 형태로 우거져서 거의 햇빛을 받지 못하는 새카만 물의 군집.

그 호숫가로 간 남자는 거침없이 한 걸음을 내디뎠다. 그러자 놀라운 일이 벌어졌다.

그의 발이 수면을 지면처럼 밟고 걸어갔다. 그가 한 걸음을 내디딜 때마다 수면에 미미한 파문이 일어나면서 그의 발을 받쳐 주었다.

호수 중앙에는 다른 남자가 그를 기다리고 있었다. 금실로 고대어가 화려하게 수놓인 마법사의 로브를 입고 긴 금발을 늘어뜨리고 있는 청년이었다. 마법의 힘으로 호수 위에 떠 있던 그가 남자를 보며 말했다.

"오랜만이군, 베이런."

"간만에 뵙습니다, 폐하."

"그렇군."

그들은 바이더스 제국 역사상 가장 흉악한 살인마 흑기사 베이런 크로네스와 그가 주군으로 섬기는 마법사 아이오네스였다. 인간의 발길이 닿지 않는 마경 한가운데서 그들은 비현실적인 모습으로 마주하고 있었다.

베이런이 말했다.

"지난번에 손을 써두신 흑마법사들은 일을 벌인 지 닷새 만에 토벌되었습니다."

"닷새? 생각보다 너무 빠른데?"

"리할드 왕국 쪽에서 소드 마스터를 둘이나 투입했다는군요."

"소드 마스터 둘이라…… 혹시 대마법사라는 그 할로드 데이커도 왔나?"

할로드 데이커는 리할드 왕국의 궁정마법사로, 제9서클의 궁극 마법을 사용할 수 있는 현존하는 몇 안 되는 대마법사였다.

베이런이 고개를 저었다.

"그건 아닙니다."

"그런데 닷새 만에 당했다고? 이해할 수가 없군. 구울이 있으면 소드 마스터가 둘이라도 그렇게 쉽게 당할 리가 없는데……"

"흑마법사들이 그때의 기록을 보내왔습니다. 나중에 천천히 살펴보시죠."

베이런은 품에서 큼직한 금속판 하나를 꺼내서 아이오네스에게 건넸다. 그것은 마법적으로 정보를 기록하는 장치였다. 그것을 받아 든 아이오네스가 아름다운 얼굴에 떨떠름한 표정을 지으며 투덜거렸다.

"이것 참, 어차피 실험 데이터를 얻으려고 했던 거니까 언제 당하든 문제는 없는데 소드 마스터 둘한테 그렇게 빨리 당하다니…… 도대체 무슨 일이 있었기에."

"그건 거기에 담겨 있겠죠."

"그렇겠지. 흠……."

아이오네스는 고개를 절레절레 저으며 금속판을 품에 집어넣었다. 그리고 물었다.

"그러고 보니 오크들은 어떤가?"

"그럭저럭 훈련을 잘 따라와 주고 있습니다. 오크 히어로도 요구하신 숫자는 나왔고."

"그쪽은 계산이 잘 맞아떨어진 모양이군. 역시 자네는 대단해."

"별거 아니죠. 수십의 목숨을 담보로 만들어내는 거니 그 정도 나와주지 않으면 곤란합니다."

의미를 알 수 없는 대답을 한 베이런이 문득 발밑을 바라보았다. 칠흑 같은 어둠에 감싸여 아무것도 보이지 않지만 그는 보통 인간이 아니다. 한 점 빛도 없어도 주변의 모든 움직임을 파악할 수 있는 초감각의 소유자였다.

"저것들은 슬슬 깨어날 때가 다가오는 것 같군요."

그는 호수 아래 잠든 뭔가를 보고 있었다. 오랜 시간 동안 잠들어 있었던, 이제 서서히 심장이 뛰고 혈관의 피가 흐르기 시작한 존재들을.

아이오네스가 대답했다.

"그래, 예정대로야. 이대로라면 반년 정도 후에는 손을 뗄 수 있겠어."

　"그다음엔 저 혼자 귀찮은 일을 맡으면 되는 겁니까?"

　"그렇지. 잘 부탁하네."

　아이오네스는 장난기있는 미소를 지었다. 인간의 것이라
고는 믿어지지 않을 정도로 요사스럽고 아름다운 미소였다.

CHAPTER 02
3국 친선무투회

마검전생

그 후로 라곤은 정말 바쁘게 움직였다. 예전에 오랫동안 몸담고 있던 지벨 성에 파견되어 대규모로 준동하는 야만인들을 쓰러뜨리기도 하고, 서부 지방에서 들고일어난 오크 부족의 폭주를 막아내기도 하면서 점점 사람들에게 자신의 이름을 각인시켰다.

그렇게 4개월이 지났을 때 라곤에게 새로운 명령이 떨어졌다. 그것은 이웃한 엘비라스 왕국에서 열리는 친선무투회에 왕국의 소드 마스터들을 대표하는 자격으로 다녀오라는 것이었다.

리할드 왕국력 354년 9월.

"엘비라스 왕국의 친선무투회에 간다고요?"

그 소식을 들려주자 라비니아가 눈을 빛냈다. 라곤이 쓴웃음을 지었다.

"네. 솔직히 그런 무투회에 소드 마스터가 가서 뭘 하라는 건지는 모르겠지만."

소드 마스터들의 힘은 일반인들과는 격이 다르다. 수백 명의 기사가 모여 있다 한들 소드 마스터는 풀을 베듯이 그들을 쓸어버릴 수 있었다.

그러니까 무투회 같은 행사에 출전할 수 있을 리가 없는 것이다. 소드 마스터가 출전하는 그 순간 무투회는 그 의의를 잃어버리고 마니까.

아직도 귀족사회에 대해 모르는 것이 많은 탓에 자신이 파견된 사정을 잘 이해하지 못한 라곤은 그런 불만을 토로했다. 하지만 라비니아는 미소를 지었다.

"라곤 경, 그건 정말로 영광된 임무예요. 오히려 기뻐하셔야지요."

"네?"

"라곤 경 말씀대로 소드 마스터는 무투회에 출전할 수 없어요. 그저 그 자리를 빛내기 위해 가는 것이고, 동시에 우리나라의 위상을 모든 이들에게 보이러 가는 것이기도 하지요."

"단순히 그 자리에 참석하는 것만으로 말입니까?"

"그럴 리가 없지요. 아직 3국 무투회에 대해서 잘 모르시는군요."

"유명한 무투회고 상금이 많다는 것 정도는 압니다만……."

라곤은 소드 마스터가 되기 전까지는 워낙 변방의 전쟁터에서 굴러먹다 보니 무투회 같은 행사에 대해서는 별로 아는 바가 없었다. 왕도에서 열리는 행사들도 직접 참석해 보기 전에는 알지 못했다. 그런 점에 대해서 라곤에게 알려주는 것은 대체로 라비니아의 역할이었다.

"라곤 경은 거기서 아마 우승자와 친선 대련을 해주시거나, 아니면 어떤 식으로든 소드 마스터의 힘을 보여주는 역할을 맡게 되실 거예요. 거기에 모인 수많은 사람들을 상대로 리할드 왕국에는 이렇게 대단한 힘을 가진 소드 마스터가 있다, 그걸 알려주고 오는 거지요."

"일종의 무력시위라는 거군요. 광대놀음을 해야 하나."

라비니아의 설명을 듣고 라곤은 자신의 역할을 이해했다. 하지만 많은 사람들을 상대로 광대 역할을 하는 것도 그리 기분 좋은 일은 아니었다. 그런 라곤의 속내를 읽은 라비니아가 말했다.

"라곤 경이 전에 말씀하신 전술과 같은 맥락이에요."

"전술이라고요?"

"소드 마스터가 전장에 나갔을 때, 가장 먼저 해야 할 일은 압도적인 무력시위로 적들에게 자신의 존재와 공포를 각인시키는 것이라고 하셨지요."

"하하, 그런 말도 하긴 했군요."

자신이 잘난 척 떠들어댄 말을 라비니아가 정확하게 기억하고 있자 라곤은 조금 겸연쩍어졌다. 보통 아가씨들은 남자의 말에 귀를 기울여도 전문적인 부분은 금세 잊어먹게 마련인데, 라비니아는 그렇지가 않았다. 이따금씩 그녀가 자신의 이야기를 완전히 이해한다는 사실을 일깨워 줄 때마다 라곤은 그녀가 더욱 사랑스럽게 느껴졌다.

"라곤 경이 친선무투회에 가셔서 하실 일도 그것과 같아요. 우리나라를 대표하는 기사로서 마음껏 기량을 보여주세요. 그로써 우리 왕국의 위상이 높아질 것이고, 라곤 경을 우러러보는 사람은 많아지겠지요."

"그렇군요. 그럼 당신을 위해서 제가 최고라는 것을 증명하고 오겠습니다."

라곤은 라비니아의 손을 잡고 손등에 키스하며 약속했다. 라비니아는 살짝 얼굴을 붉히며 고개를 끄덕였다.

"전 라곤 경이 최고라고 믿고 있어요."

엘비라스 왕국으로 떠나기 전날, 라곤은 그녀에게 승리를 기원하는 손수건을 받았다. 그것을 소중히 품에 간직한 채 라곤은 모든 이가 기절할 정도로 멋진 모습을 보여주리라 다짐

했다.

2

엘비라스 왕국에서 열리는 친선무투회는 해마다 국경을 맞대고 있는 리할드 왕국, 엘비라스 왕국, 토라스 왕국에서 번갈아가며 열리는 축제였다. 각 왕국의 기사단에서 선발된 기사들은 물론이고 명성을 원하는 자들이 대륙 곳곳에서 모여들어서 자웅을 겨루는 격렬한 무대다.

그런 만큼 그 규모가 어마어마했다. 대표사절단과 함께 엘비라스 왕국의 왕도 엘르바돈을 방문한 라곤은 거리를 가득 채운 축제의 분위기에 혀를 내둘렀다.

"헤에, 이거 개국기념제하고 비교해도 안 떨어지겠는데."

"우리나라에서 열릴 때도 이 정도는 됩니다. 뭐니 뭐니 해도 22년의 전통을 가진 행사니까요."

"그래?"

옆자리에 탄 시종의 말에 라곤이 놀랐다. 계속 변방의 전장에서 생활해 온 라곤은 왕도에서 열리는 축제도 별로 경험해본 적이 없다. 고작해야 얼마 전에 열린 개국기념제 정도였는데, 알고 보니 이런 축제 자체가 생각보다는 자주 열리는 모양이었다.

사절단 인원은 모두 엘비라스 왕궁에 묵게 되었고, 소드 마스터인 라곤과 그의 시종들은 그에 걸맞은 대우를 받게 되었다. 호화로운 대접에 익숙해진 라곤은 수십 명이 들어갈 수 있는 커다란 방에 생활에 필요한 모든 설비와 열 명은 누울 수 있을 것 같은 최고급 침대가 놓여 있는 것을 보고도 담담했다.

짐을 푼 라곤은 잠시 쉬다가 곧바로 전야제 무도회에 참석하게 되었다. 시종들의 안내를 받아 왕실 복도를 지나며 성벽 너머를 바라보니 시내는 대낮처럼 밝았다. 이렇게 큰 축제가 열리니 다들 흥청망청 마시고 노느라 정신이 없는 모양이다.

'이쪽보단 저쪽이 재미있지 않을까.'

라곤은 문득 과거를 떠올렸다. 그가 과거를 보낸 곳들은 살벌한 전장이었지만, 그래도 가끔 여유가 있을 때 조촐하게나마 축제를 열곤 했다. 그럴 때면 모르는 사람들과 어울려 떠들썩한 시간을 보냈던 것이 그 시절의 몇 안 되는 위안거리였다.

과거와 현재를 겹쳐 본 라곤은 결국 쓴웃음을 지었다. 소드마스터가 된 지 아직 1년도 되지 않았는데 너무 많은 것이 변해 버렸다. 그리고 어느새 변한 자신을 당연하게 받아들이고 있다는 사실이 재미있었다.

마음속에 품은 경멸과 조소를 감춘 채 미소 짓는 가면을 쓰는 일은 익숙했다. 이런 가면을 계속 쓰면 지쳐 버리지 않을까 싶었는데 예상외로 그렇지 않았다. 라곤은 이렇게 가면을 쓰고 저들이 원하는 모습을 보여주면서 즐거움을 느끼고 있었다.

그들이 아무리 뒤에서 자신의 원래 신분을 갖고 험담을 늘어놓아도 앞에서는 미소를 지은 채 자신에게 호의를 보일 수밖에 없다. 왜냐하면 지금의 그는 변방의 이름없는 기사가 아니라 소드 마스터였으니까.

이제는 왕국의 누구도 그와 적이 되고 싶어하지 않는다. 누구나 그에게 미소를 보이며 친해지고 싶어한다. 라곤은 그 사실이 즐거웠다.

'그리고 당신들도 나를 잊지 못하게 될 거야.'

주요 인사들과 인사를 나눈 라곤은 슬그머니 자리를 떠나 무도회장 2층에서 아래를 굽어보고 있었다.

넓고 화려한 무도회장에는 수백 명의 귀족이 모여 있었다. 마법의 불빛을 얹어 수백 개의 별을 모아둔 것처럼 반짝거리는 거대한 샹들리에 아래, 성벽 바깥의 평민들은 죽을 때까지 맛볼 수 없을 호화로운 요리와 술이 끝도 없이 차려져 있었다. 그 비싼 요리를 그저 먹다 버리는 별 볼일 없는 것으로 취급하는 자들이 그곳에 모여 영양가없는 말들을 허공에 흘린다.

'그 어떤 허상을 들이대더라도⋯ 실력 앞에서는 무의미해.'

라비니아의 말을 듣고 라곤은 이곳에서 할 일을 결정했다.

기왕 할 거라면 철저하게 할 것이다. 이곳에 모여든 이들은 내일 이후 자신을 절대 잊지 못하게 되리라.

소드 마스터라는 이름이 의미하는 것이 무엇인가.

고귀한 혈통을 가진 자들이 왜곡시켜 온 그 이름의 무게가 어떤 것인가.

라곤은 그것을 알려주고 싶었다. 지난 시간 동안 깨달은 얄팍한 세상의 허위를 깨뜨리고 그들에게 '진짜'가 무엇인지 가르쳐 줄 것이다.

무도회장의 공기가 갑갑해진 라곤은 밖으로 나왔다. 정원을 거닐다 보니 주변에서 뒤척거리는 기척과 야릇한 소리들이 들려왔다.

"아, 하악……! 베, 베라!"

"하아, 아아……."

원래 무도회장 바깥의 정원에서는 일상다반사로 일어나는 일이다. 화려한 무대 위에서 눈이 맞은 남녀가 뭘 하고 싶어 할지는 어느 나라에서든 똑같지 않겠는가?

"……."

라곤은 재미있다는 듯 그 소리를 들으며 걸어갔다. 라비니아와는 아직 잠자리도 같이 해보지 않은 풋풋한 연애를 계속하고 있는 그였지만 그렇다고 해서 숙맥은 아니었다. 변방의 요새 도시에는 매일같이 죽음과 마주하는 병사들을 위로하기 위한 창녀들이 넘치도록 많았고, 얇은 벽 너머에서 심지어는

룸메이트가 옆 침대에서 여자를 껴안고 뒹구는 것을 잠든 척하고 실시간으로 봐야 한 적도 있었다.

'아, 나도 빨리 라비니아 양하고 진도를 빼야 하는데.'

열심히 땀을 흘리는 남녀들이 내는 야릇한 소리를 듣고 있노라니 살짝 부럽다는 생각이 들었다. 라비니아는 유서 깊은 가문의 딸이라 그런지 쉽게 거리를 좁혀오지 않았다. 몇 번이나 기회를 엿보았지만 이제야 헤어질 때 키스를 나누는 정도의 진도밖에 못 나갔다.

라곤도 혈기왕성한 스물한 살의 청년이다 보니 사랑스러운 라비니아를 보면서 하는 생각이 뻔한 수준을 벗어나지 못했다. 그로서는 결혼 전에 관계를 확실히 해두고 싶은데 그녀의 생각은 다른 모양이었다.

'쩝. 궁상스럽네.'

라곤은 한숨을 쉬며 우거진 수풀 지대를 벗어났다. 좀 탁트인 곳으로 오자 야릇한 소리들도 멀어져 갔다.

오싹.

순간 라곤은 자신의 시야에 무수한 빛의 선이 떠오르는 것을 보았다. 그것은 실체없는 허상이지만 동시에 언제든지 현실에서 덮쳐 올 위협을 경고하는 것이기도 하다. 본능적으로 한 발짝 물러나는 그의 몸이 전투태세로 들어갔다.

쏴아아아아……

그 너머에 커다란 대리석 분수가 차가운 물을 쏟아내고 있었다. 그리고 분수의 난간 위에 황색 드레스를 입은 여성이 맨발을 물에 담근 채 라곤을 바라보고 있었다.

'저 여자다.'

그녀의 푸른 눈동자와 마주하는 순간, 라곤은 그녀가 자신으로 하여금 위협을 느끼게 만든 존재임을 알았다. 그것은 그녀 역시 마찬가지인 듯 바짝 긴장한 표정으로 라곤을 바라보고 있었다.

서로 간의 거리는 20미터가량. 그런데 그 영역에 접근하는 순간 서로 전투태세에 들어갔다는 사실이 의미하는 바는 단 하나뿐이다.

'소드 마스터.'

두 사람은 서로를 보며 똑같은 생각을 떠올렸다.

라곤의 오러가 그녀가 주변에 흩뿌려 둔 오러와 공명하고 있었다. 소드 마스터끼리 접근했다고 해서 이 정도로 공격적인 느낌을 받게 되는 일은 별로 없는데, 아마도 그녀는 경계심이 많은 타입인지 주변에 오러를 펼쳐 두었던 것이다. 그녀가 원하는 순간 그 오러의 영역은 급격히 밀도를 높여 오러 디펜더로 화할 것이다.

"……."

두 사람은 잠시 동안 서로를 탐색하듯이 바라보았다.

달빛 아래서 라곤은 그녀의 모습을 또렷하게 볼 수 있었다. 곱슬 진 붉은 금발과 푸른 눈동자를 가진 그녀는 외모상으로는 라곤과 또래로 보였다. 약간 치켜 올라간 눈매는 접근하기 어려운 인상을 풍겼고 피부는 귀족 여자답지 않게 건강하게 그을려 있었다. 앉아 있기는 하지만 키는 꽤 큰 것 같고 몸은 군살없이 날씬해 보였다.

'여자 소드 마스터라……'

전에 듣기로는 대륙 전체를 통틀어도 세 명밖에 없다는 희귀한 존재였고, 리할드 왕국에는 단 한 명도 없었다.

라곤은 신기해하며 한 걸음 내디뎠다. 동시에 주변에 떠올랐던 무수한 빛의 선, 서로가 날릴 수 있는 검의 궤도가 스러져 갔다. 라곤이 먼저 기세를 죽이자 그녀 역시 똑같이 한 것이다.

그녀에게 다가간 라곤이 우아하게 몸을 숙이며 말했다.

"레이디께서 계신 줄 모르고 실례했습니다. 리할드 왕국에서 온 라곤 클란드라고 합니다."

"저야말로 사람이 올 줄은 모르고 실례했습니다. 할라드 왕국의 알리시아 미세룬입니다."

그녀가 빙긋 웃으며 대답했다. 그러면서 슬쩍 분수대에서 발을 빼서 바깥에 놓아두었던 신발을 신었다.

그 과정에서 잠깐 드러난 그녀의 종아리를 본 라곤은 감탄했다. 여자라서 그런가, 남자들처럼 우락부락하게 근육이 붙은 것은 아니었지만 아주 탄력있는 곡선을 그리고 있었던 것이다. 여성으로서는 꽤나 울퉁불퉁한 느낌을 주는 다리였지만 흉하다는 느낌은 들지 않았다.

그녀는 팔을 완전히 감싸고, 긴 치마가 다리를 가려주는 디자인의 황색 드레스를 입고 있었다. 아마도 소매 안쪽의 팔 역시 여성의 것으로는 생각할 수 없는 근육이 자리하고 있으리라.

'확실히 전사의 몸이군.'

라곤은 속으로 감탄하면서 겉으로는 부드러운 신사의 미소를 지었다.

"알리시아 경이셨군요. 명성은 많이 들었습니다."

그 말은 거짓없는 사실이었다. 대륙 전체에 셋밖에 없는 여성 소드 마스터는 그 특성상 전력과는 관계없이 이름이 잘 알려져 있는 존재였으니까. 할라드 왕국의 알리시아 미세룬이라면 놀랍게도 라곤보다 한 살 어린 나이로, 그것도 2년 전에 소드 마스터가 되어 세상을 놀라게 한 인물이다.

"저도 라곤 경에 대해서는 많이 들었습니다."

"하하, 빈말이라도 감사합니다."

"아뇨. 빈말이 아닙니다. 라곤 경은 평민 출신의 소드 마스터라서 흥미를 갖고 있었거든요."

몸을 일으키며 그녀가 한 말에 라곤은 뜻밖이라는 표정을 지었다. 그녀가 흥미 어린 눈으로 라곤을 바라보며 말을 이었다.

"평민 출신의 소드 마스터가 없지는 않지만, 20대 초반의 젊은 나이에 도달한 자는 당신이 유일하죠. 그래서 한 번쯤 만나보고 싶다고 생각했는데 이렇게 만나다니 재미있군요."

"평민 출신이라는 게 흥미의 대상이 됩니까?"

"물론이죠. 아, 그런 식으로 말하면 좀 불쾌할 수도 있겠군요. 정확히 말하자면 천편일률적인 방법으로 온실에서 배양된 존재가 아닐 거라고 생각해서, 라고 하면 제가 어떤 의미로 말했는지 이해하실 수 있지 않을지?"

"호오."

냉소적인 알리시아의 말에 라곤의 표정이 달라졌다. 신사의 가면이 벗겨져 나가며 진짜 그의 얼굴이 드러난다. 그것은 아주 오만하고 프라이드 높은 전사의 미소였다.

그 미소를 본 알리시아의 눈에 어린 흥미가 짙어졌다. 라곤이 그가 생각한 대로의 남자라고 여겼기 때문이다.

"잠깐 같이 걸을까요?"

"얼마든지."

라곤은 그녀와 함께 조용한 정원을 거닐었다. 하지만 곧 그녀는 눈살을 찌푸렸다.

"이런, 신발 때문에 발이 아파서 그러고 있던 거였는데 깜빡했네요. 앉을 만한 곳을 찾지요."

"저런, 신발이 익숙하지 않으신가 보죠?"

"이런 귀족 아가씨 신발은 영 불편해서 싫어요. 차라리 군화가 낫지."

"그건 좀 무서운 발언인데요."

라곤이 잠깐씩 치마 사이로 모습을 드러내는 그녀의 발을 보면서 쓴웃음을 지었다. 확실히 걸음걸이가 불편해 보였다.

두 사람은 정원 한구석에 있는 벤치를 찾아냈다. 알리시아가 그곳에 앉자 라곤은 산책로에 둘러쳐진 난간 위에 앉아서 그녀와 마주 보았다.

잠시 동안 라곤을 바라보던 알리시아가 입을 열었다.

"나는 원래 요조숙녀로 자랄 예정이었어요."

"예정이었다?"

"집안에서는 그렇게 키우고 싶어했죠. 아시다시피, 아니, 귀족이 된 지 얼마 안 되었으니 잘 모르시려나? 어쨌든 귀족가의 딸이라는 것은 가문의 이득을 위해 정략결혼이라는 방법으로 사용될 귀중한 재원이니까요."

"가차없네요."

"사실이니까요. 제가 미녀는 아니지만 그래도 아주 밉상은 아닌 덕분에 어려서부터 귀가 따가워라 얌전한 아가씨가 되라는 소리를 들었지요."

그렇게 말하는 알리시아는 밉상이 아닌 정도가 아니라 미녀였다. 눈이 번쩍 뜨일 정도는 아니었지만 개성있고 아름다운 생김새를 가졌다.

"그런데 제가 어릴 때 가문에 흉흉한 일이 많았죠. 덕분에 제가 좀 방치되었는데, 실은 제가 그전부터 몰래 빠져나가서 마을 아이들과 노는 걸 좋아했거든요."

"마을 아이들이라니… 평민들 말입니까?"

"네. 우리 집은 시골 귀족이에요. 그래서 어릴 때는 오빠랑 같이 마을 애들이랑 놀았죠. 여자애가 나뭇가지 들고 전쟁놀이를 하고 다녔어요."

"귀족 아가씨가 그럴 수 있다니 잘 상상이 안 가는군요."

라곤은 휘파람을 불었다. 뭐 그냥 평민 아이가 그러는 거라면 흔해빠진 일이었지만 귀족 가문의 아가씨가 그랬다니 신선했다.

"그러다가 웬 술 취한 용병한테 검술을 배웠죠. 아마 여자애가 망아지처럼 날뛰는 게 재미있어서 가르쳐 준 것 같았어요. 사실 그 사람이 별로 실력있는 사람은 아니었는데 기초는 잘 잡아줬죠."

"용병이 기초를 가르쳐요?"

"네. 그 사람은 얼마 후에 마을을 떠나서 다시는 만나보지 못했지만. 그 후로는 그 사람이 가르쳐 준 검술을 혼자서 신나서 연마하다가 한 가지 사실을 깨달았어요."

"어떤 사실을?"

"가문의 기사들이 검술 훈련을 하는 걸 보고 있자니… 저 정도는 나도 할 수 있겠다는 생각이 들더군요. 그래서 몇 번 구경한 다음에 필요한 기술만 훔쳤죠."

그녀가 태연하게 말하는 내용에 라곤은 할 말을 잃었다. 말인즉슨 그녀는 귀족 아가씨로 태어났지만 검술의 천재였다는 소리다. 용병에게 잠깐 검술의 기초를 배우고, 스스로 조금 단련한 후에는 남의 검술을 보기만 하고도 훔쳐 낼 수 있을 정도의.

"그때까지 아무도 제가 검술을 익히고 있다는 걸 몰랐어요. 열여섯 살 때 그 사실이 발각되어서 단단히 야단을 맞았죠. 제 운명을 결정한 것은 근신 처분을 받고 검을 몰수당한 일이었어요."

"운명이라니, 어떤 의미에서?"

"가출했거든요."

"가출?"

연이어 튀어나오는 상상을 초월하는 이야기에 라곤이 눈을 크게 떴다. 알리시아는 그런 라곤의 반응을 즐기면서 고개를 끄덕였다.

"그때쯤 가문의 분위기가 바로잡혔는데 저한테 몸가짐이 바른 아가씨가 되라고 강요하는 게 너무 싫었거든요. 그래서 당장 가출해서 전장으로 가서 용병이 되었죠. 그사이에 음유시인이 노래하면 아주 길어질 것 같은 여러 에피소드가 있지만 살짝 건너뛰고."

"아니, 그거 건너뛰어 버리면 안 될 것 같은데……."

"별로 재미없는 이야기예요. 몸을 노리고 덮치는 녀석들 팔을 잘라 버렸다거나 여자 따위 인정할 수 없다면서 독을 먹이고 팔아먹으려고 한 녀석을 죽여 버렸다거나 하는 이야기니까."

"그, 그쪽이 더 재밌을 것 같은데요?"

"그래요? 하지만 말하기 귀찮으니까 넘어가죠."

"……."

"어쨌든 그러다 보니까 어느 날 갑자기 소드 마스터가 되었더라고요. 그래서 일단 다른 사람들한테는 알리지 않고 의기양양하게 가문으로 돌아갔죠."

"난리가 났겠군요."

"당연하죠. 근데 얼굴이 시뻘게져서 소리 지르는 아버님 앞에서 오러 블레이드를 슥 펼쳐서 침대를 썰어버렸더니 쥐 죽은 듯이 조용해지시더라고요."

"그야… 그럴 수밖에 없죠."

라곤은 어이가 없어서 헛웃음을 지었다. 그 장면을 상상해 보니 정말 가관이다. 가출했다가 예고없이 돌아온 딸이 소드 마스터가 되어 있었을 때, 그녀가 얌전한 숙녀로 자라나 가문을 위해 다른 집안에 팔려 가주길 바랐던 아버지는 도대체 어떤 기분이었을까?

"뭐, 그래서 그 후에는 정식으로 소드 마스터로 데뷔하게 된 거예요. 이러쿵저러쿵 엄청 많은 구설수에 휘말렸지만 적어도 제 앞에서 뭐라고 할 수 있는 작자들은 없어졌죠."

자신만만한 미소를 지은 채 말하는 알리시아는 달빛 아래서 빛을 발하는 것 같았다. 지금까지 한 번도 본 적 없는 타입의 여자다. 소드 마스터라서 그렇긴 하겠지만 진솔하게 자신의 아주 비상식적인 인생을 늘어놓는 게 재미있었다.

알리시아가 도발적인 눈으로 라곤을 바라보며 말을 이었다.

"그런데 정작 소드 마스터라는 사람들을 만났을 때는 실망했어요. 그들은 하나같이 나하고는 달랐거든요. 그래서 왜 그럴까 하고 알아보니 그 이유가 적나라하더군요."

"그건 나하고 똑같군요. 뭐 따로 알아본 것은 아니고, 몇 번 싸우는 걸 보고 알았지만."

"그럼 하나 묻고 싶은데, 당신은 다른가요?"

순간 그녀로부터 공격적인 기운이 퍼져 나왔다. 다시금 라곤의 눈에 무수한 빛의 선이 떠오른다. 그녀가 자신을 노릴 수 있는 검의 궤도. 그 어떤 것이 실체화되든 간에 그것은 필살의 일격이 될 것이다.

하지만 라곤은 아까 전과는 달리 전투태세로 들어가지 않았다. 여유있게 미소 지으며 그녀를 바라본다.

"똑같이 취급하면 섭섭하죠."

라곤의 눈이 변했다. 푸른 눈동자 안에서 광포한 빛이 어른거린다. 순간 알리시아의 감각을 압박하는 기운이 퍼져 나가면서 그녀의 목숨을 노리는 무수한 검의 궤도가 떠올랐다.

'이 남자……'

알리시아의 눈동자가 흔들렸다.

라곤이 그녀에게 보여준 검의 궤도는 상상을 초월할 정도로 '많았다'. 상하좌우 어디를 바라봐도 벗어날 수 없는 죽음의 궤도가 그녀를 포위하고 있었다. 그녀가 라곤에게 보여준 궤도 역시 수십 줄기에 이르렀지만 라곤의 궤도 역시 그와 동등한 숫자였다.

그것이 바로 라곤이 다른 소드 마스터들과는 다르다는 증거였다. 알리시아는 가슴이 두근거리는 것을 느꼈다.

그런 그녀의 앞에서 라곤이 오러를 거두어들이며 말했다.

"온실 속의 화초라, 좋은 표현입니다. 그들은 단 한 가지만 할 줄 알도록 배양된 너무나도 무능한 자들이니까."

"……."

"그들과 다른 당신에게 경의를 표하죠. 알리시아 경, 내일을 기대하겠습니다."

라곤은 도발적인 눈길을 보내며 몸을 돌렸다. 그의 모습이 정원 너머로 사라지자 알리시아는 입술을 쓰다듬으며 중얼거렸다.

"아차, 그러고 보니 내 이야기만 늘어놓고 저 사람 이야기를 안 들었네?"

3

무투회 당일에는 엄청난 인파가 몰려들었다. 왕도 외곽에 만들어진 원형 경기장은 수천 명의 관객을 수용할 수 있는 크기였는데 빈자리를 찾아볼 수 없을 정도였다.

라곤은 귀빈들을 위해 준비된 특별석에서 경기장을 내려다보았다. 전장에서 활약하며 환호성을 받는 일에는 익숙해졌지만, 이렇게 큰 무대에 서는 것은 처음이다. 저 경기장 한가운데 서서 사람들의 시선을 받으리라 생각하니 조금 흥분되었다.

지루한 개회사가 끝난 후 경기가 시작되었다. 라곤은 특별석에서 턱을 괴고 앉은 채 그 경기를 즐겁게 관전했다.

문득 다른 소드 마스터들을 바라보니 다들 시큰둥한 기색이었다. 압도적인 힘을 가진 초인들 입장에서 열심히 싸우는 저들이 시시해 보이는 것은 어쩔 수 없으리라.

하지만 라곤은 그들과는 보는 시각이 달랐다. 경기장에 선 자들 중에는 세련된 검술과 경기를 이끌어가는 전술적인 능력이 뛰어난 자들이 많았기 때문이다. 그런 능력은 소드 마스터들에게서는 찾아볼 수 없었던 가치였다.

문득 라곤은 자신을 바라보는 시선을 느꼈다. 경기장에서 시선을 옮겨 상대를 바라보자 반대쪽 특별석에서 붉은 금발의 여인이 미소 짓고 있었다.

'알리시아 미세룬.'

그녀는 오늘은 기사답게 드레스 대신 갑옷을 입고 있었다.

두터운 갑옷을 입고 있어서 투구까지 쓰면 여자라는 것을 몰라보겠다 싶었다.

두 사람의 눈길이 마주쳤다. 라곤은 왠지 그녀의 눈에 담긴 마음을 알 것 같았다. 그녀도 분명 무투회장에서 진행되는 경기와 그것을 보는 다른 소드 마스터들의 태도를 관찰하고는 라곤과 같은 생각을 했으리라.

'재미있는 여자.'

잠깐 보았을 뿐인데 이렇게 마음이 맞는 느낌이 들다니 신기한 일이다. 그것은 그녀가 라곤과 마찬가지로 다른 소드 마스터들과는 다른 과정을 거쳐 이 자리에 선 존재이기 때문이리라.

라곤은 슬며시 술잔을 들어 보였다. 알리시아도 빙긋 웃으며 술잔을 마주 들었다. 두 사람은 허공에서 건배를 나누고는 술잔을 비웠다.

와아아아아아!

그러는 동안 격렬하게 치러진 경기가 모두 끝났다. 우승자는 엘비라스 왕국의 젊은 기사로, 라곤이 보기에는 보기 드문 세련된 검술과 과감성을 모두 겸비한 이였다.

하지만 그런 기술도 소드 마스터 앞에서는 아무런 의미도 없었다. 엘비라스 왕국의 베테랑 소드 마스터가 나서서 이루어진 친선 시합은 그것을 모든 사람에게 각인시켜 주었다. 소드 마스터는 장난처럼 전혀 살의를 일으키지 않고 상대했지만 젊은 기사는 그의 근처에도 가지 못하고 압도당했으니까.

'시시하군.'

라곤은 압도적인 힘으로 우승자를 지쳐 나가떨어지게 한 소드 마스터를 보며 코웃음을 쳤다. 그저 압도적인 힘을 마구 휘두를 줄만 아는 자들, 그런 자들이 무(武)의 정점에 선 것처럼 대접받다니 우스운 일이다. 그런 존재에게 농락당한 젊은 기사에게 동정을 금할 수 없었다.

그다음에는 각국의 소드 마스터들이 나서서 여흥을 보여주는 시간이 이어졌다.

엘비라스 왕국은 이 시간을 위해 많은 준비를 한 것 같았다. 예를 들면 오우거를 산 채로 잡아서 경기장 안에 들여놓고 소드 마스터와 싸우게 하는 정도로.

"호오!"

이 연출에는 라곤도 조금 감탄했다.

확실히 소드 마스터의 힘을 보여주려면 강력한 상대를 앞에 세우는 것이 좋다. 일반인들에게 공포의 상징으로 각인된 오우거 정도라면, 그것을 단번에 처치하는 것만큼 효과적인 연출은 찾기 어려울 테니까.

오우거는 보기만 해도 두려운 존재였다. 3미터 이상의 키와 터질 듯한 근육질의 몸, 돌처럼 단단하고 거친 피부에 사람을 잡아먹는 식인귀다운 흉악한 얼굴을 마주하고 태연할 수 있는 존재는 흔치 않으리라. 그 힘은 괴력의 대명사가 될 정도라서 인간 따위는 손가락만으로 찢어버릴 수 있었다.

그러나 그 앞에 서 있는 소드 마스터는 태연했다. 투구조차 쓰지 않은 채 곱슬 진 붉은 머리칼을 휘날리고 있는 것은 알리시아였다.

"엘비라스 왕국도 뭘 좀 아는군."

알리시아가 재미있다는 듯 웃었다. 그녀의 앞에서 오우거를 묶어두었던 마법의 구속구들이 빛을 발하며 풀려 나간다. 육중한 쇠사슬이 땅에 떨어져서 굉음이 울려 퍼지고, 일어 오르는 흙먼지 속에서 오우거가 그 거대한 몸을 일으켜 세웠다.

지금 오우거의 감각은 마법으로 조작당해서 관객들을 전혀 인식할 수 없는 상태였다. 오로지 경기장 안에 있는 단 한 사람, 알리시아만을 인식하고 행동한다.

크워어어어어!

오랫동안 굶주린 오우거는 인간의 존재를 인식하자마자 포효했다. 두터운 갑옷 위로 드러난 인간의 얼굴이, 그리고 바람을 타고 전해져 오는 야들야들한 살냄새가 오우거를 미치게 만들었다.

쿵쿵쿵쿵쿵!

오우거가 달려가자 지축이 뒤흔들렸다. 그 흉흉한 기세에 관객들이 얼어붙었다. 하지만 그 앞에 선 알리시아는 허리에 손을 얹은 채 여유만만하게 기다리고 있었다.

쿠우우웅!

굉음이 울려 퍼졌다.

오우거의 거대한 몸이 뒤로 주르륵 밀려 나갔다. 알리시아와 그의 사이에 투명한 붉은 빛의 파문이 일어나 흩어져 갔다. 알리시아가 보이지 않게 오러 디펜더를 전개해 오우거의 돌진을 막아낸 것이다.

"한 방에 쓰러뜨릴 수도 있지만, 그래서야 관객들도 재미가 없겠지."

알리시아의 눈이 빛났다. 균형을 바로잡고 재차 달려들던 오우거의 몸이 크게 흔들렸다.

콰드드드득!

알리시아와 오우거 사이에 일직선으로 빛이 일어나더니 지면이 통째로 뜯겨져 나갔다. 그 밑에서 기다란 오러 블레이드가 꿈틀거리면서 일어나서 오우거를 후려갈겼다.

그 순간 소드 마스터들은 모두 오우거가 일도양단될 것을 의심치 않았다. 단 한 사람, 라곤을 제외하고.

결과는 놀라운 것이었다. 땅속을 타고 전개되어 튀어나온 알리시아의 오러 블레이드가 오우거의 몸을 잡아채듯이 휘어지면서 그 몸을 허공으로 집어 던진 것이 아닌가?

"오오오오오오!"

예상외의 광경에 사람들이 감탄했다. 2톤을 넘는 오우거의 거체가 공깃돌처럼 허공으로 날아오른다.

그리고 알리시아의 붉은 오러 블레이드가 다섯 줄기로 갈라져서 그 거체를 뒤쫓았다. 허우적거리던 오우거의 몸이 그 것에 사로잡혀 허공에 고정되었다.

"대단한데."

그 광경을 본 라곤이 감탄성을 흘렸다.

그것은 마치 심해에 서식하는 거대한 괴물 크라켄이 촉수를 뻗어서 먹잇감을 움켜쥔 것 같았다. 알리시아의 몸에서 뻗어나간 다섯 줄기의 붉은 섬광이 오우거의 몸을 휘감은 채 꿈틀거리고, 거기에 잡힌 오우거의 뼈와 근육이 엄청난 압력을 받으며 짜부라지고 있었다.

알리시아가 보여주고 있는 것은 오러 블레이드의 제어 능력 그 정수였다. 오러 블레이드를 '무엇이든 베어버리는 빛의 검' 정도로만 인식하고 있는 대다수의 소드 마스터들은 이런 기술은 상상도 해보지 못했으리라.

"이제 끝내지."

반쯤 뼈가 박살 나버린 오우거를 보며 알리시아가 속삭였다. 동시에 꿈틀거리던 오러 블레이드들이 급격하게 움직여서 오우거를 높이 내던졌다.

그, 그워어어어어!

오우거가 비명을 질렀다. 알리시아는 그것을 보며 다섯 줄기의 오러 블레이드를 거두어들였다. 동시에 그것들이 그녀의 손에서 한 줄기로 겹쳐지면서 거대한, 10미터 이상으로 불타오르는 붉은 섬광의 칼날로 화했다.

파학!

높이 솟구쳤던 오우거의 몸이 두 조각으로 찢겨져서 떨어져 내렸다. 일격으로 오우거의 숨통을 끊어놓은 알리시아는 차갑게 웃으며 머리를 쓸어 넘겼다.

쿵! 쿠웅!

동시에 동강난 오우거의 몸이 경기장 위로 곤두박질쳤다.

사람들이 환호성을 질렀다.

"우와아아아아아아!"

알리시아는 손을 들어 사람들에게 화답하면서 라곤에게로 시선을 던졌다. 그녀의 입가에 걸린 도발적인 미소가 라곤에게 말하는 것 같았다.

'어때? 이만큼 할 수 있겠어?

라곤은 그녀를 마주하며 미소 지었다. 물론 그는 그 이상의 퍼포먼스를 보여줄 생각이었다.

4

이후 이어진 소드 마스터들의 퍼포먼스는 계속해서 관객들을 달아오르게 만들었다. 오우거를 베고, 네 마리의 트롤을 쓸어버리고, 마법으로 이동시켜 온 거대한 바위를 일격에 동강내는 모습은 사람들에게 소드 마스터가 어떤 존재인지 각인시켜 주기에 충분했다.

그것들을 보면서 라곤은 냉소했다. 알리시아 외의 다른 소드 마스터들은 아무런 기교 없이 힘을 뿌려대고 있을 뿐이었다. 오러를 다룸에 있어서도, 그 이전에 전사로서 뿌리가 되는 검술이라는 측면에서도 감탄할 구석이 전혀 없었다.

'정말 시시하군. 우리 왕국만 이런 게 아니었다니 정말 절망적이기까지 해.'

라곤은 한숨을 쉬며 책임자에게 이 여흥을 위해 준비된 것들이 무엇인지 물어보고, 자신을 위한 무대를 만들어줄 것을 부탁해 두었다. 마침 그가 나갈 차례는 맨 마지막이었다.

"마지막으로 리할드 왕국의 은사자 기사단 소속 라곤 클란드 경께서 나오십니다."

사회자의 말과 함께 박수와 환호를 받으며 라곤이 입장했다. 그가 경기장 한가운데 가서 서자 마법사들이 준비해 두었던 것들을 경기장에 배치시키기 시작했다.

쿵! 쿵! 쿵! 쿵……!

굉음과 함께 여덟 개의 돌기둥이 경기장 외곽에 배치되었다. 굵기가 사람 몸통 다섯 배쯤 되고 높이는 사람 키의 세 배쯤 되는 두꺼운 돌기둥이었다.

그리고 몬스터들이 풀려 나왔다. 사람들은 경기장에 나오는 몬스터들을 보고 아연해졌다. 오우거 다섯 마리와 트롤 세 마리, 거기에 황소보다도 큰 덩치를 가진 그레이트 울프 세 마리까지 나오는 것이 아닌가?

관계자들이 수군거렸다.

"저건 좀 지나친 것 아닌가?"

"무슨 생각으로 저런 걸 준비해 달라고 한 거지?"

"물론 쓰러뜨리는 것 자체는 간단하겠지만, 자칫 관객석으로 향하기라도 한다면……."

물론 경기장 주변에는 방어 마법이 둘러쳐져 있어서 안전을 보장하지만, 전장도 아니고 축제에서 강력한 몬스터들을 갖고 위험한 장난을 칠 수는 없었다.

알리시아 역시 라곤의 의도를 읽을 수 없어서 고개를 갸웃거렸다. 단순히 여러 마리의 몬스터들을 처치하는 학살자의 모습을 보여주고 싶은 것이라면 저 여덟 개의 돌기둥은 어째서 준비시킨 것일까?

'뭘 보여줄 생각이지?'

그녀는 가슴이 두근거리는 것을 느꼈다. 이것은 분명 그녀가 던진 도전에 대한 라곤의 대답이다.

크아아아아!

그워어어어!

구속구가 풀려 나오면서 몬스터들이 울부짖었다. 그와 동시에 라곤이 사납게 웃었다.

콰드드드드득!

굉음과 함께 경기장의 지면이 통째로 뜯겨져 나갔다. 라곤을 중심으로 여덟 개의 돌기둥으로 이어지는 빛의 선이 그려지면서 그것들이 압도적인 기세로 일어났다.

알리시아가 보여주었던 오러 블레이드 촉수의 재현이었다. 다만 이번에는 훨씬 큰 규모로 전개되었을 뿐이다. 여덟 개의 돌기둥을 휘감은 오러 블레이드가 크게 휘둘러지면서 그것들이 한꺼번에 허공으로 치솟아 올랐다.

'저럴 수가!'

알리시아가 경악했다. 그녀는 다른 사람과는 놀란 이유가 달랐다. 왜냐하면 라곤이 집어 던진 여덟 개의 돌기둥이 완벽하게 균일한 높이까지 떠올랐기 때문이다. 그렇게 넓게 힘을 전개하면서도 믿을 수 없을 정도로 정밀하게 힘을 제어해 냈다는 증거가 아닌가?

그리고 섬광이 허공에서 춤췄다. 길게 뻗어나간 여덟 줄기의 오러 블레이드가 채찍처럼 허공을 날아다니면서 날카로운 충격파가 터졌다.

촤촤촤촤촤촤!

관객들은 보호 마법을 넘어 불어오는 강풍에 전율했다. 무수한 빛의 궤도가 그려지면서 여덟 개의 돌기둥이 수백 조각으로 썰려서 흩어지고 있었다.

라곤의 오러 블레이드가 속도를 죽이면서 그 모든 것을 부드럽게 휘감았다. 그리고 그대로 지상을 향해 튕겨내듯 그것들을 던져 내기 시작했다.

콰콰콰콰콰쾅!

잘게 잘려진 돌기둥이 화살처럼 경기장으로 쏟아져 내렸다. 쏟아지는 돌기둥 사이에서 몬스터들이 패닉에 빠져서 비명을 질렀다.

눈앞을 가리며 장대하게 일어난 흙먼지에 사람들은 완전히 얼어버렸다. 그리고 그 직후 강한 바람이 일어나면서 그 흙먼지의 움직임이 멎었다. 아니, 그렇게 생각했던 것은 착각이었고, 급격하게 한 지점을 향해 빨려들어 가기 시작했다.

그곳은 바로 라곤의 머리 위였다. 라곤은 오러 블레이드를 격렬하게 회전시켜서 흙먼지를 빨아들이고, 그것을 다시 허공으로 토해내고 있었던 것이다.

"그럼 이제 마무리다."

라곤은 만족스럽게 웃으면서 중얼거렸다. 모든 관객이 그에게 시선을 던진 채 돌처럼 굳어 있었다.

창처럼 잘려진 돌기둥의 조각들은 경기장에 작은 원의 테두리를 그리고, 그 안에 빽빽한 숲처럼 박혀 있었다. 그사이에 몬스터들은 사지가 꿰뚫리고 다른 돌기둥에 얽혀서 옴짝달싹하지 못하고 묶여 있었다.

그리고 그 한가운데, 처음 라곤이 서 있던 지점에는 아주 길게 자라난 돌기둥이 하나 있었다. 그것은 라곤이 잘라낸 돌기둥의 조각들을 정확히 일렬로 꽂아서 세운 것으로, 높이가 20미터를 넘었다.

흙먼지를 모두 빨아들인 라곤이 땅을 박찼다. 강렬한 발 구름에 지면이 원형으로 터져 나가면서 그의 몸이 10미터 가까이 치솟았다. 라곤은 허공에 디딤대가 있는 것처럼 한 번 더 발을 굴렀다. 그러자 그 지점에서 빛의 파문이 퍼져 나가면서 그의 몸이 한 번 더 치솟았다.

그렇게 돌기둥의 꼭대기까지 올라간 라곤이 그 끝을 밟고 다시 솟구쳤다. 그의 몸이 수십 미터 위쪽까지 치솟으면서 경기장의 모든 이들이 그의 모습을 우러렀다.

섬광이 뿜어져 나왔다.

후우우우우우우!

수십 미터 높이까지 치솟은 라곤이 몸을 아래로 향하면서 오러를 최대 출력으로 전개시켰다. 푸른 오러 블레이드가 거대하게 불타오르고, 오러 디펜더가 농밀하게 그것을 감싸 안은 채 맹렬하게 회전하기 시작했다. 초당 수백 번 이상의 초고속 회전이 일어나자 거기에 휘말린 대기가 비명을 토해내었다.

"스파이럴—"

낙하가 시작되자 라곤이 작게 내뱉었다. 오러의 회전이 임계점에 도달하는 순간, 그의 몸이 벼락처럼 지상으로 튀어나갔다.

"—차징!"

콰아아아아아아아!

커다란 원뿔형으로 돌출되어 회전하는 오러 블레이드가

경기장으로 내리꽂혔다. 정확하게 기다란 돌기둥의 끄트머리를 때린 뒤 그대로 그것을 두 동강 내면서 바닥에 작렬, 섬광의 태풍이 몰아치면서 돌의 숲을 산산조각으로 부수었다. 눈이 멀어버릴 듯한 태풍과 보호 마법 너머의 사람까지 날려버릴 것 같은 강풍이 몰아치면서 모든 것을 쓸어버렸다.

쿠구구구구구구……

마침내 빛이 사그라지면서 흙먼지가 가라앉기 시작했다. 사람들은 숨을 쉬는 것조차 잊어버린 채 경기장 중심을 응시했다.

그곳에 라곤이 은은한 빛을 발하는 검을 들고 서 있었다. 그가 커다란 날개처럼 변형시킨 오러 디펜더를 한 번 휘두르자 흙먼지가 단번에 쓸려 나가고 황무지처럼 변해 버린 경기장이 드러났다.

"후우, 성공했군."

라곤은 표정을 관리하며 중얼거렸다. 조금이라도 실수했으면 힘으로 밀어붙일 수밖에 없는 연출이었는데 완벽하게 성공해서 다행이다.

심장이 산소를 요구하며 격렬하게 쿵쾅거리고 어깨가 들썩거렸지만 그는 애써서 태연한 척했다. 지금 그는 몇 시간이고 싸우면서 발휘할 수 있는 힘을 이 연출을 위해 단숨에 퍼부어 버린 것이다. 덕분에 무리하게 힘을 낸 전신 근육이 삐걱거리는 게 느껴졌다.

"와……"

시간이 멈춰 버린 듯한 정적 속에서 누군가가 입을 열었다. 그리고 그다음 사람이, 또 그다음 사람이 입을 열면서 그 열기가 파도처럼 관객석 전체를 휩쓸었다.

"와아아아아아아아아!"

경기장이 떠나갈 듯한 함성의 해일 속에서 라곤이 손을 번쩍 들어 올렸다. 믿을 수 없는 광경을 본 사람들의 눈에는 라곤이 인세에 강림한 전신(戰神)으로 보였다.

그리고 그 환호성 너머에서, 흥분이 아닌 공포를 느끼는 자들도 있었다. 마법사들은 입을 쩍 벌린 채 그 자리에 주저앉고 말았고, 소드 마스터들도 도저히 믿을 수 없다는 듯 몸을 부들부들 떨고 있었다.

"정말… 엄청난 남자로군."

알리시아 미세룬 역시 경악과 흥분으로 몸을 떨고 있었다. 그녀는 주체할 수 없을 정도로 떨리는 자신의 몸을 바라보며 심호흡을 했다. 그런 그녀에게 라곤이 '어때?' 라고 묻는 것 같은 미소를 한 번 던지고는 경기장을 떠났다.

5

그 일로 인해서 라곤의 위상은 완전히 바뀌었다. 마지막 날 밤에 열린 무도회에서 라곤은 수도 없이 많은 사람들에게 둘러싸여 질문 공세에 시달려야 했다. 엘비라스 왕국의 공주들을 비롯해서 그와 춤을 추겠다는 아가씨들이 수십 명이나 줄을 섰고, 기사와 마법사들도 한번 말이라도 붙여보기 위해서 엄청난 경쟁률을 뚫어야만 했다.

"헉헉! 주, 죽겠다."

그리고 그들을 상대하다가 진이 빠져 버린 라곤은 가까스로 정원으로 도망 나왔다. 주목받는 것까지는 좋은데 엘비라스 국왕까지 달라붙어서 공주와 결혼해서 엘비라스 왕국으로 이적하지 않겠냐고 스카우트 제의를 하는 것은 무서울 정도였다.

사람들이 워낙 끈덕져서 그들을 뿌리치기 위해 소드 마스터의 기술까지 썼다. 달라붙는 사람들을 미끄러지듯이 흘려내고, 넘치는 존재감을 반대로 거두어들여서 스스로를 유령처럼 희미하게 만드는 수법들을.

"시원한 거 한잔하시죠."

그렇게까지 했는데도 따라붙은 사람이 하나 있었다. 자신에게 시원한 주스 잔을 내미는 사람을 라곤은 미소 지으며 바라보았다.

"아, 진짜 열심히 도망쳤는데 따라오는군요."

"계속 당신만 보고 있었으니까. 벽을 기어서 2층으로 간 다음 복도를 타고 다시 3층으로 가서 빈방으로 들어간 후 창문으로 뛰어내려서 여기로 오다니, 정말 대단하네요."

그렇게 대답한 것은 붉은 머리칼의 여성 알리시아였다. 그녀는 라곤의 도주 루트를 주의 깊게 바라본 다음 목적지를 예상하고 따라온 것이다.

"그렇게 안 하면 도망칠 수가 없었거든요. 너무 지나쳤나 싶어서 후회 중입니다."

"그렇군요. 확실히 지나쳤어요. 그런 걸 보여줘 버리면… 누구라도 당신을 그냥 보내고 싶지 않겠죠."

알리시아가 진심 어린 경의를 담아 말했다. 오랜 세월에 걸쳐 발달해 온 비전의 단련법이 아닌, 오로지 스스로의 재능과 노력만으로 소드 마스터가 된 그녀는 다른 소드 마스터들을 인정하지 않았고, 스스로에 대한 강한 자부심을 갖고 있었다. 하지만 오늘 라곤이 보여준 것은 그런 자존심을 접고 고개를 숙일 수밖에 없을 정도로 경이로운 것이었다.

"그런 식으로 오러를 운용하는 것은 상상도 못해봤어요. 마지막의 그 기술……."

"스파이럴 차징 말이군요. 뭐, 오러 블레이드와 오러 디펜더를 하나로 엮어서 나선형으로 비틀면서 고속 회전시켜 주는 기술이죠. 공부를 좀 했다면 누구나 할 수 있는 기술인데 그렇게 띄워주면 곤혹스러운데요?"

"공부? 무슨 공부 말이죠?"

스스로 펼친 기술을 별것 아닌 것처럼 말하는 라곤의 말에 알리시아가 놀라서 물었다. 라곤은 어깨를 으쓱하며 말했다.

"그야 소드 마스터들에 대한 기록이죠. 현대의 소드 마스터들이 아니고 수백 년 전 고대의 소드 마스터들이 어떤 식으로 싸웠는지 그 기록들을 찾아보면 재미있는 걸 많이 찾을 수 있어요. 다행히 우리 왕실도서관과 마탑 쪽이 보유한 자료 중에는 도움 될 만한 것들이 많았습니다."

"고대의 소드 마스터라고요?"

"그래요. 지금처럼 온실 속의 화초처럼 키워낼 수 있는 '효율적인' 단련법이 있기 전의 소드 마스터들이 어떻게 싸웠을까, 그게 좀 궁금해서 알아보니까 도움 되는 이야기들이 많더군요."

"그거 멋진 발상인데요."

알리시아는 감탄하고 말았다.

선배들의 업적을 공부한다.

말로 하면 아주 간단해 보인다. 마법사들이라면 그게 당연하지 않겠냐고 할 것이다.

하지만 소드 마스터의 경우는 이야기가 다르다. 유서 깊은 무가만이 소드 마스터를 길러낼 수 있었고, 선대의 소드 마스터들에 대한 자료 역시 절대 내놓지 않고 독점했다.

검술과 체술, 전술 전략이 시간이 지나면서 계속 발달해 왔듯이 '소드 마스터를 길러내는 법' 역시 마찬가지였다. 유서 깊은 무가들이라면 누구나 알고 있는 소드 마스터 육성법은 자연스럽게 검술을 단련해 그 극치에 도달했던 과거의 소드 마스터들과는 다른 일그러진 존재를 만들어냈다.

라곤은 소드 마스터가 되어 그들과 마주하면서, 그리고 그들이 싸우는 모습을 보면서 충격을 받았다. 이전에 일반인이었을 때는 보이지 않던 그들의 결점이 보였기 때문이다.

믿을 수 없는 일이지만, 소드 마스터들은 검술이 서투르다.

"처음에는 제 눈을 의심했죠."

라곤은 쓴웃음을 지었다.

아마 어디 가서 말하면 비웃음을 당할지도 모른다. 소드 마스터라 불리는 존재가 검술이 서투르다니?

하지만 그것은 사실이었다. 오러 블레이드와 오러 디펜더가 발휘하는 압도적인 힘 때문에 아무도 그것을 알지 못할 뿐, 그들의 검술은 다른 기사들과 비교할 때 전혀 나을 것이 없다. 오히려 세련된 검술을 가진 자들과 비교하면 초심자의 그것처럼 힘만 넘치고 기교라곤 찾아볼 수 없었다.

다만 그들은 단 하나의 동작에 한해서는 절대적인 숙련도를 자랑한다. 그것이 소드 마스터가 되는 열쇠이기 때문이다.

가장 재능이 보이는 단 하나의 기술을 극한까지 숙련함으로써, 인간의 한계를 초월하여 마나를 인지할 수 있는 영역으로 들어선다.

이전에 라곤과 함께 흑마법사들을 쓰러뜨렸던 아르센드의 경우는 내려치기 하나만큼은 검술의 이상을 체현한다고 해도 과언이 아닐 정도로 완벽했다. 그러나 나머지 검술은 그것과 비교하면 검술 초심자가 아닐까 싶을 정도로 엉망이다.

그렇기에 라곤과 다른 소드 마스터들이 대치했을 때 서로에게 보여줄 수 있는 공격 궤도의 수가 다를 수밖에 없는 것이다. 단 하나의 완벽한 동작만을 가진 그들이 한 번에 낼 수 있는 공격의 궤도는 고작해야 열 개 미만이지만 라곤은 그 몇 배 이상으로 다양한 공격을 낼 수 있었으니까.

하지만 그럼에도 불구하고 그들은 무적이다. 왜냐하면 호랑이와 개미가 싸울 때, 개미가 호랑이보다 1억 배 뛰어난 무술의 달인이라 한들 승리할 가능성은 전혀 없는 법이니까. 엄청난 힘과 속도, 그리고 주변의 모든 것을 간파하는 감각에 완벽한 검과 방패까지 겸비한 그들 앞에서 기술이란 참으로 무의미하고 부질없는 것이다.

무술의 궁극적인 도달점으로 여겨지는 소드 마스터지만, 그 실체는 무술의 근본을 부정하는 딜레마 그 자체다. 라곤은 다른 이들과는 완전히 다른 과정을 통해 소드 마스터가 된 후 그 사실을 알아차렸고, 그 후로 소드 마스터들을 경멸하게 되었다.

그저 강력한 힘을 가졌을 뿐인 인간병기.

그것이 만인이 우러르는 소드 마스터라는 허상의 실체였다.

알리시아가 고개를 끄덕였다.

"그래요. 나 역시 그랬죠."

"아마 당신의 기술을 보고도 다들 경악했을 겁니다. 자기들은 그런 식으로 오러 블레이드를 사용하는 것은 생각해 보지도 못했을 테니까."

소드 마스터가 터득하는 기술은 마나와 공명해서 오러를 증폭시키고, 그것을 농밀하게 제어해서 오러 블레이드와 오러 디펜더를 구현해 내는 것이다. 소드 마스터의 오러는 변화무쌍하여 오러 블레이드를 여러 조각으로 쪼개서 휘두를 수도 있었고, 오러 디펜더를 여러 형태로 바꾸어 운용할 수도 있었다.

하지만 그 특성을 이용하는 기술 역시 사용자의 단련된 감각에 좌우된다. 검을 자유자재로 다루고 자신의 몸을 완벽하게 제어할 수 있는 자가 오러 역시 세련되고 폭 넓게 다룰 수 있었다.

그렇기에 라곤과 알리시아는 다른 소드 마스터들과는 격이 다른 존재다. 다른 소드 마스터들은 오늘 그 사실을 절실하게 깨달았으리라.

라곤이 말했다.

"옛 기록은 과장된 것도 있고 아예 허위 기록인 것들도 많습니다. 위대하신 대왕께서 검을 한 번 휘둘렀더니 수천 명이 쓸려 나갔다거나 하는 말들 말이죠."

"원래 영웅의 업적은 과장되게 마련이니까요."

"그렇죠. 그래서 그런 기록들은 좀 걸러내면서 현상에 대한 표현에 치중했습니다. 그걸 참조해서 연습을 좀 해보니 재미있는 성과들이 나오더군요. 스파이럴 차징 역시 그중 하나고."

"그 말은 다른 것도 있단 뜻?"

"물론이죠. 하지만 모르고 있었다니 힌트는 여기까지만 주겠습니다. 어쨌거나 알리시아 경은 타국의 소드 마스터니까."

라곤은 장난스럽게 말하며 윙크를 했다. 그의 매력적인 미소에 알리시아 역시 부드러운 미소로 답했다.

"그렇군요. 하지만 전 이미 천금을 얻은 것 같은 기분이네요."

"그 정도는 이 주스의 보답으로 하죠."

라곤은 빈 주스 잔을 들어 보이며 말했다. 문득 알리시아가 말했다.

"당신이 우리나라 사람이었으면 프러포즈했을 텐데."

"네?"

갑작스러운 이야기에 라곤이 깜짝 놀라서 물었다. 알리시아가 피식 웃으며 대답했다.

"사실은 요즘 결혼하지 않겠냐는 이야기가 많이 나와서요."

"하긴 적령기의 아가씨니 그렇겠지요."

"소드 마스터가 된 후로는 정략결혼의 뉘앙스를 조금이라도 풍기면 가구가 하나씩 부서져 나가서 닥쳐 주시기는 하는데, 그래도 결혼은 해야 하지 않겠냐고 하더라고요. 소드 마스터를 다른 집안으로 시집보낼 수는 없는 노릇이니 데릴사위를 원하고 계시죠."

"하아, 대충 무슨 의미인지는 알겠군요."

라곤은 그녀의 신랄한 말속에 담긴 그녀 가문의 의도를 알아듣고 한숨을 쉬었다. 알리시아가 냉소했다.

"그래요. 소드 마스터의 자질을 가진 후손을 원하는 거죠. 전 지금 조카를 가르치고 있긴 하지만 기왕이면 확실한 자질을 가진 제 후손이 가문의 힘이 되어줬으면 하는 거예요."

"답답하시겠습니다. 역시 귀족들은 피곤하군요."

"그래서 전 라곤 경이 부러워요. 적어도 이런 골칫거리는 안고 있지 않으니까요."

알리시아는 솔직하게 말했다. 평민 출신인 라곤은 귀족사회에서 험담을 들을지언정 가문 내의 압박이라는 것과는 인연이 없었다. 게다가 남자라는 성별 역시 여자인 그녀보다 자유로울 수 있지 않은가.

"그러네요. 뭐, 저도 지금의 제가 마음에 듭니다. 뒤에서 뭐라고 하든 앞에서 저를 무시할 수 있는 작자는 아무도 없고, 자유로운 귀족 생활이라는 것도 나쁘지 않고요."

"소드 마스터가 되기 전에 어떻게 살았는지 들려주지 않겠어요?"

알리시아가 별을 보며 던진 부탁에 라곤은 잠시 동안 생각에 잠겼다. 그러고 보니 어제 그녀의 인생을 들었으니 자신의 이야기도 들려주는 게 공정할 것 같았다.

"별로 재미는 없는 이야기일 것 같지만……."

라곤은 멋쩍게 웃으며 자신의 과거를 들려주었다.

인적이 없는 곳에서 두 사람이 이야기를 나누는 동안 밤이 깊어가고 있었다.

마검전생

리할드 왕국력 354년 10월.

3국 친선무투회에서 라곤이 벌인 일은 리할드 왕국에서도 화제가 되었다. 비록 리할드 왕국의 기사 중 무투회 우승자가 나오지는 못했지만, 라곤이 리할드 왕국의 이름을 드높였다는 사실에 국민들은 자랑스러워했다.

덕분에 라곤의 인기가 무섭도록 치솟으면서 어딜 가나 그에 대한 이야기를 들을 수 있었고, 그를 만나보고 싶어하는 사람들의 숫자가 폭주했다. 서민들의 거리에 가면 유명인들의 초상화 중에 가장 잘 팔리는 초상화가 라곤의 것이었다.

"주인님, 바르빌드 후작가에서 한번 식사를 대접하고 싶다

는 초대장이…….'

"바르빌드 후작가? 어휴, 이거 왕도에 있는 귀족가는 죄다 불러내니 몸이 열 개라도 모자라겠군."

라곤이 집사가 내민 초대장을 받아 들며 투덜거렸다.

소드 마스터가 된 후부터 많은 인기를 누린 라곤이었지만 지금의 인기는 그때와는 차원이 달랐다. 평민 출신의 신예일 뿐이라고 은근히 무시하던 자들까지 어떻게든 한번 보고 싶어서 안달이 난 것 같았다.

"하지만 바르빌드 후작가의 초대에는 응하시는 편이 좋을 것 같습니다."

"음? 왜지?"

드물게 집사가 의견을 내자 라곤이 의아해하며 물었다. 집사가 설명했다.

"초대장을 보시면 알겠지만 초대자는 바르빌드 후작이 아닙니다."

"어라? 진짜네? 근데 왜 후작가의 직인이 찍혀 있지?"

"초대자이신 크루소 경은 전 바르빌드 후작이셨고, 전대 소드 마스터셨으니까요. 은퇴하신 지 10년 정도 되었지만 현역 때는 굉장하셨다고 들었습니다."

"아, 그런 거군. 그런데 전대 소드 마스터? 그것참, 뉘앙스가 미묘하네. 하긴 소드 마스터도 사람이니까 언제까지 현역일 수는 없는 노릇이지."

현재 왕국의 일곱 소드 마스터 중 가장 나이가 많은 이는 55세였다. 소드 마스터가 일반인보다 오랫동안 젊음을 누린 다고 하더라도 노화가 이루어지지 않는 것은 아니었고, 그러다 보니 나이를 먹고 기력이 쇠하면 결국 은퇴를 하게 된다.

그런 은퇴자 중 하나가 자신을 보고 싶어한다니 확실히 흥미가 동했다. 현역 소드 마스터들은 라곤에게 있어서 경멸의 대상일 뿐이다. 과연 전대 소드 마스터는 뭔가 다를까?

라곤의 마음이 기울어지는 듯하자 집사가 반농담조로 결정타를 날렸다.

"게다가 바르빌드 후작가에는 결혼 적령기의 딸이 없습니다. 하다못해 정략결혼으로 넣어볼 만한 어린애도 없죠. 그러니 그런 쪽으로는 부담이 없지 않을까요?"

"어, 그래?"

라곤이 귀족들을 만나기 싫어하는 이유 중에 하나는 혼담 문제였다. 귀족들은 라곤이 라비니아와 교제 중이라는 것을 뻔히 알면서도 혼담을 들이밀곤 했던 것이다.

게다가 결혼 적령기의 처녀가 아니라 열 살도 안 된 어린 여자애와의 약혼은 어떠냐고 묻는 등, 평민 출신인 라곤으로서는 도저히 이해할 수 없는 광기의 세계가 펼쳐졌기 때문에 그런 압박이 없다는 것만으로도 상대에 대한 호의가 생길 지경이었다.

"내일 저녁이라면 아직 결정된 예정은 없으니까 가봐야겠군. 기별을 넣어줘."

"알겠습니다."

집사가 공손히 고개를 숙였다.

2

바르빌드 후작가는 리할드 왕국의 개국공신 중 하나로 왕궁과 거의 같은 역사를 가진 유서 깊은 저택을 쓰고 있었다. 그 규모도 엄청나서 여기에 비하면 라곤의 저택은 창고라 부르는 편이 어울릴지도 모른다.

라곤은 그들이 보낸 사두마차에 몸을 실은 채 눈을 감고 있었다. 마차의 창은 좁아서 바깥이 잘 보이지 않지만 소드 마스터인 그는 반경 수십 미터를 엷게 흩뿌린 오러로 훑고 눈으로 보는 것처럼 생생하게 머릿속에서 그려낼 수 있었다.

'할스 대공 저택보단 못하군.'

천 명 이상을 수용할 수 있는 넓이의 정원이었지만 라곤은 그보다 더 멋진 정원도 몇 번이나 보아왔다. 덕분에 여유있게 평가를 내리면서 미소를 지을 수 있었다.

곧 정원을 지나서 마차가 멈추고, 하인들이 공손한 태도로 문을 열었다. 밖으로 나온 라곤을 바르빌드 후작가의 집사가 기다리고 있다가 고개를 숙였다.

"바르빌드 후작가에 오신 것을 환영합니다, 클란드 백작님. 큰주인님께서 안에서 기다리고 계십니다."

라곤은 고개를 끄덕이고 하인들에게 모자와 외투를 맡겼다. 이윽고 집사의 안내를 받아 도착한 곳은 좀 의외의 장소였다.

'여긴 뭐지?'

응접실도 식당도 아니었다. 나선을 그리며 지하로 이어진 복도의 끝에서 기다리고 있는 것은 강철로 만들어진 높이 3미터짜리 커다랗고 육중한 문이었다.

집사가 그 문을 두드리며 말했다.

"큰주인님, 클란드 백작님을 모셔왔습니다."

"아아, 들어오게."

안에서 웅웅거리는 목소리가 들려왔다. 집사가 한 걸음 물러나자 곧 안에서 끼이익 하는 소리와 함께 철문이 천천히 열리기 시작했다.

그그그그그그.

그것을 밀어서 열고 있는 것은 건장한 근육질의 남자들이었다. 문이 열림과 동시에 그 속에서 확 풍겨오는 땀내에 라곤이 눈살을 찌푸렸다.

'이거, 실내 연무장이로군.'

문이 닫혀 있을 때는 문에 걸려 있는 마법 때문에 안쪽의 기척을 알 수가 없었다. 하지만 일단 열리고 나자 그 안에 열다섯 명의 남자가 숨을 헐떡이고 있다는 사실을 알 수 있었다.

라곤이 그 안으로 들어서자 남자들이 낑낑거리며 다시 문을 닫았다. 라곤은 그들에게는 신경도 쓰지 않고 연무장을 둘러보았다.

대단히 넓은 곳이었다. 특이하게도 돔 형태로 만들어진 곳이었는데, 지름이 60미터 정도는 되는 것 같았다. 벽 쪽에는 수많은 무기가 걸려 있었고, 몸을 단련하기 위한 기구도 수십 개나 갖춰져 있었다.

그리고 그 안에 일고여덟 살밖에 안 되어 보이는 어린 사내아이부터 30대 중반 정도로 보이는 남자들까지, 모두 웃통을 벗은 자들이 숨을 헐떡이며 주저앉아 있었다. 솔직하게 말해서 분위기 참 미묘했다.

'으이구, 이게 진짜 무슨 이상한 취미야? 변태 늙은이였나.'

라곤은 작게 혀를 차며 연무장 한가운데를 바라보았다. 그곳에는 한 노인이 등을 꼿꼿하게 편 채로 라곤을 응시하고 있었다.

그 역시 웃통을 벗고 있었는데 꿈틀거리는 근육이 장난이 아니었다. 도저히 노인의 몸이라고 볼 수 없을 정도였다. 게다가 온몸은 크고 작은 흉터로 가득했고, 얼굴에도 몇 개의 칼자국이 나 있었다. 덤으로 왼쪽 눈이 없는 애꾸이기까지 했다.

"어서 오게."

노인이 부리부리한 한쪽 눈으로 라곤을 바라보며 칼칼한 목소리로 말했다. 라곤이 대답했다.

"초대해 주셔서 감사합니다, 크루소 경."

"이런 장소로 초대해서 좀 놀랐을 것 같군. 여긴 우리 가문의 비밀 연무장일세."

"비밀 연무장이라니… 이런 데 저 같은 외부인을 들여도 됩니까?"

"소드 마스터한테는 비밀이든 보이기 위한 것이든 별 차이는 없을 것 같아서 말일세. 우리 가문의 못난 것들을 단련시키는 중이었지."

"흐음."

라곤이 바라보는 동안 그들은 기력이 바닥까지 떨어졌으면서도 어떡해서든 일어나서 의연한 모습을 보이려 하고 있었다. 아무래도 외부인인 라곤에게 녹초가 된 모습을 보이는 게 치욕스러웠으리라.

"아주 신선하군요. 이런 곳으로 초대하신 분은 처음인지라……."

"그런가? 아마 나 말고는 이런 짓을 하는 사람이 없을 걸세."

"덤으로 저한테 이렇게 노골적으로 싸움을 거시는 분도 처음입니다."

라곤이 사나운 미소를 지으며 말했다. 그는 연무장에 들어서는 순간부터 자신을 덮쳐 오는 일곱 개의 공격 궤도를 보고 있었다. 은퇴했지만 여전히 소드 마스터의 힘을 가진 크루소가 라곤에게 시비를 걸 듯 공격적인 기세를 발하고 있었던 것이다.

"하하하! 솔직해서 좋군."

"전 별로 안 좋은데요?"

라곤이 웃는 얼굴 그대로 슬쩍 눈썹을 치켜 올렸다. 동시에 크루소가 헉 하는 신음 소리를 냈다. 셀 수도 없을 정도로 많은 검의 궤도가 떠올라 그를 압박하기 시작했던 것이다.

그는 놀라서 라곤의 눈을 바라보았다. 차가운 미소를 띤 그의 푸른 눈동자가 무섭도록 공격적인 기세를 발하고 있었다.

"전 진짜든 가짜든 제 앞에서 예의를 차리는 사람에게는 똑같이 예의를 차려서 상대해 주자는 주의입니다만……."

라곤의 주변에 푸른 안개 같은 빛이 떠올랐다. 그로부터 풍겨 나오는 기세가 넓은 연무장 전체를 잠식하자 남자들은 모두 숨이 막힐 듯한 압박감을 느꼈다. 전지전능한 존재가 그 자리에 서서 언제든지 그들을 짓눌러 죽여 버릴 수 있을 것 같은 공포가 덮쳐 왔다.

"저에게 적의를 보이는 사람은 가차없이 분쇄해 주겠다고 생각하고 있습니다."

"흠!"

크루소가 눈을 부릅떴다. 하나밖에 안 남은 그의 눈이 빛을 발하며 라곤을 덮치던 빛의 궤도 중 세 개가 현실이 되었다. 세 개로 갈라진 녹색의 오러 블레이드가 공간을 격해서 날아 들었다.

파파파파파파!

하지만 라곤은 움직이지도 않았다. 그저 시선을 슬쩍 옮겼을 뿐인데 그의 주변에서 날카롭게 각진 형태로 전개된 오러 디펜더가 크루소의 오러 블레이드를 모조리 비껴냈다.

"아니?!"

크루소가 경악하는 것과 동시에 주변이 폭발했다. 강한 힘에 부딪치는 대신 힘의 방향이 살짝 틀어진 오러 블레이드가 연무장 바닥과 벽을 때리며 굉음이 울려 퍼졌다.

쾅! 콰아아앙!

흩어지는 녹색 섬광 속에서 라곤이 산책이라도 하듯 걸어 나왔다. 그리고 차가운 눈으로 크루소를 바라보며 말했다.

"무슨 생각이신지는 모르겠습니다만, 정말로 해보실 참입니까?"

"으음……."

신음을 흘리는 크루소를 보며 라곤은 내심 감탄했다. 은퇴한 소드 마스터인 그가 아니고, 이 연무장의 존재에.

크루소의 오러 블레이드는 하나하나에 인간을 분쇄해 버릴 수 있는 강력한 힘을 담고 있었다. 그것이 그대로 바닥과 천장을 때리고 폭발했는데 연무장은 살짝 표면이 망가졌을 뿐이다. 강력한 마법의 힘이 이곳을 보호하고 있는 것이다.

'애당초 소드 마스터의 힘을 견뎌내는 것을 전제로 만들어진 곳이군. 과연 명가다운 연무장이야.'

그때였다. 크루소가 연무장 한편을 보며 말했다.

"질리언, 한번 덤벼봐라!"

그와 동시에 한 청년이 달려나왔다. 기다리고 있었다는 듯 검을 든 채 인간의 것이라고는 믿을 수 없는 몸놀림으로 라곤을 덮쳤다.

파앙!

공기가 찢어지며 푸른 충격파가 터졌다.

기세 좋게 달려들었던 청년이 엄청난 속도로 튕겨 나갔다. 그것도 정확히 크루소를 향해서.

크루소가 당황해서 청년을 받아 들었다. 라곤이 가소롭다는 듯 코웃음을 치며 말했다.

"바르빌드 가문은 이미 차기 소드 마스터를 육성하는 데 성공했군요. 아니, 아직은 소드 마스터라고 부르기엔 조금 이른가."

"손도 들지 않고 날려 버리다니……."

크루소가 놀랍다는 듯 중얼거렸다.

그에게 잡혀 있는 청년 질리언이 든 검은 투명한 푸른색 빛무리에 휩싸여 있었다. 아직 형태가 완전하진 않지만 그것이 오러 블레이드라는 것은 쉽게 알아볼 수 있었다.

그것은 그가 마나 감각을 완전히 체득하고 세상에 하나뿐인 자신만의 오러 블레이드를 정련 중이라는 것을 의미한다. 그것을 완성하는 순간 그는 소드 마스터라 불리게 되리라.

그런데 라곤은 손가락 하나 까딱하지 않고 오러 디펜더를 조작해서 그를 날려 버렸다. 아무리 질리언의 오러 블레이드가 미완성이라고는 해도 놀라운 일이었다.

라곤이 차가운 미소를 지으며 말했다.

"가문의 후예를 시험해 보고 싶어서 저를 부른 겁니까? 별로 좋은 선택이라고는 할 수 없을 텐데……."

라곤이 한 걸음 더 내디뎠다. 그와 동시에 공포스러운 빛의 선들이 질리언의 감각을 엄습했다. 아직 미숙한 질리언은 허와 실을 간파하지 못하고 깜짝 놀라서 검을 휘둘렀다. 물론 그것은 허공을 가를 뿐이었다.

게다가 그 동작은 무척이나 엉성했다. 처음 라곤을 덮쳐서 내려치는 동작은 깨끗하고 날카로웠지만 지금 허공에 대고 올려치는 동작은 허우적거리는 것처럼 추해 보였다.

질리언 역시 무가 특유의 양성법으로 만들어진 소드 마스터인 것이다. 라곤은 시시하다는 듯 코웃음을 쳤다.

"하나같이 다 똑같군요. 크루소 경, 당신도 별로 다르지 않고."

"자네는 정말 놀랍군."

크루소가 질리언을 말리고 그 앞을 막아서며 입을 열었다.

"흥미로워. 많은 소드 마스터를 보아왔지만 자네 같은 이는 처음이야."

"그렇겠지요. 당신들은 전부 진정한 소드 마스터의 힘을 잃어버린 자들이니까."

"뭐?"

라곤의 말에 크루소의 눈썹이 꿈틀거렸다. 하지만 라곤은 친절하게 설명해 주고 싶은 마음이 없었다.

"만약 이게 절 초대한 이유의 전부였다면 이만 실례하겠습니다. 더 손을 섞으면 돌이킬 수 없는 일이 벌어질지도 모르니까요."

라곤은 흥미를 잃었다는 듯 몸을 돌렸다. 하지만 그때 크루소가 그를 제지했다.

"잠깐."

"아직 볼일이 남으셨습니까?"

"이쪽이 지나치게 무례했다는 것은 인정하지. 늙은이가 과욕을 부린 것 정도로 이해해 주고 본론을 들어주지 않겠나?"

태도를 바꾼 크루소의 말에 라곤은 의아함을 느꼈다. 그가 다시 몸을 돌리자 크루소가 말했다.

"며칠 후에 왕실에서는 이벨드 공국으로 지원 병력을 파견하게 될 걸세."

"이벨드 공국으로?"

이벨드 공국은 리할드 왕국의 속국으로, 왕실의 피를 이은 이벨드 대공이 다스리는 곳이다. 그런데 그곳으로 지원 병력을 파견하다니, 라곤이 알지 못하는 무슨 사실이 있는 모양이었다.

"큰 문제가 생겼다고 하더군. 자네도 알다시피 이벨드 공국에는 소드 마스터가 한 명뿐이지. 그래서 이번 사태를 해결하기 위해 왕국에서 소드 마스터를 파견해 줄 것을 요청해 왔고, 왕국에서는……."

"만만한 제가 파견될 거라는 말씀이군요."

라곤은 상황을 이해했다. 아무런 직위도 없이 놀고 있는 라곤은 무슨 일이 생겼을 때 가장 써먹기 좋은 카드다. 따라서 이번 일에도 라곤이 파견되게 될 것이다.

"그렇다네."

"그런데 그게 저를 부르신 것과 무슨 상관이죠?"

"거기에 우리 질리언을 같이 데려가 주게."

"음?"

의외의 제안에 라곤이 눈썹을 치켜떴다. 크루소가 말을 이었다.

"사안이 사안인만큼 자네는 천공의 궤적으로 이동하게 될 걸세."

"아마 그렇겠죠. 일단 거리가 거리고 하니까……."

"그러니 따라서 보낼 만한 지원 병력은 없을 거라는 이야기일세. 하지만 우리 질리언이라면 데려갈 수 있지 않겠나?"

라곤은 질리언을 바라보았다. 검보랏빛 머리칼에 푸른 눈동자를 가진 질리언은 그보다 한두 살 정도 어려 보였다. 라곤을 보며 분한 표정을 짓고 있는 걸 보니 승부욕이 강한 성격인 모양이다.

"뭐, 그럴 수야 있겠죠. 근데 제가 그를 데려간다고 해봤자 무슨 의미가 있죠?"

"물론 충분한 사례를 하겠네. 현물은 물론이고 원한다면 왕도의 사업권을 얻게 해주지."

"사업권까지? 꽤 세게 나오시는데요?"

라곤은 준다는 돈을 마다하는 사람이 아니었다. 하지만 단순한 금은보화와 앞으로 계속 이득을 얻을 수 있는 사업권과는 격이 다르다. 도대체 이렇게까지 해서 라곤에게 질리언을 붙이고 싶어하는 이유가 무엇인지 궁금해졌다.

"그럼 하나만 더 묻죠. 솔직하게 대답해 주신다면 허락하겠습니다."

"뭔가?"

"그렇게 해서 당신들이 얻는 것은 무엇입니까?"

"……."

크루소가 잠시 생각에 잠겼다. 그런 그를 라곤은 집중해서 관찰했다. 눈을 감고도 수십 미터 안의 사람들이 무엇을 하는지 알아차릴 수 있는 라곤은 집중해서 상태를 살펴보면 호흡과 맥박 등을 통해서 그가 진심을 말하고 있는지 거짓을 말하고 있는지까지 꿰뚫어 볼 수 있었다.

"오늘 자네를 부른 첫 번째 이유는, 3국 친선무투회 때 자네가 벌인 일 때문일세."

"뭐, 요즘 그것 때문에 쓸데없이 인기가 많아져서 좀 골치아픈 참입니다."

"나도 소드 마스터네. 같은 소드 마스터인 자네가 그런 일을 했다는 말을 들으니 믿을 수가 없더군. 과장된 이야기라고 생각했지만 그걸 직접 목격한 지인에게 들으니 믿을 수밖에 없었지."

"그래서 저를 불러서 시험을 해봤다?"

"그렇다네. 그리고 자네는 예상대로 나를 놀라게 하는군. 설마 그렇게까지 아무것도 안 보여줄 줄은 몰랐어."

크루소의 목소리에는 으르렁거리는 기색이 섞여 있었다. 그것은 라곤의 전력을 전혀 끌어내지 못하고 눌려 버렸다는 데서 나오는 분한 마음이었다. 은퇴할 정도로 나이가 많은 주제에 아직도 승부욕이 살아서 꿈틀거리는 듯했다.

"그런 자네가 가진 힘을 배우고 싶다. 내 증손자는 앞날이 창창한 녀석이니 자네가 싸우는 것을 보면 분명 배우는 것이 있겠지. 그리고 전장에서는 무슨 일이 있을지 알 수 없는 법이니 아직 미숙한 이 녀석을 보호해 주게."

"제 기술을 보고 훔쳐 내고 싶다는 거군요. 뻔뻔하십니다?"

"그렇다고 자네에게 무릎 꿇고 가르쳐 달라고 하기에는 우리 가문의 피가 너무 고귀하거든."

"자존심 끝내주시는군요. 그렇게까지 뻔뻔하게 나오시니 차라리 재미있습니다."

"받아들이겠나?"

피식 웃는 라곤에게 크루소가 물었다. 라곤이 고개를 끄덕였다.

"좋습니다. 돌아가서 약속하신 것들을 기다리기로 하죠. 출발하기 전까지 천공의 궤적에 버텨낼 방법을 가르쳐 두시는 편이 좋겠습니다."

라곤은 질리언에게 한 번 더 눈길을 주고는 미소 지으면서 몸을 돌렸다. 크루소가 눈짓을 하자 기다리고 있던 사내들이 문을 열려고 했지만 라곤이 손을 들어 그들을 제지했다. 동시에 희미한 빛의 파문이 일어나면서 철문이 저절로 열렸다.

그그그그그그……

"그럼 왕실에서 다시 만나죠."

쿵!

라곤의 말과 함께 문이 다시 닫혔다. 그가 사라지자 크루소가 놀람을 감추지 않으며 말했다.

"정말 믿을 수 없는 애송이로군."

"증조부님이 보시기에도 그렇습니까?"

질리언이 물었다. 크루소가 고개를 끄덕였다.

"음. 그는 뭐랄까, 내가 아는 소드 마스터라는 존재의 규격을 일탈한 존재다. 나도 소드 마스터지만 저런 일을 할 수 있을 거라고는 상상도 해본 적이 없어."

"그가 말한 잃어버린 소드 마스터의 힘이라는 건 무슨 의미일까요?"

"글쎄, 어쩌면 선대 분들의 업적에 기록된 기술들을 말하는 것인지도 모르겠구나. 당시의 기록에는 정말 믿을 수 없는 이야기들이 많이 적혀 있었으니까."

"그건 대부분 과장된 것이라고 하시지 않았습니까?"

"그렇게 생각했는데… 어쩌면 아닐지도 모르겠구나. 저놈을 보니까 그런 생각이 들어. 질리언, 너는 아주 귀중한 기회를 잡은 것이다. 그의 뒤를 따라다니면서 그의 모든 것을 기억해서 가져와라. 알겠느냐?"

크루소의 말에 질리언이 결연한 표정으로 대답했다.

"예. 반드시."

3

크루소의 말대로 며칠 후 라곤은 왕실로 불려가서 이벨드 공국에 벌어진 사건을 지원하러 가라는 명령을 받았다. 라곤은 국왕에게 질리언 바르빌드를 동행할 것을 요청했고, 국왕은 승인했다.

출발 당일에는 크루소와 질리언이 왕궁에 모습을 드러냈다. 은퇴 후에는 좀처럼 모습을 드러내지 않는 크루소가 그의 보호자로 따라나오자 다들 놀라는 기색이었다.

하지만 그 이상으로 질리언에게 관심이 쏠렸다. 바르빌드 가문에서 소드 마스터 후보로 집중 교육을 받아온 질리언은 아직까지 사교계에 얼굴을 드러낸 적이 없었다. 그렇기에 그의 신분이 밝혀지고, 그가 라곤과 함께 천공의 궤적으로 이벨드 공국으로 향한다는 사실이 알려지자 난리가 났다.

"저 나이에 소드 마스터란 말인가?"

"바르빌드 가문에서 소드 마스터가 나오다니!"

크루소 이후 바르빌드 후작가에서는 2대가 지나는 동안 소드 마스터가 나오지 않았다. 아무리 소드 마스터 육성법을 보유하고 있다고 해도 배우는 자의 재능이 갖춰지지 않으면 소드 마스터는 완성되지 않는다. 그렇기에 왕국의 소드 마스터는 아직도 일곱 명밖에 없고, 그 가치가 천문학적인 것이다.

왕궁 뒤뜰에서 마법사들과 함께 출발 준비를 하던 라곤은 그들이 다가오자 씩 웃었다.

"준비는 됐나, 애송이?"

"무례하군요."

라곤이 대뜸 무시하는 말을 던지자 질리언이 발끈했다. 라곤은 피식 웃은 다음 그를 무시해 버리고 크루소에게 말했다.

"전장에서는 최선을 다해 지켜주겠지만 천공의 궤적으로 날아가다가 어떻게 되는 건 책임 못 집니다. 외부의 압력은 제 오러 디펜더로 지켜주겠지만 가속 시의 중압은……."

"그건 확실히 가르쳤으니 문제없을 걸세."

"알겠습니다. 그럼 어디 한번 실력을 보기로 하죠. 애송이, 여기 와서 서라."

"전 애송이가 아닙니다. 대바르빌드 후작가의 질리언 바르빌드입니다."

"알았어. 질리언이라고 부르지. 어쨌든 여기 와서 서라."

질리언은 못마땅한 표정으로 라곤의 옆에 와서 섰다. 라곤은 그와 등을 맞대고 선 다음 마법사들에게 말했다.

"시작하죠."

곧 그들을 중심으로 마법진이 빛을 내기 시작했다. 마법사들이 발하는 마력이 유입되면서 마법진의 외곽선으로부터 빛의 고리들이 떠올라 허공에 일정한 간격으로 배치, 긴 허공의 통로를 만들었다.

질리언은 바짝 긴장한 채 마법의 진행 상황을 지켜보았다. 요 며칠간 정말로 지겹도록 이 마법을 견뎌내기 위한 훈련을 받았다. 마법사들의 도움을 받아서 유사한 상황을 재현하고, 그것을 버텨내는 데는 성공했지만 실전에서도 과연 제대로 성공할 수 있을지 불안했다.

그런 질리언의 기척을 읽은 라곤이 등 뒤로 말했다.

"떨지 마."

"누, 누가 떨었다고 그럽니까."

"누구긴, 너지. 뭐, 천공의 궤적이 좀 엿 같은 경험이긴 한데, 그렇게 무서워할 건 없어. 며칠 동안 훈련받았다며?"

"아무런 문제도 없습니다."

"그래. 그럼 이 악물고 절대 입 벌리지 마라."

라곤은 그렇게 말하곤 마법사들의 지시에 따라서 오러 디펜더를 전개했다. 두 사람의 몸이 허공으로 두둥실 떠오르면서 날카로운 보석 결정 같은 오러 디펜더가 그 주변을 감쌌다.

그 직후 천공의 궤적이 발동되면서 충격파가 원형으로 퍼져 나갔다. 두 사람의 몸이 엄청난 속도로 가속해서 빛의 고리들이 만든 허공의 통로를 관통, 저 아득한 천공으로 긴 꼬리를 그려내며 날아가 버렸다.

'으아아아아아아아!'

상상을 초월하는 중압과 가속에 질리언이 속으로 비명을 질렀다. 하지만 생명의 위협과 자존심 두 가지로 입을 꼭 다물고 빈약한 오러 디펜더로 체내 기관을 악착같이 지키라는 지시 사항만은 어기지 않았기에 그 비명을 들은 자는 아무도 없었다.

빠른 속도로 멀어져 가는 두 사람의 모습을 보던 크루소가 혀를 차며 마법사에게 물었다.

"그런데 저 마법, 개발된 지 100년도 넘지 않았나?"

"네? 아, 그렇지요. 120년쯤 됐습니다."

"근데 어째 예나 지금이나 개선되질 않는 것 같구만. 좀 더 날아가는 사람을 배려해 줘도 좋을 텐데……."

그도 은퇴하기 전에는 천공의 궤적으로 날아다닌 경험이 많았다. 다른 소드 마스터들이 그렇듯 그도 웬만하면 정말 피하고 싶은 경험이었다고 기억한다.

마법사가 웃으면서 말했다.

"아무래도 소드 마스터 전용 마법이니까요. 아, 그리고 계속 개선이 되긴 됐습니다. 예전에 비해 훨씬 성능이 좋아졌죠. 크루소 경께서 마지막으로 이용하셨던 때하고 비교해도 그렇습니다."

"개선이 됐다고? 어떤 면에서 말인가?"

"더 빨라지고, 더 멀리 날릴 수 있게 됐습니다."

"…그럼 소드 마스터에게 가해지는 부담은?"

"당연히 더 강해졌죠. 요즘 가끔 내상을 입었다고 하는 분들도 나와서 출력을 좀 낮추는 쪽으로 조정하고 있습니다."

"……."

갑자기 크루소는 증손자의 안위가 격렬하게 걱정되기 시작했다.

4

질리언의 악몽은 한 번으로 끝나지 않았다. 왜냐하면 이벨드 공국까지의 거리가 워낙 멀어서 천공의 궤적 한 번만으로 이동을 끝낼 수가 없었기 때문이다.

"우웩! 우웨에에에에엑!"

일단 천공의 궤적으로 한 번 이동을 마치고 지상에 내려오자 질리언은 곧바로 구석으로 달려가서 뱃속에 든 내용물을 토해내기 시작했다. 라곤은 그 모습을 보면서 혀를 찼다.

"쯧쯧, 그래도 잘 참았다. 하늘에서 토하진 않았으니."

일단 초반 가속만 끝나면 날아가는 동안에는 꽤 여유가 있지만, 그래도 그때 체내에 가해지는 충격이 굉장하기 때문에 내상을 입어도 이상하지 않았다. 날고 있는 동안에는 필사적으로 오러 디펜더를 전개하면서 참아냈지만, 일단 지상에 내려와서 오러 디펜더를 풀고 나자 그동안 쌓였던 타격이 그를 덮친 것이다.

원래는 곧바로 2차 도약을 할 예정이었지만 동행자가 저래서야 좀 기다리는 수밖에 없을 것 같았다. 라곤은 마법사들에게 양해를 구하고 영주에게 사제를 불러줄 것을 요청했다.

곧 태양의 신 베날디 교단에서 파견 나온 사제가 질리언에게 치료 마법을 시전하고, 힐링 포션까지 먹였다. 그렇게 두 시간 정도 지체한 후에야 질리언은 다시 천공의 궤적으로 도약할 수 있는 상태로 회복될 수 있었다.

"야, 진짜 괜찮겠냐?"

마법진 안으로 들어온 질리언은 안색이 파랗게 질려 있었다. 공포로 부들부들 떨리고 있었는데 완전 오기로 참아내고 있는 중이었다.

"괘, 괘괜찮습니다. 이이까까짓거, 무, 문제없다고요."

'…애 진짜 큰일 나는 거 아냐?'

라곤은 진지하게 걱정되기 시작했다. 쓴맛을 보는 것 정도는 괜찮은데 이러다가 폐인이 되기라도 하면 그건 진짜 큰일이다.

"쩝. 어쩔 수 없지."

라곤은 한숨 섞인 목소리로 말하며 질리언의 어깨에 손을 짚었다. 질리언이 흠칫 놀라서 그를 올려다보자 흠흠, 하고 헛기침을 하며 말했다.

"너, 이번에는 나한테 안겨서 가라."

"…네?"

"그러니까 아까처럼 등을 맞대고 가지 말고, 내가 뒤에서 너를 끌어안고 갈 거라고."

"……."

라곤의 말에 질리언이 표정을 부르르 떨더니 뒤로 슬금슬금 물러났다. 라곤의 말을 무척이나 이상한 쪽으로 해석한 모양이었다.

이런 반응을 예상했던 라곤은 머리를 벅벅 긁으며 신경질적으로 설명했다.

"아, 젠장. 이상한 뜻으로 한 말 아니거든? 그런 식으로 가면 내 오러 디펜더로 네 몸까지 확실하게 지키면서 갈 수 있다고."

"그, 그게… 정말입니까?"

질리언이 미심쩍다는 듯 몸을 움츠리며 물었다. 라곤이 한숨을 쉬었다.

"안 그러면 내가 덩치 큰 사내새끼를 끌어안고 갈 것 같냐? 젠장. 아직 라비니아 양하고도 못해본 일인데."

"라비니아? 라비니아 오란?"

"음? 너, 라비니아 양을 알고 있냐?"

갑자기 질리언이 묘한 기색으로 라비니아의 이름을 언급하자 라곤이 의아해하며 물었다. 질리언이 살짝 찌푸린 표정으로 말했다.

"라비니아 오란이 혹시 지금 라곤 경과 사귀는 사이입니까?"

"응. 일단 얼마 후에 정식으로 약혼하려 하고 있는데."

"그렇군요."

"왜?"

"아뇨. 그녀는 전에 우리 집안과도 혼담이 있었던 상대라서. 둘째 형님과 좀 이야기가 오갔고 꽤 잘되어간다 싶다가 갑자기 발을 뺀다 했더니 라곤 경 때문이었던 거군요."

"너희 집안과도 혼담이 오가고 있었다고? 그게 언제쯤인데?"

"한 3, 4월쯤까지의 이야기일 겁니다. 그렇게 오래되진 않았어요."

"3, 4월쯤이면 내가 라비니아 양이랑 막 알게 된 시기인데……. 훗. 역시 라비니아 양이 남자 보는 눈이 있는 게지."

"오란 백작가도 오랜 역사를 가진 명문인만큼 배우자를 선택하는 게 그런 문제라고는 생각하지 않습니다만."

"그렇겠지."

비아냥거리려고 한 말에 라곤이 순순히 고개를 끄덕이자 질리언이 눈을 크게 떴다. 라곤이 피식 웃으며 말을 이었다.

"그 표정은 뭐야? 설마 내가 그런 걸 모르고 그냥 순진하게 라비니아 양은 그런 더러운 현실적 문제 때문이 아니고 순수하게 나와 애정을 나누고 있는 거다, 그렇게 말할 줄 알았어?"

"음. 솔직히 그럴 줄 알았는데요."

"귀족사회가 어떤지는 좀 겪어보니까 질릴 정도로 잘 알겠더라. 나한테 메리트가 없으면 라비니아 양이 마음이 있더라도 집안에서 허락하지 않겠지. 지금 집안에서 긍정적으로 이야기를 진행시키는 건 내가 소드 마스터이기 때문이라는 거, 아주 잘 알고 있어."

모든 것을 다 알면서도 라곤은 라비니아에게 마음을 주었다. 삭막한 세상에서 처음으로 좋아해도 괜찮을 것 같은 여성을 만났기 때문이다. 그저 아름답고, 속으로는 욕망에 가득 찬 것이 아니라 자신의 이야기를 들어주고, 이해해 줄 수 있는 총명함과 사려를 가진 여자이기 때문이다.

"세상 사람 누구는 안 그럴까. 어차피 그럴 거라면 적어도 난 내 마음이 가는 사람과 함께하기 위해 최선을 다하겠어."

"다, 닭살이에요."

"사랑에 빠진 남자는 다 그런 거야. 어쨌든 그럼 가자."

라곤은 질리언의 몸을 돌려놓고 뒤에서 그의 몸을 힘껏 끌어안았다. 키도 덩치도 비슷한 편이라서 안고 있자니 참 몸이 맞닿는 부위들이 미묘하다.

"……"

당사자들도 민망하고 보는 사람들도 민망한 상황이었다. 하지만 이렇게 할 수밖에 없다는 사실이 슬프다.

주변을 둘러싼 마법사들의 묘한 시선을 느끼면서 질리언은 더없는 굴욕감을 느꼈다. 다시는, 절대 다시는 이런 굴욕을 당하지 않기 위해 정진하리라. 혼자서도 천공의 궤적 따위 끄떡없이 이겨낼 수 있는 그런 소드 마스터가 되고 말겠다!

…라고 마음속으로 굳은 결의를 세우든 말든 현실에서 그는 뒤에서 라곤에게 끌어안긴 채 얼굴을 살짝 붉히고 있는 실로 민망한 모습이었다. 게다가 일단 라곤이 오러 디펜더를 전개해서 그의 체내로 자신의 오러 블레이드를 침투시키고, 부실한 그의 오러 디펜더가 커버하지 못하는 부분들을 채우자 묘한 감각이 전신을 타고 흘러갔다.

"으, 으음……"

"야, 신음은 왜 흘리는데!"

라곤이 당황해서 소리쳤다. 형언할 수 없이 미묘한 시선이 두 사람을 향해 쏟아지고 있었다. 그들의 시선을 느끼면서 라곤은 이따위 자식, 죽든 말든 그냥 정석대로 갈 걸 그랬다고 절절하게 후회했다.

하지만 이미 일은 벌어졌고, 마법은 발동 직전이다. 곧 마법사들이 험험, 하고 헛기침을 하면서 천공의 궤적을 발동시켰고, 두 사람의 몸이 이벨드 공국을 향해 쏘아져 날아갔다.

유성처럼 하늘을 가로지르는 두 사람을 보면서 마법사들이 말했다.

"아, 흠흠. 기사들이 전장에서 종자를 일부러 미동(美童)으로 두고 그렇고 그런 짓을 한다고는 들었지만 설마……."

"소드 마스터도 그런 취미를 가졌을 줄이야. 흠흠."

"하긴 초인도 한 사람의 남자라는 것만은 어쩔 수 없는 게지요."

"게다가 상대방도 안 그런 척하면서도 좋아하는 티가 나는 게……."

물론 라곤과 질리언이 이들의 대화를 들었다면 '오해다아 아아아아아!' 하고 절규했을 것이다.

5

어쨌든 그렇게 라곤과 질리언은 이벨드 공국의 수도 이벨디아에 도착했다. 일단 가속이 붙은 후에는 라곤이 하늘에서 자세를 바꿨기 때문에 도착할 때는 더 이상 민망한 꼴을 안 보일 수 있었다. 질리언은 정말로 다행이라고 생각하면서 안도의 한숨을 쉬었다.

예정보다 두 시간이나 늦게 도착했기 때문에 착륙지에서 기다리고 있는 사람들은 초조한 기색이었다. 라곤은 그들에게 늦게 도착한 사정을 설명하고 사과했다. 질리언은 면목없다는 듯 고개를 푹 숙이고 있었다.

이벨드 공국의 궁정마법사가 물었다.

"이번 일에 대해서는 듣고 오셨습니까?"

"자세히는 못 들었습니다만, 근방에서 흉흉한 일이 벌어졌다고⋯⋯."

"그렇습니다. 끔찍한 일이지요."

"그런데 수도 근처라면 토벌군을 일으키시면 그만 아닙니까?"

라곤이 의아해하며 물었다. 아무리 끔찍한 적이 있다고 하더라도 규모가 크지 않은 사건 때문에 타국에 손을 벌리다니, 그로서는 이해하기 어려웠다.

그 말에 궁정마법사가 한숨을 푹 쉬며 말했다.

"그게 유감스럽게도 그렇게 해결될 수 있는 문제가 아니라서요. 소드 마스터의 지원이 절실했습니다. 그런데 한 분도 아니고 두 분이나 오시다니 저희로서는 정말 감사할 따름입니다."

"아, 저는 아직……."

질리언이 그의 오해를 정정해 주려고 했지만 라곤이 손을 들어 제지했다. 라곤은 입을 다물라는 눈짓을 보내고는 말했다.

"일단 곧바로 상황을 브리핑해 주실 수 있겠습니까?"

"예. 다 준비해 놨습니다. 오자마자 휴식도 못 취하시게 해서 죄송하지만……."

"아뇨. 느긋하게 쉴 수 있는 상황은 아닌 것 같군요. 일단 브리핑부터 받고, 식사도 좀 간편하게 준비해 주십시오. 그리고 나서 곧바로 현장으로 가보겠습니다."

"알겠습니다. 지시해 두겠습니다. 일단 대공 전하를 알현하시고 나면 곧바로 시종들이 안내할 겁니다."

궁정마법사는 라곤이 시원시원하게 협력적인 태도를 보이자 좋아하면서 고개를 숙였다.

라곤과 질리언은 시종장의 안내를 받아서 이벨드 대공을 알현했다. 이벨드 대공은 40대의 살집이 좋은 남자로 얼굴에 근심 걱정이 가득해 보였다.

"위대하신 대공 전하를 뵙습니다. 리할드 왕국의 클란드 백작이며 은사자 기사단 소속의 라곤 클란드입니다. 이쪽은 저를 보좌하기 위해 따라온 바르빌드 후작가의 질리언입니다."

"오오, 클란드 백작. 당신의 명성은 익히 들었소. 3국 친선무투회의 일이 우리 궁성에서도 화제가 되었지."

"부끄럽습니다."

"아니오. 그대 같은 인재를 보내준 리할드 왕실에 깊이 감사드리는 바이오. 아무쪼록 이곳에 계시는 동안 필요한 것이 있으면 말만 하시오. 모든 편의를 봐드리라 지시해 두었소."

"알겠습니다."

"곧바로 브리핑을 원했다 하셨으니 시간을 많이 빼앗지 않겠소. 일이 해결되면 그때 다시 한 번 자리를 마련하리다."

"감사합니다. 최선을 다하겠습니다."

쓸데없는 허례허식에 집착하지 않는 이벨드 대공의 태도는 라곤에게 좋은 인상을 심어주었다. 라곤은 그에게 다시 한 번 인사를 올리고는 알현실에서 나와서 회의실로 향했다.

그곳에는 마법사들과 기사들이 모여서 그를 기다리고 있다가 일제히 고개를 숙여 인사했다. 라곤은 살짝 목례해서 그것을 받고는 안으로 들어가서 앉았다.

이런 자리가 처음인 질리언은 위축된 기색으로 그 옆에 앉아서는 조금 감탄한 기색으로 라곤을 바라보았다. 솔직히 실력과는 별개로 평민 출신이라고 해서 무시하는 마음이 있었던 것이 사실인데, 타국의 궁성에서도 전혀 주눅 들지 않고 당당하게 행동하는 그에게는 대귀족들에게도 뒤지지 않는 위엄과 기품이 느껴졌다.

문득 중조부인 크루소의 충고가 머리를 스쳤다.

"네 몸에 흐르는 혈통은 분명 고귀한 것이며 그 피를 가진 너는 태어나면서부터 귀하고 기품있는 존재다. 그러나 알아야 한다. 세상에는 그 혈통을 초월해 고귀함을 가진 자들이 있다는 것을. 그런 자들을 알아보고 인정하는 것 역시 위에 서는 자들이 갖춰야 할 덕목이니라."

어려서부터 소드 마스터가 되기 위한 훈련만 받느라 세상을 별로 경험하지 못한 질리언에게는 와 닿지 않는 말이었다. 하지만 라곤을 보고 있노라면 조금이나마 그 말을 이해할 수 있을 것 같았다.

곧 마법사들이 입체 영상 마법으로 지도 위에 현장의 영상을 띄웠다. 그곳은 수도의 뒤쪽을 감싸고 있는 암벽지대의 일부로, 그중에서도 혼자 깎아지른 듯이 솟구쳐 있는 봉우리였다. 그곳이 바로 현재 문제의 근원이 되는 곳이라고 한다.

"과연, 저런 지형이라면 토벌군을 접근시키는 것은 불가능하겠군요."

라곤은 왜 소드 마스터의 도움을 필요로 했는지 이해했다. 하지만 완전히 이해한 것은 아니었다. 왜냐하면 저 지점에 있는 무언가가 문제라면 비행 마법을 쓸 수 있는 마법사들을 보내서 마법으로 폭격을 가하면 그만 아닌가?

그런 의문을 예상했다는 듯 궁정마법사가 말했다.

"이곳에는 현재 도감에는 실려 있지 않은 기괴한 몬스터가 '생산' 되고 있습니다."

"생산된다?"

"이곳에는 현재 이쪽의 전력으로는 뚫을 수 없는 기괴할 정도로 강력한 결계가 형성되어 있고, 그 안쪽에서 날개를 가진 몬스터들이 튀어나와서 인근 마을을 습격합니다. 단순히 사람을 죽이는 것에 그치지 않고 살려서 납치해 가는 경우가 많은데, 문제는……."

그가 말하기 껄끄럽다는 듯 말끝을 흐렸다. 하지만 라곤이 뒷말을 촉구하는 표정으로 바라보자 침을 꿀꺽 삼킨 다음 말했다.

"그렇게 납치되어 간 사람들이 그런 괴물로 재탄생된다는 점입니다."

"키메라를 말하는 겁니까?"

라곤이 깜짝 놀라서 물었다.

키메라는 흑마법으로 분류되는 금단의 마법 기술 중 하나로 생명을 조작해서 괴물을 만드는 것을 말한다. 주로 여러 생명의 특징을 한데 모아 만들어진 합성수가 대표적인데, 그런 이름이 붙은 이유는 희귀한 몬스터인 키마이라로부터 유래한 것이다. 키마이라는 사자의 머리에 염소의 몸통, 그리고 뱀의 꼬리를 가진 몬스터이기에 합성수 제조 기술 자체가 그 이름을 어원으로 삼게 된 것이다.

궁정마법사가 놀란 표정을 지었다. 소드 마스터인 라곤이 단숨에 상황을 이해하고 전문적인 마법 용어를 끄집어냈기 때문이다.

"아, 네. 키메라가 맞습니다. 라곤 경께서는 마법에 대해서도 지식이 있으신 모양이군요."

"좀 필요해서 제반 지식만 공부했습니다."

예전, 전장에서 살 때는 마법을 사용하는 적과 상대해야 할 때도 많았다. 야만인들이 샤먼이라 부르는 부족의 마법사나 오크들 중에 간간이 나타나는 오크 메이지, 그리고 처음부터 마법을 그 몸에 각인하고 있는 특이하고 강력한 괴물들까지.

그런 괴물들을 효율적으로 상대하고 살아남기 위해 라곤은 마법을 공부했던 것이다.

"하지만 키메라라니… 그걸 만들고 있는 마법사는 파악한 겁니까?"

"유감스럽게도 아직입니다. 소드 마스터이신 체스터 경이 본거지까지 뛰어들어 가셨다가 적들의 맹공을 뚫지 못하고 후퇴하셔서 아직까지 안쪽의 실체조차 제대로 파악하지 못한 상태입니다."

그런 상황이라면 리할드 왕국에 손을 벌린 것도 이해가 된다. 사건 자체가 민심을 흉흉하게 만들기에 딱 좋은데 해결하기는커녕 실체조차 파악하지 못하고 시간을 질질 끌고 있었으니 이벨드 대공 입장에서는 미쳐 버릴 지경일 것이다.

"흠. 요즘 이상하게 비상식적으로 강력한 흑마법이랑 만나는 적이 많군요."

라곤은 반년 전쯤 상대했던 흑마법사들을 떠올리며 말했다.

원래 흑마법은 마법사들이 빠지기 쉬운 금기로, 그것이 문제시되는 경우는 꽤 많았다. 하지만 대체로 개인 수준에서 벌일 수 있는 범죄에 그치는 적이 많다. 도시에서 연쇄살인이 벌어진다거나, 아니면 납치되어서 실종당하는 이들이 늘어났는데 알고 보니 흑마법사의 실험에 쓰였다거나 하는 식으로 말이다.

이전의 흑마법사 사건이나 이번 키메라 사건 같은 대규모 사건은 정말 보기 드문 일이다. 그 사례가 영웅담의 일부로 취급될 정도니 수십 년에 한 번 있을까 말까.

그런데 라곤은 올해 들어 벌써 두 번째로 이런 사건을 만나고 있다. 이건 뭔가 이상하다는 생각을 지울 수 없다.

'설마 그 흑마법사들이 말했던 그분이라는 작자가 여기에도 개입하고 있다거나…….'

전혀 근거없는 추측이었지만, 왠지 그렇다고 해도 이상하지 않을 것 같았다. 갑작스럽게 그런 규모의 일을 벌인 배후가 있었다면, 또 같은 일이 벌어져도 이상하지 않다. 그리고 그 일이 일어나는 범위가 리할드 왕국에 국한되지 않는다고 하더라도 납득할 수 있을 것이다.

라곤은 곧바로 현장으로 향하기로 결정하고 일단 질리언

과 함께 식사를 했다. 라곤의 주문대로 너무 격식있지 않게, 되도록 간편하게 차린 식사였다.

"간편하게 차렸다고는 하는데, 하나같이 정말 최고급이군."

"궁성이니까 당연한 일이죠."

후작가에서 자라면서 비싼 음식만 먹고 살아온 질리언은 은근히 미식가였다. 간소하면서도 실은 휘황찬란한 요리를 앞에 두고도 눈썹 하나 까딱하지 않는다. 라곤도 후딱 요리를 비우고는 말했다.

"그럼 곧바로 가야겠는데, 너한테는 다행이다."

"뭐가요?"

"별로 멀지 않은 곳이라니까 천공의 궤적으로 가진 않을 거 아냐. 지형이 지형이니 마법사들이랑 같이 비행 마법으로 가겠지."

"벼, 별로. 저는 처, 처, 천공의 궤적이라도 사, 상관없어요."

"……"

천공의 궤적 말만 꺼내도 자연스럽게 안색이 파래지고 목소리가 떨리는 게 아무래도 첫 경험이 트라우마가 되지 않았나 싶었다. 이놈 앞으로 괜찮을까? 왠지 바르빌드 후작가의 앞날이 걱정되기 시작했다.

"그럼 가자."

식사를 마친 두 사람은 곧바로 기다리고 있는 마법사들과 합류해서 현장으로 출발했다.

다행히도 천공의 궤적이 아니고 비행 마법으로 이동했기에 질리언은 라곤에게 보이지 않도록 안도의 한숨을 쉬었다.

6

두 사람은 궁정마법사를 포함한 열두 명의 마법사와 함께 비행 마법을 써서 현장에 도착했다. 라곤은 지상으로 내려가기 전에 일단 적의 본거지를 하늘에서 살펴보고 싶다고 말했고, 마법사들은 그 말에 따라서 그를 높은 고도로 올려주었다.

"이렇게 높이 올라가야 됩니까?"

본거지보다 100미터는 높은 고도까지 올라가자 라곤이 의아해하며 물었다. 궁정마법사가 대답했다.

"어쩔 수 없습니다. 이 밑으로 접근하면 적들의 대공 마법이 작동하는데다가, 키메라들이 공격을 가해올 수도 있어서……."

"마법도 꽤나 고단수인가 보군요."

라곤은 고개를 끄덕이며 저 아래쪽의 본거지를 굽어보았다.

보통 사람은 올라가지도 못할 것 같은 깎아지른 듯한 경사의 높은 봉우리 위, 생각보다 넓은 공간을 검은 장막이 뒤덮고 있었다. 이 먼 곳에서도 그 불길한 파동을 느낄 수 있을 정도로 강력한 마법의 결계였다.

'과연. 저 정도면 이쪽에서 뚫고 들어갈 수 없는 것도 납득이 가는군.'

리할드 왕국의 궁정마법사인 할로드 데이커처럼 9서클 궁극 주문을 사용하는 대마법사라면 모를까, 그렇지 않은 자들로서는 도저히 범접할 수 없는 마력의 집합체였다. 이벨드 공국의 궁정마법사는 겨우 8서클을 턱걸이하고 있는 입장이었으니 도저히 손을 쓸 수 없었으리라.

"내려가죠."

라곤의 말에 그들은 본거지에서 멀찍이 떨어진 곳으로 착륙했다. 그곳에는 소드 마스터 체스터와 마법사, 사제들로 이루어진 소수 정예의 토벌대가 기다리고 있었다.

체스터는 검은 머리에 콧수염을 멋지게 기른 30대 중반 정도로 보이는 기사였다. 라곤이 그의 실제 나이가 40대나 50대가 아닐까 생각하고 있을 때 그가 먼저 인사를 건넸다.

"반갑소. 체스터 블로두스요."

"라곤 클란드입니다. 이쪽은 제 조수인 질리언 바르빌드고요. 잘 부탁드립니다."

두 사람은 악수를 나누었다. 질리언에게도 흘끔 시선을 준 체스터의 눈이 이채를 띠었다.

"호오, 이분도 소드 마스터시군. 아니, 준 소드 마스터라고 해야 하나?"

"경험을 쌓게 할 겸 데리고 왔습니다. 큰 도움은 안 될지 모르지만 너그럽게 봐주시길."

"아니오. 지금은 강력한 전력이 하나라도 더 필요한 상황이니 반가울 따름이지요. 질리언 경도 잘 부탁드리오."

"아, 감사합니다. 하지만 저는 아직 부끄럽게도 기사 서임을 받지 못했습니다."

"곧 소드 마스터가 될 것인데도 말이오?"

"지금까지 가문에서 훈련하느라 외부로 나서질 못해서……."

놀라는 체스터에게 질리언이 얼굴을 붉히며 말했다. 체스터가 고개를 끄덕였다.

"그렇구려. 하지만 이미 당신에겐 기사 서임을 받았는지 아닌지 따위 아무것도 아닐 것이오. 그런 걸로 무시받을 일은 없으니 마음에 두지 마시오."

미래의, 그것도 아주 가까운 앞날에 소드 마스터가 될 존재가 기사 서임 좀 못 받았다고 무시할 수 있는 이 따위는 아무도 없었다. 체스터 역시 그를 한 사람의 기사 이상의 존재로 예우해 주었다. 질리언은 조금 자신감이 솟는 것을 느끼며 어깨를 폈다.

하지만 체스터는 그것으로 질리언에 대한 관심을 끄고 라곤에게 흥미로 반짝이는 눈길을 보냈다.

"라곤 경에 대해서는 귀가 따갑도록 들었소이다. 내가 3국 친선무투회에 가지 못한 것이 한이 될 정도였소. 내년에도 나오신다면 내 필히 가리다."

"하하, 너무 과하게 튀었나 싶어서 요즘 고생이랍니다."

"겸손하시구려. 온 대륙의 기사들이 라곤 경을 흠모하고 있소이다. 좀 더 당당해져도 좋을 것이오."

체스터는 호탕한 성격인지 라곤을 아낌없이 칭찬하며 이런저런 이야기를 나누었다. 그리고는 곧 화제를 돌려서 적들의 본거지를 올려다보았다.

"조금 전에 상공에서 보았으니 아시리라 생각하오만, 지금 상황이 아주 안 좋소."

"그렇군요. 공격하기가 굉장히 까다로운 것으로 보이는데… 저런 일이 벌어진 지 한 달이 다 되어간다고 들었습니다."

"덕분에 대공 전하의 심려가 크시지요. 신하 된 도리를 다하지 못해 면목이 없소이다."

체스터가 침중한 표정으로 말했다. 꽤 대공에 대한 충성심이 깊은 것 같았다.

라곤은 위를 올려다보며 턱을 쓰다듬었다. 그리고 대뜸 말했다.

"그럼 일단 제가 한번 올라가 보겠습니다."

"네?"

"일단 상황을 파악해 볼 필요가 있을 것 같으니까요. 저 혼자 가볼 테니 마법사 분들은 지원 부탁드립니다."

"저, 정말 괜찮겠소?"

"너무 위험한 상황까진 가지 않도록 하겠습니다. 아, 저놈들, 집요하게 쫓아오는 타입입니까?"

"그렇진 않습니다. 마법사는 절대로 안에서 나오려고 하지 않고, 튀어나온 키메라만 조심하면……."

"그럼 문제없습니다."

라곤은 그렇게 말하고는 마법사들에게 비행 마법을 부탁했다. 천공의 궤적의 축소판처럼 운용된 비행 마법이 걸리자 그의 몸이 단번에 산봉우리 위쪽까지 날아올라 갔다.

우우우우우우우!

동시에 결계 주변에 걸려 있는 방어 마법들이 가동되기 시작했다. 라곤이 표적에 들어오는 순간 불꽃이, 뇌전이, 섬광이 뿜어져서 그를 두들겨댔다.

'트랩 마법! 제법인데?'

미리 오러 디펜더를 전개해 두고 있던 라곤은 쉽게 그 공격을 막아냈다. 둥글게 전개된 오러 디펜더가 쏟아지는 마법들을 모조리 튕겨냈다.

하지만 그 충격으로 허공으로 밀려나는 것은 어쩔 수 없었다. 라곤은 오러 블레이드를 길게 전개해서 봉우리 아래쪽의 벼랑을 찍었다. 빛의 칼날이 암반을 버터처럼 가르고 그 안에 꽂힌다.

"흡!"

라곤은 오러 블레이드를 꽂아 넣고 고정, 그대로 탄력을 주면서 아래쪽으로 떨어져 내렸다가 그 반동을 이용해서 위로 솟구쳤다. 그리고 곧바로 오러 블레이드를 10미터 가까운 크기로 전개시켜서 검은 장막을 향해 내려쳤다.

파아아아아아!

검은 장막이 빛의 칼날과 부딪치자 공기가 맹렬하게 끓어올랐다. 오러의 힘과 마력이 서로 반발하면서 불타오르고, 결계가 조금씩 불타서 스러져 간다.

하지만 라곤이 완전히 장막을 베어내기 전에 그 옆쪽에서 기다란 팔이 튀어나왔다. 인간의 그것을 크게 확대시키고 일그러뜨린 듯한 기괴한 괴물의 팔. 그 끝에 달린 날카로운 손톱이 라곤의 몸을 꿰뚫기 위해 날아든다.

투학!

라곤은 오러 디펜더를 고슴도치처럼 뾰족하게 변형시켜서 그것을 막았다. 라곤을 후려치던 그 손은 되레 오러 디펜더에 꿰뚫려서 피투성이가 되고 말았다.

하지만 라곤이 충격으로 밀려나는 것은 어쩔 수 없었다. 라곤은 굵직한 오러 블레이드를 거두고 세 줄기로 갈라진 오러 블레이드를 채찍처럼 휘둘러 괴물의 팔과 검은 장막을 후려쳤다.

파학!

괴물의 팔이 간단히 베어져 나가고, 장막이 뒤흔들렸다. 라곤은 장막의 표면에 오러 블레이드를 박아 넣고 그것을 휘둘러서 그 반동으로 다시 높이 솟구쳤다. 오러 블레이드를 손발처럼 다루며 형태도, 그 성질까지도 고속으로 변화시킬 수 있는 자가 아니라면 꿈도 꿀 수 없는 묘기였다.

'저런 게 가능하단 말야?'

마법사들의 마법을 통해 위쪽에서 내려다보는 시점으로 그 모습을 지켜보던 질리언이 경악했다. 증조부인 크루소가 소드 마스터의 기술을 여러 차례 보여주었지만 이런 일이 가능하리라곤 상상도 해본 적이 없다.

옆을 흘끔 바라보니 체스터도 놀라서 입을 쩍 벌리고 있었다. 그도 역시 이런 일은 상상도 해본 적이 없는 게 분명했다.

파파파파파파!

라곤은 일곱 줄기 채찍처럼 전개한 오러 블레이드로 검은 장막을 난타했다. 공기를 가르며 가속된 오러 블레이드가 표면을 후려갈길 때마다 폭음이 울려 퍼지며 장막의 표면을 타고 격렬한 파문이 그려졌다. 장막을 이루는 마력이 불타서 스러지면서 마치 그 자체가 비명을 지르는 것 같았다.

키에에에에!

그때 섬뜩한 비명과 함께 그 안쪽에서 튀어나오는 존재들이 있었다. 그 모습을 본 라곤은 흠칫했다.

"이게 키메라군!"

끔찍한 괴물이었다. 분명 그것의 모체가 '인간'이라는 점을 알 수 있는, 인간의 몸을 흉측하게 뒤틀어놓은 것 같은 몸에 괴물의 팔과 날개, 그리고 네발 달린 괴물의 하반신을 달아놓은 몰골이라니!

그것은 하나가 아니었다. 속속 모습을 드러내는 키메라들은 전부 다 독자적이고 기괴한 형태였다.

"좋아, 탐색은 집어치우자."

키메라들을 본 라곤의 표정이 차갑게 가라앉았다. 그의 입에서 분노 어린 목소리가 흘러나오며 채찍처럼 전개된 오러 블레이드들이 강하게 검은 장막을 후려쳤다. 그리고 오러 블레이드가 꿈틀거리며 그 반동을 라곤에게 전달, 그 몸이 높이 솟구쳤다.

'스파이럴—'

후우우우우우우!

그의 오러가 초고속으로 회전하기 시작했다. 주변의 공기가 그에게로 끌려 들어가며 비명처럼 울부짖는다.

키메라들이 그를 따라서 하늘로 날아오른다. 하지만 그때 지상의 마법사들이 지원을 시작했다. 지상에서 날아오른 불꽃과 섬광, 날카로운 바람 등이 키메라들을 두들겨서 상승을 막고 라곤에게 여유를 확보해 주었다.

라곤은 오러의 회전이 임계점에 도달하는 순간, 응축되었던 오러를 뒤로 쏘아서 단숨에 고속 낙하를 시작했다. 그를 감싼 오러 블레이드가 기사의 랜스를 연상시키는 기다란 원뿔형으로 회전하며 공간을 꿰뚫었다. 돌격 궤도에 걸린 키메라들이 저항조차 하지 못하고 갈가리 찢겨져 흩어졌다.

'—차징!'

오러 블레이드가 검은 장막의 중심부에 작렬했다.

콰아아아아아아아!

폭음과 함께 충격파가 달려나갔다. 산봉우리를 통째로 깎아낼 것 같은 충격이었지만 검은 장막은 넓게 퍼져 있던 에너지를 한 점으로 모아서 그것을 버텨내려고 했다. 하지만 그것도 잠시, 고속 회전이 발생시키는 관통력이 그것을 갈가리 찢어버리면서 내리꽂혔다.

산산조각 난 검은 장막이 충격파에 실려 사방으로 날아간다. 그것에 강타당한 다른 암반들이 연쇄적으로 붕괴했다.

그 파괴의 중심지에서 라곤이 마침내 산봉우리 위에 내려섰다. 그의 주변으로 강력한 결계가 파괴되면서 제어를 잃은 마력이 폭주했다. 무수한 원념의 기운이 섬뜩한 울림과 함께 허공으로 스러져 갔다.

쿠쿠쿠쿠쿠쿠······.

가라앉는 폭발 속에서 라곤이 눈을 빛냈다. 초토화된 산봉우리 위에서, 이 모든 사건의 원흉이라는 존재가 꿈틀거리는 것이 느껴졌다.

"마, 말도 안 돼……."

지상에서 그 광경을 본 질리언은 놀람을 넘어서 어이가 없었다. 방금 전 폭발의 여파가 지상까지 미쳤기에 마법사들이 총력을 다해서 막아내야만 했다. 그런 파괴력을 외부의 힘을 끌어들여 재조합하는 마법도 아니고, 자신의 힘만으로 모든 것을 해결하는 소드 마스터가 발휘할 수 있단 말인가?

"정말… 말도 안 되는군."

체스터가 그 말에 동감한다는 듯 내뱉었다. 그는 곧 마법사들에게 지시했다.

"나도 따라 올라가겠소. 비행 마법을."

"네, 넷. 알겠습니다."

"저, 저도 보내주세요."

질리언이 반사적으로 말했다. 그 말에 체스터가 그를 바라보았다.

"괜찮겠소? 당신은 아직 소드 마스터의 힘을 완성하지 못했소. 위에 갔을 때 무슨 일이 있을지 모르오."

"가야 합니다. 저는 그러기 위해서 왔으니까."

솔직히 말해서 무서웠다. 방금 전 라곤이 보여준 일은 경이를 넘어 공포를 불러일으킬 정도였으니까. 그에게 다가가는 것만으로도 그 힘의 방출로 증발해 버리지 않을까 하는 두려움이 그를 흔든다.

하지만 그는 자존심 하나로 그 감정을 억눌렀다. 아무도 알

아주지 않겠지만 그는 가문의 명예를 걸고 여기에 왔다. 그에게 기대를 걸고 있는 증조부를 실망시키지 않기 위해서라도 겁쟁이처럼 안전한 곳에 처박혀서 벌벌 떨고 있어서는 안 된다.

'나도 소드 마스터다!'

질리언은 스스로에게 그 사실을 각인시켰다.

그의 눈에서 굳은 결의를 읽은 체스터가 고개를 끄덕였다.

"알겠소. 조심하시오."

곧 두 사람도 비행 마법으로 봉우리 위로 솟구쳤다. 장막이 걷혀진 봉우리 위에 내려선 그들은 곧바로 전투태세에 들어가야 했다. 꿈틀거리는 거대한 괴물의 팔이 그들을 덮쳐 왔기 때문이다.

"큭, 키메라인가!"

체스터가 나서서 오러 디펜더로 그것을 받아내고, 옆으로 미끄러지면서 오러 블레이드로 그 아래쪽을 후려쳐 끊어냈다.

그 와중에 팔의 주인을 바라본 질리언이 흠칫했다. 지렁이처럼 꿈틀거리는 뭔가가 몸에 어울리지 않는 거대한 팔을 휘둘러대고 있었다. 하지만 그 상반신은 분명 인간, 아니, 인간이었던 존재임을 알 수 있는 모습을 하고 있었다.

"이게 흑마법……."

생전 처음 접하는 추악한 죄악의 결과물에 질리언은 전율했다. 동시에 맹렬한 분노가 치솟아 올랐다. 도대체 무슨 생각으로 이런 짓을 벌이는 것이란 말인가? 사람의 목숨을 파리 목숨으로 생각한다고 하더라도 생명을 이렇게 농락할 수 있단 말인가?

그는 입술을 깨물며 라곤이 있는 곳으로 시선을 돌렸다. 그리고 눈을 크게 뜨며 굳어버리고 말았다.

7

커다란 살덩어리가 꿈틀거린다. 그것은 사람 몇십 명을 합쳐 놓은 것 같은 덩치를 갖고 있었고, 살아서 심장이 맥동하고 있었다. 하지만 라곤은 그것을 살아 있다고 생각하고 싶지 않았다.

"이런 악랄한……."

라곤은 이를 갈았다. 빠드득 소리가 났다. 너무 화가 나서, 그리고 너무나도 혐오스러워서 몸이 덜덜덜 떨렸다.

"응애, 응애……."

아기가 울고 있었다. 하나가 아니다. 수십의 아기들이 고통에 물든, 하지만 힘이 남아 있지 않아서 다 죽어가는 울음소리를 내고 있다.

거기에 다른 인간들의 소리가 섞여 있었다. 남자의, 여자의, 아이의, 어른의, 노인의……. 당장 죽을 것처럼 고통스러운데 더 이상 비명을 지를 체력이 남아 있지 않아서 헐떡거릴 수밖에 없는 그런 소리들이 수십 개나 섞여서 귓가로 흘러든다.

수십 명의 인간이 하나의 살덩이로 얽혀 있었다. 어떤 이들은 뼈와 살이 녹아서 내장과 혈관을 드러내고, 어떤 이들은 목까지 녹아버려서 얼굴만 남아 눈물을 흘리고, 어떤 이들은 짐승과 융화되어 이미 인간의 모습을 모두 잃었다.

커다란 심장이 맥동하며 꿈틀거리는 그것은 일종의 공장이었다. 인간과 짐승과 괴물을 모조리 녹여서 집어삼킨 뒤 그 속에서 융해시켜서 내보내는 키메라 제조 공장.

헐떡거리던 남자의 얼굴째로 살이 찢어지면서 피가 사방으로 튀었다. 하지만 살덩이 위로 뿌려진 그 피는 피부에 스며드는 물처럼 그 속으로 먹혀 들어가고, 찢어진 틈에서 거대한 박쥐의 날개와 커다란 야수의 양팔을 가진 키메라가 꿈틀거리며 기어나온다.

"우욱……."

질리언이 더 참지 못하고 구토하기 시작했다. 체스터도 혐오감을 참지 못하고 몸을 부들부들 떨고 있었다.

이것이 키메라 사건의 원흉이었다. 마법사 따위는 처음부터 없었다. 거대한 마력의 집합체로 만들어진 마법진과 그 효력을 더욱 증대시키는 마법 도구를 통해서 강력한 결계를 구축하고, 그 속에서 온갖 생명체를 먹어치워 기괴한 키메라를 만들어내고 있었던 것이다.

"빌어먹을……."

후우우우우우!

라곤이 이를 갈며 내뱉었다. 동시에 시리도록 푸른 오러 블레이드가 전개되기 시작했다. 체스터가 깜짝 놀라서 그를 바라보았다.

"라곤 경!"

"이 악마 같은 놈들!"

하지만 라곤은 듣지 않았다. 사자처럼 포효하며 오러 블레이드를 들어 올리자 그것이 맹렬하게 회전하며 확장되기 시작했다. 주변에 널브러진 찢겨진 살 조각들을 불태우며 10미터도 넘는 크기로 불타올랐다.

"으아아아아아아!"

그것이 내려쳐지자 거대한 살덩이가 일격에 둘로 갈라졌다. 그리고 그 중심부로부터 빛의 폭풍이 일어나 모든 것을 날려 버렸다.

쿠구구구구……

이윽고 폭발이 잦아들고 나자 뜻밖의 상황이 드러났다. 날아가 버린 살덩이들 사이에 온통 새카만 어둠 위에 흰빛으로 그려진 복잡한 마법진이 그려져 있고, 그 위를 둘러싼 검은 장막이 뭔가를 보호하고 있는 게 아닌가?

그것을 본 체스터가 말했다.

"라, 라곤 경, 저건……."

"저게 아마 이번 사건의 핵심이겠지요. 일부러 남겨놨습니다. 단서는 필요하니까."

라곤이 소름 끼치도록 차가운 목소리로 말했다. 그 말에 체스터는 놀라서 라곤을 바라보았다. 그토록 격렬한 분노를 토해내면서도 이성을 유지하고 있었단 말인가?

검은 장막에 둘러싸인 것은 그 혈관이 땅에 뿌리를 박은 채 두근거리고 있는 인간의 심장과 위쪽이 잘려져 나간 두개골이었다. 그 속에 역겹게 부글거리는 뇌수와 허연 뇌가 떠 있었다.

곧 마법사들이 올라와서 그것을 보고는 경악을 금치 못했다. 단지 저주의 매개를 이곳에 장치하는 것만으로 그 엄청난 키메라들을 생성해 내는 마법이라니, 그들로서는 상상도 못할 정도로 악질적이면서 동시에 고도의 기술이 아닌가?

이벨드의 궁정마법사조차도 그 마법진을 전혀 해석할 수 없었다. 한참 동안 마법진의 형태와 문자 등을 분석해 보았지만 완벽하게 암호화되어 있어서 도대체 어떤 구조로 그런 일을 가능케 한 것인지 이해할 수가 없었다.

"알아낸 것은 단 하나뿐입니다."

"뭡니까?"

"저 마법의 근본 자체는 마탑 시스템과 비슷하다는 것입니다."

"마탑과?"

마탑이란 각 나라의 수도에는 반드시 존재하는 마법사들의 상징이다. 그것은 마법사들의 단체를 의미하는 이름이기도 하지만 본래의 의미는 대지를 타고 흐르는 힘을 이용해서 외부의 공격에서 도시를 방어하거나 마법의 등과 같은 편의를 제공하고, 대규모 마법을 행할 때 에너지를 공급하기도 하는 마법 시스템의 정수였다.

궁정마법사가 고개를 끄덕였다.

"네. 저 심장이 혈관을 땅과 연결해 두고 있는 것은 산봉우리 아래쪽으로부터 대지의 힘을 끌어올리고 있기 때문입니다. 그 에너지의 흐름만은 파악했습니다만 나머지는 도저히…… 일단 기록을 마쳤으니 천천히 연구해 봐야겠습니다."

"그럼 저건 파괴해도 되겠습니까?"

라곤의 질문에 궁정마법사는 잠시 망설였다. 필요한 것을 다 기록했다고는 해도 귀중한 연구 샘플이 될 수 있는 존재를 파괴한다는 것이 망설여졌으리라.

하지만 저토록 사악한 힘의 집결체를 그냥 놔두었다가는 무슨 일이 벌어질지 모른다. 곧 그는 미련을 버리고 고개를 끄덕였다.

"네, 그렇게 하십시오."

라곤은 그 말이 떨어지기가 무섭게 오러 블레이드를 전개했다. 그것을 고속 회전시키면서 내려치자 핵을 보호하고 있던 검은 장막도 버텨내지 못하고 갈가리 찢겨지고 말았다.

키이이이이……

파괴된 마법진으로부터 흐느낌 같은 소리가 울려 퍼지는 것을 들으면서 라곤은 참을 수 없는 분노로 이를 갈았다.

그렇게 사건은 일단락되고, 수도로 돌아온 라곤과 질리언은 이벨드 대공에게 치하의 말을 듣고 포상을 받았다. 두 사람을 위해 열리는 만찬회에 참석하기 전 라곤이 질리언에게 말했다.

"돌아가게 되면……."

"네?"

갑자기 진지한 표정으로 말하는 라곤의 모습에 질리언이 당황했다.

"크루소 경에게 다시 한 번 만나자고 해줘."

"증조부님을요?"

"그래."

"왜죠?"

"너희 가문의 힘을 좀 빌리고 싶어서 그래. 크루소 경은 은퇴했다고는 하지만 아직 정계에 발휘하는 영향력이 크지. 나한 사람의 말로는 왕국의 전력을 움직일 수 없지만 크루소 경이 나서면 달라질 거야."

"우리 가문의 힘을 빌리다니… 뭘 하려는 건데요?"

질리언이 석연치 않은 표정으로 물었다. 지금까지 질리언이 본 라곤이라는 남자는 권력이나 재력 때문에 남에게 아쉬운 소리를 하는 이가 아니었다. 필요한 것은 어디까지나 동등한 입장에서 자신의 힘으로 쟁취한다. 그런데 도대체 무슨 이유로 바르빌드 후작가의 힘을 필요로 하는 것일까?

라곤이 침중하게 가라앉은 표정으로 말했다.

"이번 사태의 원흉을 알아내야 해."

"이번 사태의 원흉?"

"사실 이번에는 아무것도 해결되지 않았어. 단순히 눈에 보이는 현상을 제거했을 뿐, 그 일을 누가 무슨 목적으로 벌였는지는 전혀 알아내지 못했지."

"그건 그렇죠."

"굉장히 강력하고 사악한 흑마법사가 뭔가 터무니없는 목적을 갖고 움직이고 있어. 난 왠지 이전에 내가 관여했던 흑마법사 사건과 이번 사건의 배후가 같다는 느낌이 든다. 개인인지, 아니면 조직인지 알 수 없지만 상상도 못할 위험한 일을 벌이기 위해 움직이고 있는 것 같아."

"그런 이유로 우리 가문의 힘을 빌리고 싶다는 건가요? 그런 건 그냥 라곤 경이 폐하께 간언하기만 해도……."

"무슨 순진한 소릴. 앞에서는 하하, 호호 웃지만 내가 영향력을 발휘하는 걸 탐탁지 않게 생각하는 양반들이 얼마나 많은데. 지금이야 내가 딱히 정치적인 부분에는 뜻을 안 나타내고 있어서 그렇지, 일단 그런 의도를 드러내는 순간 엄청나게 견제해대기 시작할걸. 내가 해가 동쪽에서 뜨니 맞춰서 일어나자고 해도 반대하는 목소리가 나올 거야. 그렇게 되면 실제로 귀족사회에서 영향력이 없는 나로서는 아무것도 할 수 없지."

"어……."

스스로의 입지를 정확하게 알고 있는 라곤의 말에 질리언이 어안이 벙벙한 표정을 지었다. 라곤이 왜 그러냐는 듯 바라보자 고개를 저으며 말했다.

"아니, 뭐랄까. 전 솔직히 라곤 경이 평민 출신이라서 세상 돌아가는 걸 잘 모를 거라고 생각했거든요. 그런데 아주 잘 아시네요."

"난 바보가 아니거든? 그리고 그런 면에서는 라비니아 양한테 많이 배웠지. 라비니아 양은 굉장히 총명해."

"으음. 라비니아 오란이라…… 확실히 다른 귀족 아가씨들과는 달리 세상 돌아가는 일에 관심이 많다고 하더군요. 남자들과 어떤 화제로 대화를 해도 못 따라가는 법이 없다고."

"대단한 여자지."

라곤은 미소를 지었지만 왠지 석연치 않은 듯한 질리언의 태도가 의아하게 느껴졌다. 이 녀석은 왠지 이전부터 라비니아에 대한 이야기만 나오면 저런 태도를 보이곤 했는데, 저게 단순히 원래 자신의 형과 혼담이 오갔던 상대이기 때문인지 아니면 다른 이유가 있는지 모르겠다.

"어쨌든 그런 이유라면 협력해 드리죠."

"고맙다."

"근데 아마 증조부님 성격상 맨입으로 해드리진 않을걸요."

"뭘 바랄 것 같은데?"

"저를 지도하는 것 정도는 바라시지 않을까요?"

"이번에 보여준 걸 훔쳐 배우는 정도로는 부족하고?"

"아니, 그건 솔직히… 봐도 모르겠는데요."

질리언이 눈살을 찌푸렸다. 라곤이 보여준 것들은 워낙 엄청나서 자기 눈으로 봐놓고도 저걸 도대체 어떻게 하면 할 수 있는지 감이 안 잡혔다.

라곤이 씩 웃으며 말했다.

"예전의 소드 마스터들은 다 할 수 있었던 거야. 너희 가문 같은 무가들이 쉬운 길을 가느라 정작 진짜 힘을 잃어버렸을 뿐이지."

"라곤 경은 어떻게 그 예전의 소드 마스터들의 힘을 알게 된 건데요? 숨겨진 스승이라도 있어요?"

질리언은 계속 느끼던 의문을 물었다.

본인이 정신이 아득해질 정도로 혹독한 훈련을 받아서 소드 마스터의 경지를 코앞에 둔 만큼, 평민 출신인 라곤이 그런 비전의 훈련법을 통하지 않고 소드 마스터가 됐다는 사실을 납득할 수가 없었다. 오로지 소드 마스터가 된다, 그 목적에만 특화된 훈련으로 12년에 걸쳐 시달린 끝에 도달한 경지이거늘 어떻게 자연스럽게 그곳에 도달할 수 있단 말인가?

라곤이 코웃음을 쳤다.

"나한테 그런 식으로 묻는 사람이 많네. 누누이 말하지만 난 옛날에 내 상관이었던 십부장 글레틴 씨한테 제식검술의 기본을 배운 게 다야. 나머지는 혼자서 열심히 훈련하고, 공부하고, 실전을 겪다 보니까 된 것뿐이고."

"그런 것치고는 소드 마스터의 힘을 너무 잘 알고 있잖아요?"

"그건 과거 선배들의 업적을 공부하면 할 수 있는 거지. 너희들은 너무 머리가 굳었어. 아니, 그전에 그 훈련법 자체가 처음부터 고장 난 소드 마스터를 만드는 거니 어쩔 수 없을지도 모르겠지만."

"고장 난 소드 마스터?"

"공짜 레슨은 여기까지만 하자. 나중에 거래할 만한 카드가 없어지면 곤란하니까."

라곤은 눈을 찡긋하며 말했다. 질리언은 불만스러운 기색이었지만 더 캐묻지 못하고 그와 함께 만찬회에 참석했다.

8

금발의 마법사 아이오네스는 여전히 바렐의 숲에 있었다. 어둠의 호수 중앙에 떠서 마법의 의식을 계속한다. 하지만 그러는 한편 세상 곳곳에서 들어오는 정보를 파악하는 것을 게을리하지 않았다.

"라곤 클란드라는 녀석은 정말 놀랍군. 그 결계를 그렇게 쉽게 뚫어버리다니."

흑기사 베이런이 갖다 준 마법의 정보체를 읽어들인 아이오네스는 흥미를 느꼈다.

이벨드 공국에서 벌어진 키메라 사건의 원흉은 바로 그였다. 그가 앞으로 벌일 일을 위해 개발한 마법을 실험할 장소로 이벨드 공국을 선택했던 것이다. 반년 전의 리할드 왕국 흑마법사 사건과 달리 이번에는 한 달에 걸쳐서 작업이 진행되었기 때문에 더 아쉬울 게 없을 정도로 많은 데이터를 얻었다.

"자네도 흥미가 생기지 않나?"

"대단히. 부디 그를 제가 처리하는 걸 허락해 주시지요."

베이런이 붉은 눈동자를 빛내며 말했다. 아이오네스의 원대한 계획을 위해 움직이는 그는 아직까지는 세상에 그 모습을 드러내는 것을 엄격히 금지당하고 있었다.

세상 모든 것을 무가치한 쓰레기로 보면서 권태에 잠겨 있는 그가 의욕을 불태우는 것은 드문 일이다. 아이오네스가 재미있다는 듯 물었다.

"라곤 클란드라는 녀석이 자네의 상대가 될까?"

"아직은 어림없습니다."

"그렇게 단언할 정도면 만나봐야 재미가 없지 않을까? 자네가 그럴 마음을 먹는 순간 죽을 텐데."

"글쎄요. 어쨌든 그는 제가 본 몇 안 되는 잃어버린 힘을 복원한 소드 마스터입니다. 아마도 곧 시작될 전쟁에서 저와 마주하게 된다면, 그때는 지금보다 더 가치있는 존재로 성장해 있겠죠."

"그렇군. 좋아. 그에 대해서는 자네 마음대로 하게. 그를 상대할 때에 한해서 모습을 드러내는 것을 허락하지."

"감사합니다."

베이런이 맹수 같은 미소를 지으며 고개를 숙였다.

그때 그들의 밑에서 미미한 진동이 일어났다. 호수 안쪽에서 발생한 힘이 수면에 파문을 일으키고 있었다.

―이제 곧이군.

그리고 물의 떨림을 통해 굵직한 목소리가 울려 퍼졌다. 아이오네스가 아래를 바라보며 대답했다.

"그렇소. 이제 곧."

검은 수면 너머에는 붉은 눈동자를 빛내는 오크의 모습이 있었다. 거대한 수정 결정 같은 물체 안에 갇힌 그는 강력한 마력으로 정신을 수면에 투영시킨 채 웃고 있었다. 이제 곧 이루어질 완전한 부활의 날을 기다리며.

CHAPTER 04
오크들의 태동

마검전생

1

리할드 왕국력 355년 1월.

창밖에는 눈이 내리고 있었다. 온통 새하얗게 변해 버린 왕도의 정경을 몇 개월 후면 22세가 되는 라곤이 내려다보고 있었다.

호화 레스토랑 상층부의 예약석에서 자신이 초대한 이가 오기를 기다리고 있던 그가 문득 중얼거렸다.

"눈 치우려면 진짜 고생이겠군."

…낭만이라고는 흔적도 찾아볼 수 없는 소리였다.

하지만 살아온 시간의 대부분을 전장에서 보내온 그에게 눈이란 전혀 낭만적이지 않았다. 올 때마다 제설 작업을 하느라 얼마나 이를 갈아댔던가. 지금이야 아랫사람들이 다 알아서 해주고 자기는 따뜻한 곳에서 놀고 있으면 그만이긴 하지만, 그래도 볼 때마다 예전의 기억이 떠올라서 별로 기분이 좋질 않았다.

잠시 후, 그가 기다리고 있던 사람이 모습을 드러냈다. 하얀 드레스 위로 붉은 모피코트를 걸친 라비니아였다. 그녀가 안으로 들어오자 라곤이 일어나면서 반갑게 맞이했다.

"어서 와요, 라비니아 양. 눈길에 오느라 고생했죠?"

두 사람은 끌어안고 서로의 볼에 가볍게 키스했다. 그리고 그윽한 눈길을 주고받으며 자리에 앉았다.

모자와 모피코트를 직원에게 맡긴 라비니아가 미소 지으며 말했다.

"마차가 좀 덜컹거리긴 했지만 고생하진 않았어요. 눈 내리는 거리는 낭만이 있지 않나요? 여기도 정말 전망이 좋아서 왕도의 아름다운 모습이 한눈에 들어오는군요."

"저도 동감입니다. 그래서 굳이 이 자리를 예약했답니다. 라비니아 양이 좋아해 주실 거라고 생각했어요."

방금 전까지 혼자 중얼거리고 있던 것과는 정반대의 소리를 입에 침도 안 바르고 잘도 떠들어대는 라곤이었다.

곧 라곤이 낸 거금에 걸맞은, 눈 돌아갈 정도로 훌륭한 식사가 놓여졌다. 두 사람은 담소하며 식사를 마쳤고, 차와 디저트가 나오고 나자 라비니아가 말했다.

"그러고 보니 최근 바르빌드 후작가와 자주 왕래하신다고 들었어요."

"라비니아 양은 역시 왕도 정세에 밝으시군요. 그쪽의 은퇴한 크루소 경이 귀찮게 해서 종종 보고 있습니다."

라곤이 대답했다.

이벨드 공국의 일 이후로 3개월, 그동안 질리언은 오러 블레이드를 완성하고 왕국의 여덟 번째 소드 마스터로서 국왕에게 친히 기사 서임을 받는 영광을 누리며 은사자 기사단에 이름을 올렸다. 그리고 그것과 거의 동시에 라곤이 바르빌드 후작가의 정치적인 지원을 등에 업고 국왕에게 간언, 작년에 일어난 흉흉한 사건의 배후를 캐는 조사단이 조직되어 광범위한 조사를 시작했다.

그 대가로 라곤은 질리언이 예상했던 대로 그의 지도를 맡게 되었다. 크루소 경은 절대 공짜로 뭔가를 해주는 인물이 아니었던 것이다.

질리언을 지도한다고는 해도 시시콜콜하게 기술을 알려주는 것은 아니다. 일주일에 한 번 정도 비밀연무장에서 대련을 벌일 뿐이었다. 그 와중에 라곤이 기기묘묘한 기술을 많이 보여주었기 때문에 질리언은 얻는 것이 많은 모양이었다.

'내일도 또 가야 하고 말이지.'

일주일에 한 번 정도라곤 해도 꽤나 귀찮았다. 게다가 크루소 그 욕심 많은 노인네는 그날이면 가문의 유망주들을 죄다 모아다가 반드시 관전을 시키지 않던가. 탐욕스럽게 라곤의 기술을 하나라도 더 훔쳐 내겠다고 눈을 빛내면서 말이다.

라비니아가 말했다.

"후작가와 친해지시면 득이 많을 거예요. 소드 마스터이시긴 하지만 라곤 경은 귀족사회에서의 기반이 별로 없으니까요."

"저도 그렇게 생각합니다. 다행히 같은 소드 마스터끼리라 그런지 좀 말이 통하긴 해요."

"다행이네요. 바르빌드 후작가가 지원해 준다면 황금독수리 기사단 창설도 좀 앞당겨질 수도 있겠네요."

라비니아가 실리적인 이야기를 하면서 눈을 빛냈다.

황금독수리 기사단.

그것은 국왕이 라곤을 위해 창설할 예정인 새 기사단의 이름이었다. 딱히 내세울 만한 관직이 없는 라곤에게 힘을 실어 주기 위해 만들어지는 기사단이다.

하지만 지금까지는 창설까지 난항을 거듭하고 있었다. 불쑥 튀어나온 평민 출신의 라곤이 기반을 얻는 것을 탐탁지 않아하는 귀족들이 많았기 때문이다. 기사단 창설쯤 되면 아무리 국왕이라도 마음대로 밀어붙일 수 있는 일이 아니기 때문에, 라곤으로서는 왕실의 명령대로 사방으로 파견을 다니면서 명성을 높여서 일이 조금이라도 빨리 진행될 수 있도록 노력하고 있었다.

하지만 개국공신 가문이고, 정, 재계에 막대한 영향력을 가진 바르빌드 후작가가 밀어준다면 모든 것이 좀 더 수월해질 것이다. 누구에게도 손가락질 받지 않고 라곤과 결혼하기 위해 그때만을 기다리고 있는 라비니아는 반짝반짝 눈을 빛내고 있었다.

라곤이 대답했다.

"그랬으면 좋겠어요. 솔직히 저는 라비니아 양을 볼 때마다 조바심이 나니까."

"저도예요, 라곤 경."

"그런데 라비니아 양, 혹시……."

"네?"

문득 라곤은 이전에 질리언에게 들었던 말이 생각났다, 그녀가 자신과 교제하기 직전까지 바르빌드 후작가의 차남과 혼담이 오고 갔었다는 말이. 그래서 반사적으로 그것을 물어보려다가 그녀가 미소 지은 얼굴로 고개를 갸웃하자 말문이 막혀 버리고 말았다.

"아니, 아무것도 아닙니다. 무슨 말을 할지 까먹었어요."

"호호, 라곤 경도 은근히 덜렁거리는 구석이 있으시네요."

"그러게요."

라곤은 내심을 감추고 미소 지었다.

그녀의 과거가 어떻든, 속에 어떤 계산을 품고 있든 상관없었다. 자신을 바라봐 주고, 자신에게 충실하며, 마침내 자신의 것이 되어주기만 한다면 그것으로 충분했다.

2

아무런 기반이 없는 라곤과 달리 바르빌드 후작가라는 든
든한 배경을 가진 질리언은 이미 어떤 관직을 받을지 결정이
되어 있었다. 반년 후, 동방 국경을 수호하는 세 명의 장군 중
하나로 취임해서 떠날 예정이다. 질리언은 고작 스무 살이고
전장에 나가본 경험도 없는 애송이였지만 소드 마스터인데다
가문의 후광까지 입은 그를 상대로 트집을 잡을 만한 이는 아
무도 없었다.

질리언이 그런 사정을 설명하자 라곤이 한숨을 푹 쉬었다.

"후우, 넌 좋겠다."

라곤은 노골적으로 부러워하는 기색을 드러냈지만 질리언
은 불안해하고 있었다.

"좋겠다뇨. 아무리 소드 마스터라도 그렇지, 전 전장에 나
가본 경험도 없고 병력을 지원해 본 경험도 없는데 이렇게 덜
컥 장군을 하라고 하면……."

"스스로가 애송이라는 자각은 있구나."

"애, 애송이 아닙니다."

질리언이 얼굴을 붉히며 반발했다. 매번 똑같은 패턴에 라
곤이 피식 웃었다.

"뭐, 그건 너희 가문에서 잘 보좌해 줄 사람을 붙여주겠지. 어차피 엘비라스나 토라스하고는 요즘 사이가 좋은 편이라 딱히 문제는 없을 거야. 실무를 처리한다기보다는 일을 배우고, 소드 마스터로서 동방 국경에 안도감을 주는 게 네 역할이지."

"으음."

"닥치고 나면 어떻게든 될 거다. 그전까지 또 지독하게 교육을 받고 갈 거 아냐?"

"실은 그것도 싫어 죽겠어요."

질리언이 한숨을 푹 쉬었다.

어려서부터 귀족가의 자제로서 받아야 할 예절과 교양을 익히고, 그러는 한편 인생을 통째로 강탈당했다고 표현해도 과언이 아닐 정도로 지독하게 소드 마스터가 되기 위한 훈련을 받았다. 이제 소드 마스터가 되었으니 검술 훈련이고 뭐고 다 집어치우고 자유로운 시간을 즐기고 싶은데, 장군직을 꿰차게 되고 보니 전혀 그럴 여유가 없었다.

"너도 나름대로 고생이 많구나."

그의 신세한탄을 들은 라곤이 어깨를 툭툭 두들겨 주었다.

바르빌드 후작가 같은 무가에서는 어렸을 때 기본기를 훈련시키면서 재능이 있는 아이들을 골라낸다. 그렇게 하나하나 골라내고 남은 자들만이 소드 마스터가 되기 위한 광기 어린 집착의 희생자가 된다.

다른 형제자매들이 일찌감치 떨어져 나가서 학교도 가고, 사교계에 얼굴도 보이고 하는 동안 질리언은 혼자서 저 욕심 많은 증조부의 학대에 가까운 지도를 받아야만 했던 것이다. 아주 비틀린 성격을 가져도 이상하지 않을 것 같은데 의외로 성격이 밝은 게 신기할 지경이다.

'뭐 그래도 배부른 투정이지.'

라곤은 자신의 과거를 떠올리며 쓴웃음을 지었다. 질리언이 힘든 유소년기를 보냈다는 것은 인정하지만 자신은 더했다. 안락한 생활 따위는 꿈도 꾸지 못한 채 전장에서 수십 번도 넘게 생사의 고비를 넘겨야만 했으니까.

식사와 티타임을 마치고 나자 두 사람은 다시 지하의 비밀 연무장 한가운데 섰다. 질리언이 고개를 숙였다.

"그럼 오늘도 잘 부탁드립니다."

크루소와 가문의 사람들이 벽에 빙 둘러서서 기대감 어린 눈빛을 보내고 있었다. 라곤은 그들의 시선이 참 싫다고 생각하면서 검을 뽑아 들었다.

"얼마든지 와라."

말이 떨어지기가 무섭게 질리언이 질풍처럼 달려들었다. 거리가 좁혀지는 것과 동시에 그의 검에서 세 줄기 푸른 섬광이 뻗어 나온다.

라곤은 그것을 다각형으로 변형시킨 오러 디펜더로 비껴내고는 반격했다. 질리언의 안면을 향해 검격을 날리고, 질리언이 검을 들어 그것을 막아내는 순간 아래쪽을 훑듯이 두 줄기 오러 블레이드를 뻗어갔다.

질리언이 황급히 그것을 피해내면서 허공으로 떠올랐다. 물론 라곤에게는 한 방 때려달라고 엎드려 부탁하는 것과 마찬가지로 허점투성이의 대응이었다.

'이런 걸 안 때려주면 내가 너무 무성의한 거지.'

쾅!

폭음과 함께 질리언이 돌바닥 위에 처박혔다. 라곤이 지상에 선 채 채찍처럼 날린 오러 블레이드로 그를 후려친 것이다.

"크윽!"

잽싸게 오러 디펜더로 막아내긴 했지만 그래도 충격이 보통이 아니다. 질리언이 신음을 토하며 자세를 바로 했다. 문득 그가 라곤을 보며 눈살을 찌푸렸다.

"그거 진짜 신기하네요."

"뭐가?"

"그 채찍 같은 오러 블레이드요. 어떻게 하는 거예요?"

단순히 오러 블레이드를 여러 갈래로 나눠서 뻗어내는 거라면 질리언도 할 수 있었다. 하지만 라곤은 아예 오러의 질을 바꿔서 채찍처럼 휘두르거나, 물체를 베지 않고 감싸서 들거나, 벽에 박아 넣고 탄성을 줘서 흔들리는 반동을 이용하거나 하는 응용 기술을 보여주고 있었다.

"그런 것까지 알려줄 의무는 없지. 보고 배워. 솔직히 나 같았으면 벌써 배우고도 남았다. 이거 소드 마스터 된 지 두 달 만에 터득한 기술이거든?"

"큭… 잘난 척이 너무 심하시다니까."

질리언이 짜증난다는 듯 돌진해 왔다. 정면으로 돌진하는 척하면서 오러 블레이드를 크게 휘둘러서 힘을 방출, 라곤의 시야를 가려놓고 옆으로 돌아 들어오면서 세 갈래로 갈라진 오러로 상, 중, 하단을 동시에 노렸다.

하지만 라곤은 그 공격 포인트에 맞춰서 오러 디펜더를 뾰족뾰족한 다각형 모양으로 변형, 절묘하게 맞아떨어지는 각도로 받아서 비스듬하게 흘려내고는 응집시킨 오러 블레이드를 아무렇게나 후려갈겼다.

파아앙!

공기가 요동치면서 질리언의 몸이 튕겨 나갔다. 동시에 오싹한 감각이 엄습해 왔다. 라곤이 돌격해 오는 것과 동시에 질리언의 시야에 무수한 공격 궤도가 떠올랐다. 완벽한 공격을 가할 수 있는 궤도가 극히 한정되는 질리언과는 달리 전방위에서 수십 종류의 공격을 쏟아낼 수 있는 라곤의 공격이 어느 궤도를 타고 들어올지 질리언으로서는 도무지 예측할 수 없었다.

츠팡!

다음 순간 질리언의 손에서 검이 빠져나갔다. 이판사판으로 같이 뛰어들면서 검격을 날려온 질리언에게 라곤이 아래쪽을 비스듬히 쳐내는 검격으로 대답했기 때문이다.

"오늘은 좀 빨리 끝."

라곤이 질리언의 목에 검끝을 겨눈 채 선언했다. 질리언이 표정을 일그러뜨렸다. 검을 놓쳐 버렸으니 뭐라고 할 말이 없었다.

"으, 벌써 몇 개월째 대련을 하고 있는데 왜 번번이 이렇게 쉽게 당하는 거죠?"

"그야 네가 훈련하는 동안 나도 놀고 있지 않으니까 그렇지. 차이는 오히려 계속 벌어지고 있단다."

"지, 진짜로?"

"반은 농담. 하지만 기본적으로 너는… 에이, 이 정도는 그동안 대련한 정으로 알려주지. 너는 그때나 지금이나 검술이 전혀 나아지질 않았어."

"검술이라고요?"

라곤의 지적에 질리언은 한 방 얻어맞은 듯한 표정을 지었다. 라곤이 대답했다.

"응. 오러의 운용 기술하고 그걸 활용하는 전투 능력 자체는 꽤 많이 나아졌다고 생각해. 아마 약한 놈들 상대로 학살전을 펼칠 거면 그것만으로도 충분하겠지. 하지만 나는 약한 놈이 아니고 소드 마스터잖아? 같은 소드 마스터끼리 상대하면 결국은 서로 검을 든 자들이 싸울 때와 마찬가지로 검술,

정확히는 검술을 중심으로 한 격투 능력이 중요해지지. 그런데 넌 제대로 할 줄 아는 검술 동작이 단 하나뿐이지? 나머지는 상당히 서투르지. 네 몸 전체가, 근육도 감각도 그 동작 하나에 특화되어 있어."

"……."

"그걸 어떻게 알았냐고 묻진 않는군. 현재의 소드 마스터들이 어떤 식으로 '만들어지는가'는 일찌감치 파악했어. 솔직히 좀 황당하더라고."

"그게… 문제를 만든다는 겁니까?"

"당연하지. 너 만약 소드 마스터가 못 됐다고 생각해 봐. 그런 너를 제대로 검술 익힌 사람이 상대하면 어떻게 될 거라고 생각해? 설마 한 번도 경험 안 해봤냐?"

질리언은 욱 하고 입을 다물었다. 그 표정에 라곤이 눈살을 찌푸리며 크루소를 바라보았다.

"설마 진짜 한 번도 대련 안 시켰어요?"

"…소드 마스터가 되기 전에 나쁜 경험을 시켜줄 필요는 없기 때문이다. 그런 일을 겪으면 자신이 가는 길에 회의를 느끼게 되고, 회의를 가진 자는 소드 마스터가 될 수 없어."

"허어."

라곤은 기가 막혔다.

확실히 크루소의 말이 맞긴 맞다. 10년을 하루같이 한 가지 동작만 반복하는 것은 어떻게 봐도 미친 짓이다. 그 방법을 신앙처럼 믿고 달려들어도 될까 말까인데, 의심을 갖는 상황은 최대한 피하고 싶었겠지.

그리고 그런 방법이 전사로서 근본적인 결함을 가진 존재를 만들었다. 압도적인 힘을 가졌지만 전사로서는 너무나도 서투른 소드 마스터라는 존재를.

'이건 광기야.'

라곤은 고개를 절레절레 저었다.

결과적으로 그것은 소드 마스터를 아주 효율적으로 만들어낼 수 있는 방법이다. 예전, 그런 방법이 개발되기 이전과 비교할 때 소드 마스터의 숫자는 크게 늘었다.

하지만 그들은 응용력이라는 것이 결여된 존재들이다. 스스로 터득한 다양한 기술을 조합해서 전투를 이끌어 나가는 감각이 없기 때문에 그 감각을 기반으로 하는 오러에도 융통성이 없다.

라곤은 다양한 검술을 펼치면서 그 검격 하나하나의 리듬과 질을 자유자재로 조작할 수 있는 능력이 있기 때문에 오러블레이드의 질을 바꾸는 기술 역시 쉽게 터득했다. 하지만 처음부터 단 하나의 검격을 '완벽하게' 펼쳐 내는 것 외에는 가진 것이 없는 질리언은 몇 번이나 앞에서 보여줘도 따라 하질 못하고 있었다.

"후우. 말해봤자 뭐 하겠냐. 기왕 소드 마스터가 됐으니까 검술 전반을 좀 제대로 익혀봐. 너희 가문에도 제대로 된 검술을 터득한 사람들이 있을 테니까.”

그렇게 충고한 라곤은 몸을 돌렸다. 연무장을 나서는 라곤을 크루소가 따라오면서 말했다.

“극복할 걸세.”

라곤이 그를 돌아보자 그가 눈에 결연한 의지를 담은 채 말을 이었다.

“반드시 극복할 걸세. 그게 자네의 힘의 비밀이라면.”

“…당신은 이미 알고 있을 텐데요?”

라곤이 짜증으로 눈살을 찌푸렸다.

“10년 이상 다른 걸 도외시하고 하나만 반복해서 소드 마스터가 된 시점에서, 이미 기초부터 완벽하게 망가진 상태라는 걸. 질리언의 육체는 하나부터 열까지 딱 그 한 동작을 궁극의 경지로 펼쳐 내기 위해 최적화되어 있어요. 이제 와서 다른 동작을 숙련한다고 해서 그게 간단히 고쳐지지는 않을 겁니다. 처음부터 익히는 것하고는 비교도 안 될 정도로 어려운 일이에요.”

“알고 있네. 하지만 질리언은 젊어. 분명히 극복할 걸세.”

“크루소 경이 어떻게 생각하든 본인의 의지가 있어야 가능하겠습니다만… 뭐, 힘내보시죠.”

라곤은 속으로 고개를 절레절레 저었다.

그가 생각한 소드 마스터의 두 번째 결함은 나태하다는 것이다.

이미 인생의 대부분을 희생해서 다른 인간이 도달할 수 없는 초인이 되었기 때문에, 즉 더 이상 노력하지 않아도 노력하는 인간들 수백 명을 쓸어버릴 수 있는 힘을 가졌기 때문에 애써 노력하지 않는다. 질리언만 해도 지금 지적당한 문제점을 굳이 애써서 고치지 않아도 전장에 나갔을 때 죽음의 위기를 느끼는 일이 영원히 없을지도 모른다.

하지만 그렇게 나태함에 몸을 맡긴 자들은 언젠가 자신이 가진 힘을 뛰어넘는 적을 만났을 때, 그것을 극복하지 못하고 쓰러지고 말 것이다. 드물지만 소드 마스터끼리 승부를 겨루게 되었을 때 승자가 되는 자는 그 나태함을 넘어선 자이리라고 라곤은 생각했다.

'하지만 그건 나는 경험해 보지 못한 영역이니 녀석이 알아서 하는 수밖에 없지.'

아무리 환경이 좋아도 검을 쥐고 고생을 자처하는 것은 결국 자신이다. 자의로 나서든 타의에 떠밀리든 스스로 하겠다고 마음먹지 않으면 아무것도 이루어낼 수 없다.

질리언은 과연 나태해지고 싶은 열망을 극복해 내고 시련의 길에 들어설 수 있을까? 라곤은 왠지 그의 결정이 기대되기 시작했다.

3

리할드 왕국력 355년 3월.

리할드 왕국 서부에는 바렐의 숲이라는 거대한 마경(魔境)이 존재하고 있었다. 무려 국토의 3할에 달하는 이 숲은 리할드 왕국이 상당한 힘을 기울여 개간하려고 하는 곳이다.

영토를 늘리고 싶어서는 아니다. 리할드 왕국은 이미 충분히 넓은 땅을 갖고 있었다.

그렇다면 그 안에 탐낼 만한 자원이 있기 때문일까? 그것도 아니다.

진짜 이유는 바렐의 숲은 그 자체로 왕국에 위협이 되는 장소이기 때문이다.

왜냐하면 손도 댈 수 없을 정도로 엄청난 숫자의 몬스터들이 서식하는 땅이었으니까. 그곳으로부터 뛰쳐나온 몬스터들이 끊임없이 피해를 발생시켰고, 가끔 영리한 몬스터들은 거대한 군세를 만들어 왕국을 위협할 지경이었다. 리할드 왕국 이전에 이 땅을 차지하고 있던 카르벨 왕국은 마경에서 출현한 오우거 로드가 이끄는 어둠의 동맹과 싸우느라 모든 국력을 소진하고 망해 버리고 말았다.

그런 역사가 있으니 리할드 왕국이 그 위협을 어떻게든 없애 버리고 싶어하는 것도 무리가 아니다. 왕실에서는 개간 반대파의 반발을 억눌러 가면서 이 숲을 개척하는 데 상당한 국력을 쏟아붓고 있었다.

리할드 왕국은 지난 26년에 걸쳐 숲을 개간하고 개척도시를 만들어왔다. 숲의 경계선을 따라 두 개의 도시를, 그리고 그것과 삼각형을 그리며 안쪽으로 파고들어 간 세 번째 도시 나렌을 만들었다. 역사가 7년밖에 안 되는 나렌은 아직 성벽조차 제대로 완성되지 않았지만 수많은 병력이 집결해서 몬스터들을 물리치고 있었다.

두두두두두…….

땅울림과 함께 숲이 들썩이고 있었다. 병사들과 함께 성벽을 순찰하던 젊은 마법사 카알 브리드는 이게 무슨 일인가 싶어서 눈을 크게 떴다.

숲 쪽을 바라보던 그의 눈이 크게 떠졌다. 아주 먼 곳에서 흙먼지가 일어 오르면서 뭔가가 다가오고 있었다. 그것도 한둘이 아니다. 엄청난 숫자가 다가오면서 그 땅울림이 여기까지 전해지는 것이다.

'몬스터들의 폭주? 아냐. 전진 속도가 일정하잖아. 도대체 뭐지?'

당황하는 그의 눈에 불쑥 솟아난 거대한 몬스터들이 앞장서서 나무들을 쓰러뜨리고 있는 게 보였다. 3미터 이상의 덩치를 가진 오우거와 역시 그에 지지 않는 덩치를 가진 직립보행하는 들소 같은 생김새를 가진 미노타우로스 수십이 육중한 금속 장비로 무장한 채 걸어오고 있었다.

"말도 안 돼. 오우거랑 미노타우로스를 무장시키다니 도, 도대체 무슨 일이 일어나고 있는 거지?"

곧 이 상황이 보고되고 나자 나렌에는 긴급 전투태세가 발령되었다. 전 병력은 완벽하게 무장하고 전투태세로 들어갔고, 마법사들은 마법을 이용해서 가까운 도시들과 왕도에 이 사실을 알렸다.

그리고 좀 더 시간이 지난 후, 마침내 숲 속을 걸어오고 있는 엄청난 숫자의 존재가 무엇인지 육안으로 관측할 수 있는 때가 왔다. 카알이 신음처럼 중얼거렸다.

"오크……."

인간형 몬스터 중에 가장 많은 숫자를 자랑하는 오크가 수천 마리 이상 모여 있었다. 그들은 모두 저마다 군대처럼 무장하고, 오우거와 미노타우로스 같은 대형 몬스터들을 앞장세워 나무들을 쓰러뜨리면서 진군해 왔다.

이미 몇 시간 전부터 그들의 모습을 관측하고 전투태세를 갖추기는 했지만, 생전 처음 보는 엄청난 규모에 나렌의 병력들은 다들 숨을 삼켰다.

"오크들의 대군단이라니…… 오크 히어로라도 나타난 건가?"

몬스터들이 놀라운 통솔력으로 결집했을 때는 상상을 초월하는 존재가 나타났을 때뿐이다. 카르벨 왕국을 무너뜨린 오우거 로드나, 오크들의 영웅이라 불리며 소드 마스터와 동격의 힘을 가졌다고 불리는 오크 히어로 같은.

쿠구구구구…….

그들이 가까워질수록 땅울림이 커진다. 숲 때문에 전체적인 병력을 파악하기가 쉽지 않았지만, 꾸역꾸역 나타나는 그들이 엄청나게 많다는 것만은 확실했다.

그리고 마침내 선두의 오크들이 개간된 지역으로 들어섰다. 그러자 그들은 뒤를 보고 포효하면서 진군을 멈추었다.

"왜 멈추는 거지?"

그들을 뚫어져라 바라보고 있던 카알은 의아해하며 중얼거렸다. 오크들이니만큼 숲을 빠져나오자마자 곧바로 돌격해 오지 않을까 싶었는데, 저렇게 절도있게 멈춰 서는 모습을 보니 묘하게 불길하다.

곧 오크들의 선두 병력이 좌우로 갈라지며 그 사이에서 한 오크가 걸어나왔다. 황금으로 된 커다란 투구를 쓰고 그레이트 울프의 가죽으로 만든 망토를 걸쳤으며, 붉고 푸른 깃털을 수십 개나 몸에 꽂아서 화려하게 치장한 그 오크는 다른 오크들보다 거의 머리 하나는 컸고 몸도 균형있게 발달해 있었다. 그가 혼자서 앞으로 걸어나오더니 입을 열었다.

"인간들에게 고한다."

순간 나렌의 병력들이 술렁거렸다.

황금 투구를 쓴 오크의 입에서 나온 말은 너무나도 유창한 인간의 언어였던 것이다. 게다가 조용히 말하는 것 같은데도 목소리가 우렁차게 울려 퍼져서 나렌에 있는 모든 사람이 들을 수 있을 정도였다.

카알은 그가 마법을 쓰고 있다는 사실을 알아보았다. 오크 중에도 간간이 마법을 쓰는 존재가 나타나기는 하지만 지금 그에게서 느껴지는 마력 파동은 대단히 강력했다.

'다른 오크들과는 달라. 돌연변이 오크 메이지, 저게 오크 히어로 같은 역할을 하고 있나?'

그가 여러 가지 가능성을 떠올려 보고 있는 동안 황금 투구의 오크가 말을 이었다.

"우리는 위대한 프로토 오크를 섬기는 하이오크의 군대다."

"프로토 오크? 하이오크?"

생전 처음 듣는 이름에 다들 어리둥절해했다. 오크면 오크지 프로토 오크와 하이오크는 또 뭔가? 엘프의 경우 높은 지대에 살아서 하이엘프라 불리는 부족이 있긴 하지만 이 경우는 그런 의미도 아닌 것 같은데…….

오크의 말이 이어졌다.

"우리 군은 지금 이 순간부터 리할드 왕국에 전쟁을 선포한다. 신성한 숲을 흙발로 짓밟으려고 한 어리석은 자들이여, 너희들이 자신의 것이라 믿었던 땅은 곧 정당한 주인인 우리의 것이 될 것이다."

오크는 그렇게 말하고는 몸을 돌려서 다시 오크들 사이로 모습을 감추었다. 그리고 잠시 후, 오크들 사이로 특히 덩치가 큰 오크 열 명이 나와서 각기 자신의 무기를 들어 올렸다.

어떤 녀석은 검을, 어떤 녀석은 창을, 어떤 녀석은 도끼를 들고 있었다.

카알이 의아해하며 그들을 바라보았을 때다. 갑자기 공기가 격하게 진동했다.

후우우우웅!

모든 이들이 보는 가운데 열 개의 붉은 섬광이 치솟았다.

"오, 오러 블레이드? 오크 히어로!"

사람들이 경악했다. 오크 히어로는 수십 년에 하나가 나타날까 말까 하다는 희귀한 존재. 그렇기에 오크들에게 신앙처럼 떠받들어지며 그 아래 수백, 수천의 오크들이 집결하는 것이다. 그런데 그런 오크 히어로가 열 마리나 동시에 나타나다니!

"그워어어어어어!"

열 명의 오크 히어로가 일제히 포효하는 것과 동시에 오크 병사들이 진군을 시작했다. 성벽 앞 공터를 새카맣게 메우면서 진군해 오는 오크들의 기세에 눌렸던 인간들 사이에서, 나렌 수비군 사령관의 발악하는 듯한 목소리가 울려 퍼졌다.

"공격 개시!"

그것을 시작으로 정신을 차린 인간들이 공격을 시작했다.

4

'개척도시 나렌, 오크의 대군에게 함락!'

왕도에 날벼락 같은 소식이 전해졌다. 약 다섯 시간 전에 갑자기 바렐의 숲에서 오크의 대군단이 나타나서 나렌을 공격하기 시작했다는 소식이 전달되어 왔고, 네 시간 전에는 구원 요청이, 그리고 세 시간 전에는 방어선이 무너져서 나렌이 점령당했고, 생존자들은 적들의 추적을 받으며 도주 중이라는 보고가 도착했다.

워낙 급박하게 전달된 소식이라 상황이 아주 자세하지는 않았지만, 거기 적힌 핵심 사항만으로도 왕실이 경악하기에는 충분했다. 즉시 중신들이 소집되고 회의를 통해 긴급 파병이 결정되었다. 일단 주변 영주들에게 지원 병력을 보내어 다른 두 개의 개척도시를 지켜낼 것을 명하고, 운용 가능한 왕실 소속 기사단 역시 최대한 빨리 그 지역으로 집결하라는 명령이 하달되었다.

소드 마스터들 역시 움직이기 시작했다. 오크의 몸으로 소드 마스터에 필적하는 힘을 가졌다는 오크 히어로가 무려 열 마리나 나타난 것이다. 이쪽에서도 소드 마스터를 출격시켜야만 했다.

그리하여 라곤은 당장 출격이 가능한 소드 마스터로서 왕실로 부름을 받았다.

"오크들의 대군단?"

왕궁에서 상황을 브리핑받은 라곤이 눈살을 찌푸렸다.

현재 알려진 상황은 수천의 오크들이 오크 히어로 열 마리와 대마법사 급의 마법을 사용하는 오크 메이지를 앞세워 나렌을 점령하고, 패주하는 군대의 뒤를 쫓고 있다는 것이다. 나렌 쪽에서 왕실까지 마법 통신이 도착하는 데 걸린 시간이 대략 한 시간 정도, 그리고 왕실에서 회의하고 결정해서 라곤을 불러들이는 데 걸린 시간이 두 시간 정도였으니 이미 그 상황은 종결되었을 것이다.

일단 또 다른 개척도시 오디어로 출격할 것이 결정 난 라곤이 일어나려고 할 때, 문이 열리면서 기사 하나가 뛰어들어 왔다.

"방금 새로운 보고가 도착했습니다. 오크들의 추적대로부터 벗어난 추적대는 오디어에 합류한 상황. 오크들의 추적대는 그대로 오디어를 공격하기 시작했다고 합니다."

그것도 한 시간 전의 상황을 보고한 것이겠지만 어쨌든 가장 최근의 상황을 보고했다는 것만은 분명했다. 라곤이 물었다.

"저돌적이군. 다른 병력은 아직 도착 안 했겠지?"

"예. 현재는 오디어 수비군과 나렌 수비군의 잔존 병력뿐이라고 합니다."

"산 넘어 산이군. 그럼 지금 왕실로 오고 있는 소드 마스터는?"

"아마 필른에 있던 질리언 경이 세 시간 안에, 그다음으로 블란드 경이 워더 요새로 가서 천공의 궤적으로 도착할 것으로 여겨집니다. 그리고 아르센드 경도…….”

“질리언이 필른에 가 있었나? 끄응.”

질리언은 지금 장군 취임을 앞두고 왕도에서 가까운 필른 지방으로 가 있었다. 필른의 영주인 카테어 경이 바르빌드 후작가에 속한 이들 중 가장 빼어난 검술을 자랑하는 이였기 때문이다. 그에게 검술을 지도받으면서 근방의 몬스터를 토벌해서 실전 경험을 쌓는 것이 목적인 모양이다.

어쨌든 지금 왕도에 있는 소드 마스터는 라곤과 왕실 근위기사단장인 케틸뿐이다. 케틸은 왕도를 떠날 수 없는 몸이었기 때문에 라곤 혼자서 출격해야 했다.

“최악의 상황이군. 그럼 일단 오디어로 간다. 천공의 궤적은 준비되었나?”

“준비 완료입니다. 바로 출발하실 수 있을 겁니다.”

“좋아. 아, 그러고 보니 할로드 경은?”

라곤은 궁정마법사인 할로드 데이커의 위치를 물었다. 보고에 의하면 믿을 수 없게도 오크들 중에 대마법사 급의 마법을 사용하는 존재까지 있다고 하니 고위마법사들이 참전하지 않으면 안 될 것이다.

“이미 기별이 들어갔습니다. 하지만 유적 조사 차 파빌 지방에 계시기 때문에 좀 시간이 걸릴 것 같습니다.”

“그렇군. 알겠다.”

라곤은 고개를 끄덕이고 천공의 궤적이 준비된 곳으로 향했다. 절망적인 적의 전력 앞에서 다른 소드 마스터들이 올 때까지 몇 시간 동안 혼자 버텨내야 하는 상황이었지만 왠지 피가 끓는다. 소드 마스터가 된 후로 처음으로 생사의 경계를 볼 수 있을 것 같은 기분이 들었다.

5

개척도시 오디어는 오크들의 맹공을 잘 버텨내고 있었다.

그들은 성벽이 완성되지 않았고, 또 숲 속으로 파고들어 간 나렌에 비해 전력이 빈약했다. 그런데도 불구하고 몇 시간이나 버텨낼 수 있었던 것은 적이 소수였기 때문이다.

오크들의 본대는 나렌을 점령한 채 움직이지 않았다. 지금 그들을 공격하고 있는 것은 어디까지나 나렌의 생존 병력을 쫓아온 추적대였다.

한 마리의 오크 히어로와 약 500마리에 달하는 오크 전사들.

겨우 그 정도의 전력이었기 때문에 오디어도 잘 버텨낼 수 있었다. 이미 왕실과 주변 도시에 지원 요청을 해둔 상황이니 조금만 더 버티면 지원이 오리라는 사실도 한몫했다.

"후우우."

젊은 마법사 카알은 성벽 위에 선 채 심호흡을 했다. 나렌이 무너질 때 기적적으로 살아남아서 도망쳤고, 뒤에서 쫓아오는 오크 히어로와 추적대에게 생존자들이 하나둘씩 죽어나가는 것을 보면서 악착같이 이곳까지 왔다. 그리고 이제야 떨어진 체력과 마력을 회복하고 다시 성벽에 올라온 것이다.

오크들의 모습이 보인다. 인간을 닮은 체형, 그러나 터질 듯한 근육질에 녹색의 피부를 가졌고 얼굴은 들창코에 삐죽한 송곳니가 튀어나온 무서운 형상이다. 그들은 제각기 무기를 휘두르며 돌격해 오고 있었다.

"우워어어어어!"

오크들이 내지르는 함성이 사방을 가득 메운다. 숲 속에서 모습을 드러내는 몬스터의 숫자는 끝도 없이 많아 보인다.

"질리지도 않는군."

중얼거리는 그의 옆에서 궁사들이 화살을 쏘아댔다. 성벽에 달라붙어서 사다리를 걸던 오크들이 화살에 맞고 쓰러졌다. 그리고 카알도 주문을 외워서 오크들을 공격했다.

"포스 볼트!"

백색 섬광의 화살이 허공을 가로질러 바로 아래쪽까지 접근해 온 오크 전사의 안면을 후려갈긴다. 잘 맞으면 두개골을 파열시킬 수 있는 위력이기에 오크 전사가 버티지 못하고 쓰러졌다.

카알은 포스 볼트를 세 발 더 연타해서 오크들을 쓰러뜨렸다. 그리고 뒤로 물러나면서 주문을 외우기 시작했다.

"······그리하여 자신을 불살라 공포를 주고 고통을 주고 그 이름을 부르게 하더라. 파이어 볼!"

속사포 같은 주문과 함께 마법사의 대표적인 공격 주문인 파이어 볼이 작렬했다. 지름 1미터 이상의 불덩어리가 몬스터들 사이로 떨어져 엄청난 열압으로 불길을 흩뿌렸다. 작렬한 지점에 있던 오크 한 마리는 즉사, 그 주변에 있던 녀석들도 심한 부상을 입고 나가떨어졌다.

그때였다. 갑자기 오크들 사이에서 붉은 빛이 번뜩였다.

콰아아아아아!

폭음과 함께 직선으로 뻗어간 붉은 섬광이 성벽 위 공간을 관통했다.

엄청난 속도로 날아간 섬광은 성벽 위로도 뻗은 마법 방어를 가볍게 관통해 버렸다. 그 앞에 있던 병사들이 갈가리 찢겨져 버렸고, 그로부터 발생한 충격파가 주변을 휩쓸었다.

"으아아아악!"

피와 살점을 뒤집어쓴 채 충격파에 쓸린 병사들이 비명을 지르며 성벽 아래쪽으로 떨어져 내렸다.

후우우우우······.

격한 바람이 불어오는 가운데 오크 한 마리가 압도적인 존재감을 발하며 걸어나왔다. 함성을 지르며 달려오던 오크들이 그의 앞길을 방해하지 않으려는 듯 좌우로 갈라졌다.

그 모습을 본 카알이 떨리는 목소리로 중얼거렸다.

"크으, 저 빌어먹을 자식."

다른 오크들보다 머리 하나는 더 큰 오크였다. 피부는 다른 놈들보다 어둡고, 눈은 붉은 빛을 발한다. 그리고 무엇보다 몸 주변에 희미한 붉은 빛이 어려 있었다.

저것이야말로 지금 오디어를 위협하는 최대의 적이다. 오크이면서 오러 블레이드를 다루는 존재, 오크 히어로! 오디어 수비군들은 저것이 한바탕 휘저을 때마다 몇 명씩 죽어나가고 있었다.

후우우우웅……!

오크 히어로의 주변에서 붉은 빛무리가 춤춘다. 그 빛의 궤적을 따라서 땅이 요동치고 돌조각과 흙이 비산한다.

주변의 오크들이 허겁지겁 물러나는 게 보였다. 오크 히어로가 그 사이에서 검을 들어 올렸다.

그것을 본 지휘관들이 궁사들에게 일제 사격을 명했다. 소용없다는 것을 알면서도 조금이라도 움직임을 늦춰보고자 하는 발버둥이다. 수십 발의 화살이 오크 히어로를 향해 날아갔지만 그는 눈 하나 깜짝하지 않았다. 그의 주변에 쳐진 붉은 빛의 막에 닿는 순간 전부 튕겨 나가고 만다.

사정은 마법사들 역시 마찬가지였다. 포스 볼트, 라이트닝 볼트, 파이어 볼 등의 마법을 날려보았지만 헛수고다.

그래도 그들은 공격을 멈추지 않았다. 오크 히어로를 상대하는 법은 소드 마스터를 상대하는 법과 똑같다. 이쪽에 소드 마스터가 없는 상황에서는 마법사들이 집중 포화로 움직임을 묶어줘야 한다. 지쳐 나가떨어질 때까지 차륜전으로 마법을 퍼부어주는 것이 유일한 대책이다. 그렇게 묶어둔 상태에서 아군이 유리한 상태를 점해야 하는 것이다.

"그워어어어어어!"

오크 히어로가 포효했다. 100미터 이상 떨어져 있는 카알조차도 온몸이 얼어붙을 것 같은 소리가 전장을 압도한다.

붉은 섬광이 치솟았다.

오크 히어로가 들고 있는 검을 휘감으며 거대한 빛의 칼날이 구현되었다. 길이가 오크 히어로 키보다도 큰 그것은 격렬하게 타오르며 주변으로 파동을 흩뿌렸다.

포효와 함께 오크 히어로가 달리기 시작했다. 한 걸음, 두 걸음 내딛는 것만으로도 수십 미터의 거리가 줄어든다. 그 광경을 본 지휘관들이 절규했다.

"막아! 쏴! 죽여 버려!"

궁사들이 당황해서 화살을 난사한다. 마법사들이 최대한 빨리 사용할 수 있는 마법들을 날려댔다.

그러나 오디어에는 오크 히어로를 묶어둘 정도로 마법사가 많질 않았다. 궁수와 마법사들의 공격들은 오크 히어로의 속도를 늦출 수 있을지언정 완전히 저지하지 못했다. 결국 성벽 아래까지 도달한 오크 히어로가 거대한 빛의 칼날을 그대로 성벽에다 내리꽂는다.

쿠우웅!

꿍음이 울려 퍼졌다.

그 충격으로 성벽 위쪽의 사람들이 휘청거렸다. 오크 히어로가 후려친 바로 위쪽에 있던 사람들은 균형을 잃고 쓰러질 정도의 충격이었다.

성벽은 강력한 마법에 보호받고 있었다. 대형 해머로 내려쳐도 흠집 좀 나고 마는 정도다. 그런데도 불구하고 카알은 단 한 방에 무너져 내릴지도 모른다는 공포를 느꼈다.

"…천공을 수놓는 섬광의 궤적이여, 태고부터 경외받아온 신의 창이여, 명령한다. 내가 그대를 사용한다. 내 손이 가리키는 곳에 임하라!"

그런 성벽 안쪽에서 낭랑한 목소리가 주문을 외치는 목소리가 들려왔다. 오디어의 마법병단을 지휘하는 고위마법사 호디스였다. 동시에 강렬한 마력 파동이 카알의 몸을 훑고 지나간다.

벼락이 쳤다.

성벽 바로 앞에서 구현된 6서클의 공격 주문 라이트닝 스톰이 오크 히어로를 후려갈겼다. 마법사들의 잔 공격을 무시하던 오크 히어로도 이 공격만은 그럴 수 없었다. 주변을 완전히 박살 내면서 울부짖는 뇌격 속에서 무릎을 꿇는다.

그 위력에 경탄하던 카알은 문득 또 다른 마력 파동을 느꼈다.

'이크, 연발로 날릴 셈인가?

아니나 다를까, 호디스는 방금 전의 공격과 동급의 주문인 파이어 스톰을 사용하려 하고 있었다. 라이트닝 스톰에 직격 당하고 주저앉아 있던 오크 히어로도 그것을 느끼고 몸을 꿈틀거린다.

성벽 안쪽으로부터 한 줄기 불길이 위로 쏘아져 올라갔다. 그것은 성벽 위까지 떠오르는 순간 맹렬하게 타오르면서 어마어마한 기세로 확장된다.

"하, 하하하! 장난 아닌데?"

카알이 그 불길을 보면서 침을 꿀꺽 삼켰다. 고작 4서클을 수행하는 그로서는 상상도 할 수 없는 대규모 마법들이다.

그 순간 지름 10미터 이상으로 커진 불덩어리가 오크 히어로를 향해 낙하했다. 그와 동시에 오크 히어로가 몸을 일으키고 긴급하게 땅을 박찬다. 간발의 차로 파이어 스톰이 그가 있던 자리를 직격하면서 불의 폭풍이 휘몰아쳤다.

화아아아아아악!

파이어 볼과는 비교도 안 되는 폭발이 사방 30미터 이상을 휩쓸었다. 회피하던 오크 히어로도 그 불길에 삼켜져 한순간 모습이 보이지 않는다.

그러나 다음 순간 춤추는 불길 속에서 오크 히어로가 뛰쳐나왔다. 몸 위로 불꽃이 따라붙기는 했지만 멀쩡한 모습이었다.

경이로운 운동 능력으로 세 번 뛰어 60미터 이상 물러난 오크 히어로가 쓰러진 오크 시체에서 창을 하나 주워 들었다. 그리고 엄청난 속도로 몸을 틀면서 성벽 위를 향해 집어 던졌다.

콰아아아아아!

붉은 섬광으로 화한 창이 정확히 성벽 바로 위쪽을 꿰뚫었다. 이것이 아까 전에 성벽을 관통한 섬광의 정체였던 것이다. 그 자리에 있던 마법사 한 명이 산산이 부서져 흩어지고, 그 지점에서 발생한 충격파가 주변 사람들을 날려 버렸다.

"으아아아아악!"

밀려서 성벽에서 떨어지는 병사들이 비명을 질렀다.

오크 히어로는 복수하겠다는 듯 연달아 창을 찾아서 집어 던졌다. 다들 혼이 나가서 몸을 납죽 숙이고 피할 수밖에 없었다.

"젠장! 지원은 언제 오는 거야!"

카알도 다른 사람들처럼 몸을 납죽 숙인 채로 투덜거렸다.

오크 히어로의 강력함은 일반 병력이 아무리 많아도 막아낼 수 있는 게 아니다. 지금 오디어에 있는 것보다 두 배는 많은 마법사가 있어야 그를 저지할 수 있다. 그나마 강력한 마법사가 있어서 이만큼이라도 버티고 있는 것이지, 한번 성벽을 타넘게 하기라도 했다가는 돌이킬 수 없는 사태가 벌어지리라.

위이이이이잉!

그래도 이쪽도 당하고 있지만은 않았다. 두 번 연속으로 대규모 마법을 사용했으면서도 호디스는 여력이 남아 있었다. 남은 마력을 전부 쏟아부을 듯한 기세로 대규모 마법을 발동시켰다. 성벽 위로 무수한 빛의 원이 떠오르기 시작했다.

제8서클 주문 사우전드 포스 볼트.

카알이 그 마법을 알아본 순간 원들이 일제히 오크 히어로를 정 조준, 무시무시한 기세로 수백 개의 섬광을 토해냈다.

투두두두두두두!

고위급 마법사가 시전하는 포스 볼트는 카알이 사용하는 것보다 훨씬 강하다. 그런 것이 천 발 이상 집중되면 오크 히어로라도 목숨이 위험했다.

섬광의 비가 쏟아져 내린다. 오크 히어로는 검을 양손으로 붙잡고 주변을 지키는 붉은 방벽에 모든 힘을 쏟아부었다. 땅이 파이고, 주변에 널브러져 있던 시체가 박살 나고, 오크 히어로의 몸이 뒤흔들리며 계속해서 뒤로 물러난다. 그가 물러날수록 조준이 약간씩 어긋나면서 비껴 나간 섬광들이 다른 오크들을 날려 버렸다.

그러나 오크 히어로는 그 모든 것을 버텨내었다. 내장이 진탕하는 충격을 받았을지언정, 영원히 계속될 것만 같았던 빛의 소나기를 버텨내는 데 성공했다.

"크으으으……."

오크 히어로가 으르렁거리는 소리를 내뱉는다. 그의 눈이 붉게 빛나면서 검을 감싼 오러 블레이드가 강해지기 시작한다.

그런데 그때였다.

"온다!"

성벽 안쪽에서 누군가 소리쳤다. 성벽 위에서 고개를 숙이고 있던 마법사였다.

그 말에 사람들이 일제히 하늘을 올려다보았다. 카알도 그들을 따라 하늘을 올려다보고는 깜짝 놀랐다.

"천공의 궤적……!"

푸른 창공을 따라 빛을 발하는 무언가가 유성처럼 날아오고 있었다. 까마득한 상공을 가로지르고 있었지만 햇빛을 강하게 반사해서 뚜렷하게 보인다.

그것은 급속도로 가까워지고 있었다. 푸른 보석 결정처럼 사방으로 날카로운 빛을 흩뿌리다가, 그 형태를 빠르게 변형시키면서 날개처럼 펼쳐져서 속도를 줄이기 시작했다.

그 광경을 본 병사 하나가 소리 질렀다.

"왔다! 소드 마스터다!"

"소드 마스터!"

"드디어 지원이 온 건가!"

마치 그 태도에 전염되듯 사람들이 목소리를 높였다. 카알은 그런 사람들 사이에서 홀린 듯이 그 존재를 바라보고 있었

다. 문득 카알이 결코 잊을 수 없는 그 존재의 명칭을 떨리는
목소리로 중얼거렸다.

"소드 마스터……."

<h2 style="text-align:center">6</h2>

금발을 휘날리며 날아온 라곤은 전장의 상황을 눈으로 확
인했다. 다행스럽게도 오디어를 공격하는 오크들의 숫자는
적었고, 오디어 수비군은 잘 버텨내고 있었다.

우우우우웅…….

지상이 가까워 오자 오러가 요동치는 것이 느껴진다. 라곤
은 자신이 대적해야 할 존재가 발하는 파동을 확인하고는 사
나운 미소를 지었다.

'오크 주제에 오러의 힘을 손에 넣은 놈이라니, 어처구니
가 없군. 게다가 이 파동은…… 오러 출력만으로 보면 나랑
거의 동급이잖아?'

지상의 오크 히어로 역시 라곤을 확인하고 전의를 불태우
고 있었다. 거리가 수백 미터나 떨어져 있는데도 불구하고 서
로가 발하는 오러가 공명하는 것이 느껴진다.

소드 마스터가 지닌 오러 크기만으로 따져 봤을 때 라곤은
왕국의 여덟 소드 마스터 중에 중간쯤 된다. 그런데 저 오크
히어로 역시 라곤과 거의 동급의 오러 출력을 갖고 있었다.

하지만 라곤의 강함은 오러의 크기에서 비롯되는 것이 아니다. 라곤이 그렇게 생각했을 때, 오크 히어로 주변에 세 마리의 오크 메이지가 모여들더니 라곤을 향해 공격 주문을 난사하기 시작했다.

"가소롭다!"

라곤은 오러 디펜더로 그것을 간단하게 막아내면서 지상에 도착했다. 50미터 높이에서 다시 한 번 오러 디펜더를 넓게 펼쳐서 감속, 몸을 빙글빙글 돌리면서 오크들 한가운데 내려선다.

쿠우우우웅!

그가 내려서는 것과 동시에 빛의 파문이 사방으로 날려 나갔다. 그 자리에 있던 오크들이 피 박살이 나서 흩어지고 파문에 휩쓸린 놈들이 비명을 지르며 사방으로 날아가 버렸다.

라곤은 오러 디펜더를 다시 결집시키고 검을 뽑아 들었다. 동시에 푸른 섬광이 검을 감싸고 거대하게 타오르기 시작했다.

"오러 블레이드 전개."

후우우우우!

청백색 섬광이 뻗어 나오면서 라곤이 돌격했다. 오크들이 당황하면서 달려들었지만 의미없는 짓이었다. 라곤이 검을 휘두르자 빛의 칼날이 미치는 범위 안에 있던 녀석들이 한꺼번에 쓸려 나간다.

콰콰콰콰콰콰!

푸른 섬광의 태풍이 몰아친다. 겁 모르고 날뛰던 오크들조차도 라곤 앞에서 겁을 먹고 얼어붙는다.

그 모습을 전율하며 바라보고 있던 오크 히어로가 퍼뜩 정신을 차렸다. 붉은 오러를 전개하면서 포효한다.

"그워어어어!"

"시끄럽게 짖어대지 말고 덤비기나 해! 이 돼지 같은 자식아!"

라곤이 마주 외쳐 대며 돌격했다. 오크 히어로도 라곤을 향해 마주 달리기 시작하자 순식간에 둘의 거리가 좁혀졌다.

콰아앙!

검과 검이 맞부딪쳤는데 폭음이 울려 퍼졌다.

라곤의 푸른 오러 블레이드와 오크 히어로의 붉은 오러 블레이드가 충돌하자 원형의 충격파가 터져 나갔다. 오크들이 비명을 지르며 흩어지는 가운데 라곤과 오크 히어로가 서로를 노려본다.

라곤이 말했다.

"오크 주제에 오러 블레이드라니, 진짜 개나 소나 다 쓰는군. 이거 짜증나네."

오크 히어로는 오크이면서 소드 마스터의 경지에 도달한 존재. 죽음을 두려워하지 않는 전사의 종족인 오크들이 영웅으로 숭상하기에 충분하다.

하지만 라곤에게는 서둘러서 죽여야 할 적에 불과했다. 태세를 회복하자마자 라곤이 다시 오러 블레이드를 휘둘렀다.

파아아아앙!

푸른 오러와 붉은 오러가 뒤섞여 보랏빛 포말이 되어 흩어져 간다. 라곤도, 오크 히어로도 힘의 배분 따윈 생각하지도 않는다는 듯 전력으로 서로에게 검을 맞부딪치고 있었다.

검과 검이 맞부딪칠 때마다 대기가 비명을 지른다. 충격파가 주변을 휩쓸고 서로 다른 색깔을 띤 빛이 뒤섞이며 무수한 파문을 그려낸다.

감히 범접할 엄두를 낼 수 없는 괴물들의 싸움이다. 하지만 열 합을 겨뤄본 라곤은 혀를 찼다.

"쳇. 진짜 출력이 나랑 거의 비슷하잖아. 아, 짜증나. 오크 따위랑 비슷하다니. 게다가 검술은 세련된 맛이 없어서 그렇지 차라리 소드 마스터들보다 낫군."

오크들은 전사들을 숭상하는 종족이고, 그렇기에 나름의 전투 기술들이 부족별로 전수되고 발전되어 왔다. 투박하고 힘에 의존하는 경향이 강하기는 해도 이 오크 역시 검술을 터득하고 있었다. 소드 마스터들처럼 이상한 방법으로 오러의 힘을 얻은 게 아니라서 그런지 신체 균형이 뛰어나고 일격일격 역시 다양한 각도에서 날아들어 왔다.

하지만 거기까지였다. 라곤은 기이함을 느끼며 중얼거렸다.

"이상하군. 왜 네 오러는 전혀 변형하지 않지?"

소드 마스터의 오러는 변화무쌍하다. 오러 블레이드는 자유자재로 늘어나고 줄어들며 여러 갈래로 갈라진다. 오러 디펜더는 자유자재로 수축되고 펼쳐지며 변형한다. 라곤 말고 다른 소드 마스터들도 다 어느 정도는 그런 기술들을 사용할 수 있었다.

하지만 오크 히어로의 오러 블레이드는 전혀 그런 맛이 없었다. 그저 고밀도로 응축되어 무겁고 강맹하게 뻗어 나올 뿐이었다. 정말로 오러로 벼려낸 단단한 검을 하나 들고 있는 것처럼.

"엘프하고 드워프도 인간하고는 오러를 다루는 기술이 다르다고 하던데, 오크도 그런 건가?"

"그워어!"

물론 서로 간에 말이 통할 리가 없었다. 혼자서 중얼거리고 있는 라곤에게 분노한 오크 히어로가 검을 휘둘렀다.

그 순간 라곤의 움직임이 변했다. 그 공격을 정면으로 받아치는 대신 교묘하게 옆으로 물러나면서 흘려낸다. 오크 히어로가 휘청거리자 반대쪽 발로 그 허벅지를 후려갈기고, 그 위로 검을 내려친다.

콰창!

아슬아슬하게 그것을 받아낸 오크 히어로가 흔들린다. 라곤이 그의 눈을 똑바로 노려보면서 오러 디펜더를 변형시켰다. 땅을 스칠 정도로 아슬아슬한 궤도로, 그러면서 꿈틀거리며 파도치는 형태로 오크 히어로의 다리 쪽으로 뻗어냈다. 그러자 그것과 오크 히어로의 몸을 감싼 오러 디펜더가 격렬하게 반응하면서 스파크가 튀었다.

"크워?"

그러나 예상외의 충격에 오크 히어로의 균형이 무너졌다. 라곤이 옆구리를 노리고 베어 들어갔다.

폭음과 함께 오크 히어로의 몸이 옆으로 10미터 이상 주르륵 밀려난다. 급하게 오러 디펜더를 집중시켜서 막긴 했지만 충격으로 갈비뼈가 세 대 정도 나갔다.

그것을 간파한 라곤이 거침없이 달려들어서 검을 내려친다. 오크 히어로가 발악하듯이 검을 들어 그것을 막아냈다.

쾅!

폭음과 함께 오크 히어로가 주저앉았다. 뼈가 부러진 통증, 그리고 내장이 진탕되는 충격 때문에 왈칵 피를 쏟는다.

"나름대로 재미있었다만, 힘만 넘치는 검술로는 거기까지야."

라곤이 싸늘하게 말하며 결정타를 날렸다. 오크 히어로는 반사적으로 오러 디펜더를 전개했지만, 고속으로 회전하는 라곤의 오러 블레이드가 그것을 찢어발기고 그 목을 쳐 날려버렸다.

파학!

깨끗하게 잘려 나간 오크 히어로의 목이 허공으로 날아오르면서, 통제해 줄 주인을 잃은 붉은 오러가 미친 듯이 날뛰기 시작했다.

"어라?"

오러를 가진 존재와 상대해서 죽여본 적이 없는 라곤이 눈을 휘둥그레 떴다. 오크 히어로의 몸에 들어 있던 오러가 폭주하면서 사방으로 분출되었다.

라곤은 급히 오러 디펜더를 둘러쳐서 스스로를 보호했다. 그 순간 오크 히어로의 몸이 산산이 터져 나가면서 붉은 폭풍이 휘몰아쳤다.

콰아아아아!

폭발하는 붉은 섬광이 주변을 모조리 쓸어버리고 높이 분수처럼 솟구쳐서 서서히 흩어져 갔다.

그 붉은 폭풍에서 빠져나온 라곤이 황당해하며 중얼거렸다.

"뭐야? 소드 마스터도 죽으면 저렇게 되는 건가?"

소드 마스터든 오크 히어로든 그 작은 몸에 품고 있다는 것을 믿을 수 없을 정도로 엄청난 에너지를 품고 통제하는 존재들이다. 그런 존재들이 아무런 준비도 없이 죽었을 때, 주인을 잃은 힘이 폭주하는 것은 당연한 일일지도 모른다.

"흠. 그럼 나머지를 처리해 볼까."

잠시 황당해하던 라곤은 곧 정신을 차렸다. 그리고 주변에 남아 있는 오크 병력을 학살하기 시작했다.

7

라곤에 의해 오크 히어로가 쓰러진 후의 전투는 일방적이었다. 라곤은 주변을 태풍처럼 휩쓸어 버린 다음 성안으로 들어왔고, 거기에 오디어 수비군의 퍼부어진 마법과 화살까지 더해지자 살아서 도망친 오크의 숫자는 채 백 마리가 못 되었다.

라곤이 열린 성벽으로 당당하게 들어오자 오디어 수비군을 책임지는 사령관 지셀이 그를 맞이했다.

"어서 오십시오, 클란드 백작님."

"타이밍이 잘 맞은 것 같군요. 늦지 않아서 다행입니다."

"그렇습니다. 적의 본대가 오기 전에 당신께서 도착하셔서 얼마나 다행이라고 생각하는지 모릅니다."

지셀은 진심으로 그렇게 생각하는지 안도의 한숨을 쉬었다. 오디어의 수비군은 마법사 열 명을 포함해서 총 600명 정도에 불과했다. 여기에 나렌의 잔존 병력이 더해진 덕분에 오크 히어로가 이끄는 500여 마리의 오크를 잘 막아낼 수 있었지만, 그대로 계속 싸웠으면 꽤나 큰 피해를 입었을 것이다.

"왕실에서는 현재 지원 병력 파병이 결정되었습니다. 아마 주변 지역에서 빠른 시간 내에 병력들이 도착할 겁니다. 그리고 저 말고 다른 소드 마스터들도 올 예정이고요."

"오오, 폐하의 현명한 결정에 감사드릴 뿐입니다."

"일단 적의 본대가 언제 들이닥칠지 모르니 긴장을 풀지 않는 게 좋겠군요. 그리고 이건 좀 기분 나쁘실지도 모르는데… 일단 시민들을 미리 피신시켜 두는 게 어떨까 싶습니다. 지원 병력이 오면 그 병력들을 수용하는 문제도 있고 할 테니까요."

"으음. 그렇군요. 확실히 보고 받은 대로의 적 병력이라면 무슨 일이 생길지 알 수 없으니까 그렇게 하는 편이 낫겠습니다."

개척도시의 사령관들은 전부 실전을 많이 겪어본 현장 타입들이었고, 지셀 역시 마찬가지였다. 그는 라곤의 말이 일리 있다는 것을 인정하고 시민들을 미리 인근 도시로 피신시키기로 결정했다.

라곤이 속으로 안도의 한숨을 쉬면서 말했다.

"그리고 부탁드릴 게 두 가지 있습니다."

"뭡니까?"

"일단 투창을 최대한 많이 준비해 주셨으면 합니다."

"투창이요?"

"네."

오크 히어로가 투창으로 강력한 위력을 선보였듯, 라곤 역시 투창으로 공성병기 같은 파괴력을 낼 수 있었다. 적들 중에 오우거와 미노타우로스 같은 거대하고 강력한 존재들이 섞여 있다는 것을 알았으니 그에 대비할 필요가 있었다.

"그리고 나렌의 생존자 중 상황을 자세하게 설명해 줄 수 있는 사람 한 명을 붙여주셨으면 합니다만……."

"알겠습니다. 둘 다 곧바로 조처하지요."

지셀은 일단 시민들의 피난 문제를 해결하기 위해 물러가고, 곧 그가 보낸 나렌의 생존자가 도착했다. 옅은 갈색 머리칼에 푸른 눈동자를 가진 15, 6세 정도의 소년 마법사였다. 소년병은 많지만 마법사는 정식 마법사 자격을 따기까지 꽤나 시간이 걸린다. 전장에 나오기에는 너무 어리지 않나 싶었다.

소년 마법사 카알이 인사했다.

"현자의 탑 소속 카알 브리드입니다. 소드 마스터로서 명성이 자자하신 클란드 백작님을 뵙게 되어 영광입니다."

잠시 호기심 어린 눈으로 그를 바라보던 라곤이 대답했다.

"아, 그냥 라곤 경이라고 불러도 됩니다. 지휘관으로 온 게 아니고 단신으로 온 거니까. 그런데 카알 경, 이런 거 물으면 좀 실례일지도 모르는데……."

"예?"

"혹시… 몇 살이죠?"

"전 올해로 스물입니다만."

그 말에 라곤의 눈이 휘둥그레졌다.

"진짜?"

"네."

"어, 엄청 동안(童顔)이네."

"그런 말 많이 듣는 편입니다."

카알이 쓴웃음을 지었다. 어려 보이는 외모 때문에 예전부터 병사들에게 믿음직스럽지 못하다느니 애송이 냄새가 풀풀 난다느니 하는 소리를 지겹도록 들어야 했고, 돈 때문에 나렌으로 파견 나오기 전에는 왕도에서 여자 친구에게 '키 작고 어린애 같은 남자는 싫어' 하면서 차이기까지 했던 아픈 기억이 있다.

그의 표정을 본 라곤이 헛기침을 하며 화제를 돌렸다.

"흠흠. 내가 실례했군요. 어쨌든 지금 시점에서 이런 이야기를 묻는 건 좀 괴로울 수도 있는데… 나렌이 함락당한 과정을 자세히 듣고 싶습니다."

"알겠습니다. 일단 나렌을 탈출해서 여기까지 온 생존자 수는 200명이 안 됩니다."

"200명도? 나렌은 개척대의 수비군이 1천 이상, 시민으로 들어가 있는 일꾼들도 꽤 숫자가 많지 않았나?"

"예. 하지만 오크들이 도망칠 틈조차 주지 않았습니다. 탈출하지 못하고 남은 사람도 많은데 어떻게 되었을지……."

"전원 죽었겠군요."

오크들의 성격을 잘 아는 라곤이 이를 갈며 단언했다.

"저, 정말 그랬을까요? 아무리 그래도 포로라거나……."

"그건 상대가 인간의 군대일 경우에나 통용되는 이야기지. 그 부분에 대한 희망은… 미안하지만 버리는 게 좋습니다."

오크들은 인간과는 달라서 포로 따위 취급하지 않는다. 예외가 있다면 부려먹을 수 있는 기술자들뿐이다. 간혹 인간과 협상할 때만 포로를 잡는 적이 있긴 한데, 포로로서의 가치가 있는 귀족을 잡았다면 모를까, 그렇지 않은 인간들을 살려둘 까닭이 없었다.

너무나도 단호한 라곤의 태도에 카알은 할 말을 잃어버렸다. 그러나 곧 그는 무언으로 재촉하는 라곤의 태도에 정신을 차리고 말을 이었다.

"적들의 숫자는 굉장히 많았습니다. 엄청난 숫자였어요. 그 선두에 오크 히어로가 열, 그리고 육중한 갑옷으로 무장시킨 오우거와 미노타우로스를 서른 마리 정도 앞세워서 성벽을 두들기게 했습니다."

"대형 몬스터들을 무장시켜서? 그거 굉장하군요. 오크니까 할 수 있는 방법이겠어. 근데 많은 숫자라는 건 알겠는데 구체적으로 어느 정도인지는 모릅니까?"

"죄송합니다. 그건 불가능했습니다. 개간된 지역에 나온 것들은 육안으로 확인할 수 있었지만, 숲에 들어가 있는 것들은 제대로 볼 수가 없었으니까요. 공터에 나온 것들만 해도 우리 수비군보다는 훨씬 많았습니다."

"그럼 어림잡아서 2천 이상은 될 것 같은데… 거기에 오크 히어로가 열에 무장한 대형 몬스터까지?"

오우거 하나를 잡으려면 다양한 무기로 무장한 병력 50명 정도가 달려들어서 상당한 출혈을 감수해야만 한다. 그런데 그걸 무장까지 해서 돌격시킨다면 그 위력은 끔찍할 것이다.

"그리고 적 중에 뛰어난 마법사가 있다고 들었는데?"

"네. 정말 저도 믿을 수가 없었지만…….'

"어느 정도의 마법사죠?"

"궁극 주문을 썼습니다."

"뭐라고요?"

그 말에는 라곤도 깜짝 놀라고 말았다. 궁극 주문이라면 9서 클의 주문을 말하는데, 현재 리할드 왕국에서 궁극 주문을 쓸 수 있는 것은 대마법사인 할로드 데이커뿐이었다.

그런데 인간도 아니고 오크가 그런 주문을 썼다고? 라곤이 불신의 기색을 보이자 카알이 서둘러서 덧붙였다.

"정말입니다. 미티어 스트라이크였습니다. 그 주문 때문에 나렌의 마탑이 유지하던 방어 주문이 깨져 버렸어요. 그 후에 는 이어지는 주문으로 도시가 궤멸 상태에 빠졌고, 마법 병단 을 지휘하던 크로디 경이…….'

"그렇게 된 거군. 오크가 궁극 주문을 쓰다니 이런 어이없 는…….'

"그는, 자기 이름을 하라두쿰이라고 했습니다."

"하라두쿰?"

"네. 우리말을 굉장히 유창하게 하는 오크였어요. 위대한 프로토 오크를 섬기는 하이오크의 군대다, 그렇게 말했지요."

"프로토 오크? 하이오크? 잠깐, 그거 카르벨 건국신화에 나왔던 이야기 아닌가?"

라곤이 당황해서 물었다.

카르벨은 70여 년 전에 지도상에서 사라진 나라의 이름이다. 원래는 이 바렐의 숲을 끼고 있었는데 오우거 로드와 어둠의 군단이 발호하면서 국가를 유지할 힘을 잃고 리할드 왕국에 편입되고 말았다.

"카르벨 건국신화라고요?"

"그래요. 음, 마법사라면 알 것 같았는데 망국의 건국신화라 모르는 건가. 하긴 나도 소드 마스터에 대한 기록을 찾아보다가 우연히 본 거니까……."

"어떤 존재들이죠?"

"그게……."

라곤은 예전에 책에서 봤던 것을 떠올려서 이야기해 주었다.

그것은 약 천 년 전의 일로, 전설적인 기사였던 카르벨 대왕이 군대를 이끌고 어둠의 군단과 맞섰던 일을 기록한 것이다. 그때 카르벨 대왕이 맞서 싸웠던 적의 이름이 오크들이

신처럼 떠받들었던 암흑의 왕 프로토 오크, 그리고 그 힘을 받은 전설적인 존재 하이오크 삼귀장(三鬼將)이었다고 한다.

"하이오크 삼귀장?"

"그렇게 부른다고 들었습니다. 하나는 전사, 하나는 마법사, 하나는 사제였다는데, 셋 다 경천동지할 힘을 가졌다더군요. 그들에게 힘을 준 프로토 오크는 마왕이라 불리기에 부족함이 없는 힘을 가져서, 카르벨 대왕이 그를 쓰러뜨리기 위해 베날디 신이 내린 성검(聖劍) 마하딕을 사용해야만 했다고 하죠."

"그런 전설이 있었군요."

"저도 자세히 아는 건 아닙니다. 하지만 카르벨 대왕에 대한 기록에는 재미있는 게 많거든요. 그에 대적했던 하이오크 삼귀장도 그렇고."

정확히는 전설 그 자체가 재미있었던 게 아니라 소드 마스터로서 재미있었던 것이다. 카르벨 대왕에 대한 기록을 통해서 라곤은 스파이럴 차징을 완성할 수 있었으니까.

그런데 그런 전설 속의 존재임을 자칭하는 오크의 군단이 나타나다니, 이게 무슨 황당한 일이란 말인가?

"거참, 만약 진짜 카르벨 대왕이 맞섰던 어둠의 군단이 부활한 거라면 그것도 큰일이지만 지금 단계에서 걱정해야 할 일은 아니지. 일단 계속 이야기해 봐요."

라곤은 카알을 재촉해서 나렌 함락 당시의 사정을 자세히

들었다. 그리고 다른 지원 병력이 오기를 기다리는 동안, 나렌에는 패주한 오크 추적대들의 잔존 병력이 도착해 있었다.

8

"소드 마스터가 나타나서 카흐무를 죽였다고?"

오크의 대마법사 하라두쿰이 놀라서 물었다. 추적대의 생존자인 오크 병사가 고개를 숙인 채 대답했다.

"네."

"으음. 하긴 소드 마스터라면 그런 결과가 나와도 이상하지 않지. 그 소드 마스터와 카흐무의 싸움은 어떠했느냐?"

"용사 카흐무, 간단하게 졌습니다."

"간단하게?"

"인간 소드 마스터, 카흐무를 농락했습니다. 카흐무, 인간 소드 마스터에게 상처 하나 입히지 못하고 금방 졌습니다."

"그게 진짜냐?"

"네."

오크 병사가 열심히 고개를 끄덕였다. 하라두쿰이 믿을 수 없다는 표정으로 턱을 쓰다듬었다.

"허어, 아무리 소드 마스터라도 카흐무를 그렇게 쉽게⋯⋯ 믿어지질 않는군."

"하이오크, 저를 보내주십시오. 제가 카흐무의 복수를 하고 명예를 회복하겠습니다."

그의 양옆에 도열해 있던 오크 히어로 중 하나가 나서서 가슴을 탕탕 치며 말했다. 하지만 하라두쿰은 고개를 저었다.

"아니다. 이것은 누구를 선봉으로 보내느냐 하는 문제가 아니니라. 그러나 내 그곳에 가 명예를 건 결투를 제안하여 네게 기회를 주도록 하마."

"감사합니다!"

오크 히어로가 무릎을 꿇으며 감사를 표했다. 하라두쿰은 미소를 짓고는 명령을 내렸다.

"당장 군을 움직여 그 도시를 친다. 100명을 남겨 곧 숲에서 나올 아군을 맞이하도록 하고, 나머지 군은 전부 나를 따르도록."

"알겠습니다!"

하라두쿰이 오디어 공격을 결정하자 오크들의 제장이 모두 고개를 숙이며 대답했다. 그들이 출격 준비를 위해 부산하게 자리를 떠나가자 홀로 남은 하라두쿰이 문득 한구석을 쳐다보며 물었다.

"그대는 어떻게 생각하오, 흑기사?"

팔짱을 낀 채 벽에 기대 선 남자는 새카만 갑옷으로 전신을 두르고, 커다란 붉은 눈을 가진 괴물의 머리를 형상화한 듯한 검은 투구로 머리를 완전히 가리고 있었다. 방의 그늘 속에 녹아들어 존재하지 않는 것처럼 고정되어 있던 그가 투구 속에서 입을 열자 중저음으로 울리는 목소리가 울려 퍼졌다.

"뭘 말입니까?"

"카흐무가 그 소드 마스터에게 간단히 당했다는 것."

"있을 수 없는 이야기는 아니지요."

"우리의 용사가 고작 인간 소드 마스터만도 못하단 말인가?"

하라두쿰이 불쾌감을 표시했다. 그러자 흑기사가 고개를 절레절레 저었다.

"어차피 진짜가 아니라 양산된 존재에 불과하다는 사실을 잊으시면 곤란합니다. 뭐, 지난번 오러의 힘은 거의 비슷하지만, 수십 년에 하나 나올까 말까 하는 희귀종의 기량을 고스란히 가졌으리라 생각하는 것은 무리죠. 그건 그야말로 천금보다도 귀중한 재능이니까. 당신의 동료인 라카둠 공(公)을 보면 쉽게 이해하실 수 있을 텐데요?"

"으음……."

"뭐, 그래도 왕국의 소드 마스터와 비교할 때 그렇게 크게 떨어지진 않을 겁니다. 다만 변수가 되는 것은 오러의 성질."

"오러의 성질?"

"힘으로 압도하거나 기술로 압도하지 않는 이상 오크 히어로는 소드 마스터와 상대하기엔 조금 불리한 구석이 있습니다. 오크 히어로와 소드 마스터 둘 다 제대로 된 놈들이 아니라면 오크 히어로 쪽이 불리하다는 이야기지요. 둘 다 제대로 된 놈들이라면 이야기가 달라지겠지만. 당신도 기억하듯이 소드 마스터는 오러를 다루는 모든 존재 중에 가장 변화무쌍한 존재고, 지금 거들먹거리고 있는 잡것들도 그런 특성은 갖고 있지요."

"그 카르벨 대왕처럼 말이오?"

"그와 휘하 기사들이 가장 대표적인 경우라고 할 수 있겠죠. 인간의 소드 마스터는 변화무쌍하고, 엘프의 오러 테이커는 멀리 닿으며, 드워프의 엑서 하이어는 대지와 소통한다. 초인에 대한 오래된 경구입니다."

"흥. 내 시대에는 그런 경구 따윈 없었소."

"그러시겠지요. 뭐 '오래된'이라고 말했지만 당신은 천 년 전의 존재이니까."

흑기사가 투구 속에서 피식 웃었다.

라곤이 그 이름을 듣고 놀랐던 것처럼, 하이오크 하라두쿰은 정말로 천 년 전에 카르벨 대왕과 싸운 존재였다. 당시에 성검을 든 카르벨 대왕에게 패하고 바렐의 숲에 봉인된 채 오랜 시간을 잠들어 있었던 것이다.

흑기사가 다시 말했다.

"게다가 어쩌면… 그가 특별했을 수도 있습니다."

"카흐무를 쓰러뜨린 자 말이오?"

"그렇습니다. 그가 만약 제가 알고 있는 그자라면 카흐무의 패배는 당연한 것입니다. 아마 자라툼 역시 그를 당할 수 없을 겁니다."

"도대체 어떤 자이기에 그렇게 단언하는 거요?"

"그는 현재의 소드 마스터들이 잃어버린 진실한 힘을 복원한 존재."

흑기사가 열기가 섞인 목소리로 말했다.

"그러니 양산된 오크 히어로는 그의 상대가 될 수 없습니다. 그 점, 염두에 두고 자라툼과 대결시키시기 바랍니다."

"난 나의 용사를 믿소. 그리고 설령 그 인간이 카르벨 대왕 시대의 강함을 가진 자라고 하더라도……."

하라두쿰의 눈이 흉흉한 빛을 발했다. 그가 손에 황금색 불꽃을 피워 올렸다가 그대로 움켜쥐었다. 황금색의 파편이 사방으로 흩어지며 열기가 끓어올랐다.

"내 마법 아래 쓰러지게 될 것이오."

그리고 오크들의 군단이 다시금 진군을 시작했다.

（1）

    오크들의 본대가 도착하기까지는 채 두 시간도 걸리지 않았다. 오디어와 나렌은 그리 먼 거리가 아니었고, 길이 잘 닦여 있었기 때문에 가능한 일이었다.

    "젠장. 진짜 많군. 이거 한 5천 이상은 되겠는데?"

    성벽 위에 올라간 라곤이 적들을 관측하고 혀를 찼다. 5천의 오크 대군이라니, 이건 진짜 장난이 아니다. 현재 도착한 지원 병력이라고는 인접한 개척도시인 카델의 500명뿐이었기 때문에 그리 오래 버틸 수 없을 것 같았다.

    '여길 공격해 온 놈들의 숫자가 저 정도면 도대체 바렐의 숲에서 나온 것들의 총 숫자가 얼마나 되는 거야?

설마 점령한 나렌을 싹 비우고 오진 않았을 것이고, 일부는 그곳에 주둔시키고 분리시킨 병력만 보내온 것일 텐데 이 정도라면 적의 병력은 정말 왕국 전체가 긴장할 만한 것이다.

크르르르…….

카알의 말대로 뾰족뾰족한 스파이크가 튀어나온 육중한 갑옷으로 무장한 오우거와 직립보행하는 거대한 황소 같은 미노타우로스 30마리 정도가 앞으로 나와 있었다. 그리고 그 사이에서 황금 투구를 쓰고 갖가지 색깔의 깃털로 치장한 화려한 오크, 궁극 주문을 사용하는 대마법사 하라두쿰이 걸어 나왔다.

"인간들이여."

또렷한 인간어가 마법의 힘을 타고 오디어 전체에 울려 퍼졌다.

"나는 위대하신 프로토 오크를 섬기는 하이오크 삼귀장의 일원 하라두쿰이다. 첫 전투를 성공적으로 치러서 나는 매우 기분이 좋다. 그러니 그대들에게 기회를 주마."

"뭐?"

항복하고 물러가라는 말이라도 할 셈인가? 라곤이 당혹감을 느꼈을 때, 하라두쿰이 잔혹한 미소를 지으며 말했다.

"당장 전원 무장을 해제하고 우리 앞에 나와 무릎을 꿇어라. 그럼 개목걸이를 채워 노예로 써주겠다."

"저 자식이!"

오만하기 짝이 없는 그 '권고'에 오디어 수비군은 분노했다. 인간들이 마구 퍼부어대는 욕설을 들은 하라두쿰이 피식 웃으며 어깨를 으쓱했다.

"역시 인간은 말이 안 통하는 족속들이군."

"누가 할 소릴 지껄이는 거야!"

오디어 수비군이 야유했다. 하라두쿰은 딱하다는 표정으로 고개를 저으며 말했다.

"뭐, 좋다. 그러면 전투를 시작하기 전에 한 가지 여흥을 즐겨보지 않겠는가?"

"뭐?"

예상치 못한 그의 말에 오디어 수비군은 어리둥절해했다. 하라두쿰이 손가락 하나를 들어 보이며 말을 이었다.

"우리 오크의 자랑스러운 용사들은 전의에 불타고 있다. 서로 간의 대표가 나와 일대일로 결투를 벌이기로 하자. 그대들 중에 우리의 용사 카흐무를 쓰러뜨린 자가 있다고 들었는데, 그자에게 복수할 기회를 얻고 싶구나."

"일대일 대결?"

다들 술렁거리면서 라곤에게 시선을 던졌다. 카흐무라는 이름은 전혀 몰랐지만 굳이 이름까지 지칭해서 말할 만한 존재라면 오크 히어로일 것이고, 따라서 그를 쓰러뜨린 자는 라곤을 의미하는 것이다.

사령관 지셀이 다가와서 물었다.

"라곤 경, 어떻게 생각하십니까?"

"흠. 무슨 꿍꿍이속인지는 모르겠지만… 이건 일단 받아들여야겠군요."

"예? 하지만 마지막 함정이라면……."

"어차피 조금 있으면 엎치락뒤치락할 텐데, 전력상 우리가 압도적으로 불리합니다. 지원이 올 때까지 조금이라도 더 시간을 끌어야죠. 그러니까 제가 나가겠습니다."

"으음. 그렇군요."

지셀이 고개를 끄덕이자 라곤은 성벽 난간 위로 올라서서 소리쳤다.

"어이, 화려한 오크 양반! 하라두쿰이라고 했나?"

"화려한 오크 양반?"

자신을 부르는 독특한 칭호에 하라두쿰이 눈살을 찌푸렸다. 라곤이 그의 반응을 아랑곳하지 않고 말했다.

"네가 말한 카흐무라는 자가 오크 히어로가 맞나?"

"오크 히어로? 아아, 너희들 인간은 우리의 용사를 그렇게 부르는군. 그렇다. 그는 영웅의 힘을 다루는 용사였다."

"그렇다면 그를 쓰러뜨린 것은 바로 나 클란드 백작이자 왕실 은사자 기사단의 일원인 라곤이다!"

"그렇군. 네놈이 인간의 소드 마스터인가?"

"그래. 너희들의 도전을 받아들여 주마!"

라곤은 자신만만하게 외치고 성벽 아래로 뛰어내렸다. 무거운 갑옷을 입고 10미터 이상의 높이에서 뛰어내리는 건 미친 짓이었지만 그는 일말의 주저도 없었다.

사람들이 헉 하고 헛숨을 삼키는 순간, 허공에 계단이 있는 것처럼 발로 디뎌가면서 통통 튀는 듯한 움직임으로 두 번 정도 뛰어서 땅에 내려섰다. 그가 밟았던 허공에 푸른빛의 파문이 그려지다가 허공으로 녹아들어 사라졌다.

"나에게 도전할 자, 어서 나와라!"

라곤은 앞으로 걸어나가며 외쳤다. 그 말에 오크 히어로들이 발끈해서 한 걸음씩 앞으로 나섰다. 하지만 하라두쿰은 손을 들어 그들을 제지하며 한 오크 히어로에게 시선을 주었다. 바로 출격 전에 카흐무의 복수를 원했던 이다.

"자라툼, 네가 원하는 기회를 만들어주었다. 어서 나가 저 인간의 오만한 낯짝을 뭉개 버려라."

"감사합니다! 기대에 부응하겠습니다!"

자라툼이라 불린 오크 히어로는 힘차게 대답하고는 걸어나갔다.

라곤은 다가오는 자라툼을 가만히 바라보았다. 카흐무와 마찬가지로 다른 오크 히어로들보다 머리 하나는 더 큰 오크는 길이가 3미터에 이르는 기다란 철창을 들고 있었다.

"재미있군. 사정거리가 긴 무기로 상대해 보시겠다?"

라곤이 중얼거렸다. 자라툼은 라곤의 10미터 앞까지 다가오더니 서툰 인간어로 말했다.

"인간, 카흐무의 복수, 하겠다!"

"해봐. 할 수 있으면."

라곤이 턱을 치켜들며 도발했다. 다음 순간 자라툼이 포효하며 오러 블레이드를 전개했다.

후우우우우우!

라곤은 태연하게 그 광경을 바라보고 있었다. 자라툼을 중심으로 거대한 오러 블레이드가 일어나면서 동시에 붉은 파문이 퍼져 나간다. 오러 출력으로 보면 라곤보다 훨씬 더 위에 있다는 것이 느껴졌다.

"이거, 오크들도 얕보면 안 되겠네."

하지만 라곤은 전혀 겁먹지 않은 기색으로 볼을 긁적이며 검을 뽑아 들었다. 스르릉, 차가운 소리가 울리며 그의 검이 모습을 드러낸다. 은사자 기사단에게 지급되는 그 검은 왕실의 명장이 만들고 마탑의 1급 부여마법사들이 마법을 부어넣은 명품이었다.

"크워어!"

자라툼이 포효하며 창을 휘둘렀다. 창을 감싸며 전개된 오러 블레이드의 길이는 자그마치 7미터. 한 걸음 앞으로 나가면서 휘두르는 것만으로도 웅장하기까지 한 섬광의 파도가 작렬했다.

콰아아아아!

하지만 라곤은 잽싸게 뒤로 빠져서 그것을 피해낸 다음 다시 옆으로 도약, 그대로 자라툼의 측면에서 돌격해 들어갔다.

자라툼은 빠르게 반응했다. 압도적인 사정거리의 격차, 그리고 몸 전체를 쓸어버릴 수 있는 공격 범위까지 충분히 활용해서 라곤을 후려쳤다. 단지 그것만으로도 라곤은 접근을 포기하고 뒤로 물러날 수밖에 없었다.

"쳇."

"허약한 인간! 내 상대 못 된다!"

자신감을 얻은 자라툼이 거침없이 라곤을 몰아치기 시작했다. 창을 엄청난 기세로 찌르고 휘둘러대자 방출되는 붉은 섬광에 쓸린 지면이 그대로 뜯겨져 나가며 돌조각이 사방으로 비산한다.

하지만 라곤은 아슬아슬하게 그것을 피해내고 있었다. 잡힐 듯 말 듯, 공격하는 자라툼이 초조해질 정도로 간발의 차로만 공격을 피한다. 궤적으로부터 분출되는 오러의 힘까지 모두 파악하지 않는다면 절대 불가능한 움직임이었다.

"흠. 이 정도인가."

문득 라곤이 중얼거렸다. 그 소리를 들은 자라툼이 이상함을 느끼는 순간, 라곤의 기세가 변했다. 계속 아슬아슬하게 공격을 피하던 그가 크게 한 발짝 뒤로 물러나는가 싶더니, 검을 등 뒤로 당겼다가 크게 한 번 휘둘렀다.

휘리리리릭— 파창!

그러자 그 궤도를 따라서 크게 휘어진 채찍 같은 오러 블레이드가 날아들었다. 그것은 자라툼의 오러 블레이드보다 훨씬 긴 거리를 격하고 날아든 것이기에 자라툼도 혼비백산할 수밖에 없었다. 황급히 창을 들어서 막아내자 전신을 울리는 충격과 함께 그의 몸이 주르륵 뒤로 물러났다.

라곤이 그를 보며 말했다.

"혹시나 해서 묻는 건데……."

"크워?"

"너희들, 다 너 정도의 실력이냐?"

"무슨, 소리냐?"

"다 이 정도밖에 안 되냐고."

라곤이 피식 웃으며 묻자 자라툼이 발끈했다. 자신을 조롱하고 있다고 여긴 그가 포효하며 달려들었다. 힘을 집중시킨 지르기가 날아들자 그와 라곤 사이의 공간을 통째로 증발시키듯 강맹한 섬광이 작렬했다.

콰아아아앙!

다음 순간 자라툼은 경악했다. 압도적인 기세로 작렬한 자신의 창격이 멋지게 허공을 꿰뚫고 있는 게 아닌가?

라곤은 창끝이 자신 앞에 도달하는 순간, 아래쪽에서 검격을 가해 궤도를 비틀었던 것이다. 그리고 검을 휘두른 자세 그대로 몸을 틀면서 어깨로 자라툼의 턱을 후려갈겼다.

쾅!

오러 디펜더를 둘러친 어깨치기가 한 방에 자라툼의 턱을 바스러뜨렸다. 허공으로 붕 떠오르는 자라툼의 몸통을 발로 걷어차자 섬광이 작렬하며 그 몸이 엄청난 기세로 날아가서 땅에 처박혔다.

쿠쿵!

30미터나 날아간 오크 히어로의 몸이 땅에 충돌하며 흙먼지가 솟구쳤다. 그것만으론 부족했는지 몇 번이나 튀어 오르고 구르면서 50미터 정도 굴러가서야 멈췄다.

라곤이 느긋하게 그에게로 다가가며 말했다.

"오크 히어로는 어떤 원리로 오러의 힘을 얻는 건지 궁금하군. 소드 마스터처럼 비정상적으로 뒤틀린 방식을 사용한 것도 아닌 것 같은데, 그러면 적어도 납득할 만한 기량이 있어야 해. 그런데 왜 이 정도지? 이해가 안 가."

그 말에 하라두쿰과 다른 오크 히어로들이 흠칫했다. 하지만 그것을 보지 못한 라곤은 고개를 갸웃거리면서 자라툼이 일어나기를 기다렸다.

"크워어어!"

곧 주변 공기를 찢어버릴 듯한 포효가 울려 퍼졌다. 정신을 차린 자라툼이 엄청난 속도로 달려들며 창을 찔렀다.

라곤은 가볍게 몸을 기울여 피하면서 검을 올려쳤다. 앞으로 나가던 기세 그대로 창이 쳐들려지자 자라툼이 허공에서 그대로 한 바퀴 빙글 돌았다. 라곤은 거꾸로 서는 그의 머리통을 차서 허공으로 날린 다음 그 뒤를 따라서 솟구쳤다. 그리고 왼발로 그 머리통을 밟고, 오른발로 몸통을 밟은 채로 낙하해서 땅에다 찍어버렸다.

쾅!

폭음과 함께 충격파가 원형으로 터져 나갔다. 지반이 부서지면서 흙먼지가 솟구치고, 몸통뼈가 박살 난 자라툼의 입에서 울컥 피가 토해졌다.

라곤은 그의 목에 검을 겨눈 채로 말했다.

"뭐, 그래도 재미있긴 했다."

"크, 크크크크……."

오크 히어로가 다 죽어가는 목소리로 웃었다. 오크에게 있어서 강한 전사에게 패배하는 것은 수치가 아니다. 오히려 장렬한 싸움 속에서 생을 끝마칠 수 있음을 자랑스럽게 여긴다.

오크 히어로는 자신을 쓰러뜨린 강자에게 경의를 표하며 말했다.

"과연 카흐무를 쓰러뜨릴 만…… 카흐무도 너에게 패배, 부끄럽지 않았을……."

자라툼은 말을 끝까지 잇지 못하고 숨을 거두었다. 라곤은 그의 생명 반응이 끊어지는 순간 주저없이 오러 디펜더를 전개하면서 뒤로 물러났다.

콰아아아아아!

곧 자라툼의 시체가 갈가리 찢기면서 붉은 폭풍이 휘몰아쳤다. 라곤은 사방을 휩쓰는 그 폭풍에서 뛰쳐나와서 오크들을 노려보았다. 그리고 어깨를 으쓱하며 물었다.

"또 덤비고 싶은 녀석 있나? 난 얼마든지 환영이야."

그 말에 오크들이 웅성거리기 시작했다. 오크 히어로들만이 동료가 압도적인 실력으로 패배했음에도 불구하고 전의를 불태우고 있었다.

2

"자라툼이 저렇게 쉽게 패하다니."

하라두쿰이 믿을 수 없다는 듯 중얼거렸다. 카흐무가 패배했고, 흑기사의 경고도 있었기 때문에 어느 정도는 각오하고 있는 결과였다. 하지만 눈앞에서 이토록 압도적인 실력 차를 보게 되자 충격을 받았다.

그는 자신의 병사들을 바라보았다. 다들 당황해서 웅성거리고 있었다.

전투에 들어가기 전의 일대일 대결 목적은 승리를 통해 아군의 사기를 북돋는 것이다. 그런데 승리는커녕 처참하게 패배해 버렸으니 다들 동요할 수밖에 없었다.

'바보 같은 짓을 했군. 귀중한 용사만 희생시켰어.'

하라두쿰은 신경질적으로 고개를 저었다. 그때 오크 히어로들이 너나 할 것 없이 나서며 요청했다.

"하라두쿰 공(公), 부디 저에게 기회를 주십시오. 제가 나가서 저 건방진 인간을 뭉개 버리겠습니다!"

"아닙니다. 부디 제게 기회를!"

전의를 불태우는 그들의 모습에 하라두쿰은 혀를 찼다. 오크의 용사다운 용맹함이 흐뭇하긴 하지만, 방금 전에 일어난 일을 보고도 생각없이 싸우고 싶어 안달이 나다니 한숨이 나올 지경이다. 냉정하게 판단해 보면 이들 중에 저 인간 소드마스터와 상대가 될 만한 이는 아무도 없었다.

하라두쿰은 고개를 저어 그들의 청을 물리쳤다. 그리고 오디어의 성벽을 노려보며 명령했다.

"전군, 저 가증스러운 것들을 없애 버려라."

그워어어어어!

"칫."

새로운 오크 히어로가 도전해 와주길 바라고 있던 라곤은 기대가 어긋나자 혀를 찼다. 그리고 질풍처럼 성 쪽으로 돌아갔다. 성벽 위쪽에서는 잽싸게 밧줄을 늘어뜨려 주었고 라곤은 그것을 잡고 단숨에 성벽을 타고 올라갔다.

그 앞쪽에서 오크들이 진군하기 시작했다. 적의 원거리 공격을 걱정하지 않는 듯 느긋한 속도였다.

"궁수대, 마법사대, 공격!"

사령관의 외침에 궁수들이 화살을 날렸다. 수백 발의 화살이 일제히 날아올라서 오크들의 머리 위로 비처럼 쏟아져 내렸다. 여기서 일단 적어도 수십의 희생자가 날 것이다. 그렇게 되어야 했다.

그러나 다음 순간 벌어진 일은 인간들의 움직임을 멈춰 버리게 하기에 충분했다.

"뭐, 뭐야?"

라곤 역시 놀라서 눈을 크게 떴다.

화살이 멈춰 있었다.

수백 발이나 되는 화살이 뭔가에 박히기라도 한 듯이 허공에 멈춘 채로 꺾여 버렸다. 그리고 그 사이로 투명한 빛의 막 같은 것이 넘실거리고 있었다.

"마법이다!"

오디어의 고위마법사 호디스가 외쳤다. 오크들 사이에서 누군가 강력한 보호의 마법으로 화살비를 막아낸 것이다.

이 순간 호디스와 라곤의 시선이 한곳을 향했다. 진군해 오는 오크들의 뒤쪽에 두둥실 떠올라서 강력한 마력 파동을 발하고 있는 존재가 있었다. 궁극 마법을 사용한다고 보고된 오크 하라두쿰이었다.

"인간들아, 마법이 너희들의 전유물이라고 생각하지 말거라."

하라두쿰이 웃었다. 그리고 허공으로 손을 들어 올리자 멈췄던 화살들이 비로소 후두두둑 지상으로 떨어져 내린다. 하지만 이미 아무런 기세도 실려 있지 않아서 아래쪽의 오크들은 생채기 이상은 입지 않았다.

"프로토 오크께서 내리신 위대한 지혜의 힘으로 죄인들을 벌하겠노라!"

하라두쿰은 낭랑한 목소리로 오크어로 된 주문을 외치기 시작했다. 불길함을 느낀 호디스가 마법사들에게 공격 명령을 내린 다음 자신도 그에 맞서 대주문을 외우기 시작했다.

곧 성벽 여기저기서 섬광과 불길이 쏘아져 하라두쿰을 공격했다. 하지만 그것들은 하라두쿰의 앞에 도달하는 순간 강력한 마법 장벽에 가로막혀 흩어질 뿐이었다.

그리고 마침내 주문을 완성한 하라두쿰이 히죽 웃었다. 호디스도 있는 힘을 다해 주문을 완성하고 있었지만 하라두쿰 쪽이 빨랐다.

"미티어 스트라이크."

하라두쿰이 나직하게 읊조리며 손을 들어 하늘을 가리켰다. 동시에 그 지점으로부터 퍼져 나온 무시무시한 마력 파동이 사람들의 감각을 휩쓸고 지나갔다.

라곤은 고개를 들어 하늘을 올려다보았다. 그리곤 과거에 본 기억이 있는 그 형상에 입을 쩍 벌렸다.

"진짜 미티어 스트라이크를 쓴단 말야?"

하늘에 두 개의 태양이 떠 있었다.

파이어 볼을 수십 배로 키워놓은 것 같은 불덩어리가 하늘에서 격하게 소용돌이치며 떨어져 내렸다. 그 속도도 빨라서 아차 하는 순간 이미 도시 위에 작렬하고 있었다.

콰아아아아아!

한순간 불길이 오디어 전체를 집어삼킬 것 같은 기세로 폭발했다. 지름 30미터의 구체로 응축되었던 불길은 오디어의 마탑이 생성시킨 방어막을 뒤흔들고 그 안의 기온을 한순간에 수십 도나 급증시켰다. 하늘을 불태우는 듯한 불길에 갑작스러운 기온 변화까지 더해지자 도시 중심부에서 실신하는 사람들이 속출했다.

쿠구구구구…….

영원 같은 파괴의 시간이 지나가고 마침내 불길이 사그라지자 라곤이 중얼거렸다.

"큭, 오크 주제에 궁극 주문을 쓰다니……."

미티어 스트라이크는 대규모 섬멸용으로 쓰이는 9서클 주문이었다. 인류가 잃어버린 신의 이적, 10서클을 제외하고 현시대에 존재하는 궁극의 경지로 그 힘을 사용할 수 있는 자는 전 대륙에 열 명을 겨우 넘을 것이다.

그런 주문을 오크가 썼다는 것만으로도 경악스러운데, 하라두쿰의 공격은 그것으로 끝난 것이 아니었다.

"사우전드 포스 볼트."

얼마 전 호디스도 사용한 바 있는 8서클의 공격 마법이 완성되었다. 곧 하라두쿰의 주변에 무수한 빛의 원이 떠오르더니 하늘로 두둥실 떠올랐다. 그리고 높은 곳에서 오디어를 비스듬히 굽어보는 각도로 일제히 섬광을 토해냈다.

투두두두두두!

지옥처럼 끓어오르는 공기 위로 작렬한 섬광의 숫자는 1천을 가뿐히 넘기고 있었다. 영원히 끝나지 않을 것 같은 기세로 섬광의 비가 쏟아져 내리자 도시를 지키는 방어 주문에 한계가 오기 시작했다. 조금 전 미티어 스트라이크를 막아내느라 약해졌던 부분들이 회복되지 못하고 꿰뚫리기 시작한 것이다.

"으아아악!"

사방에서 비명이 울려 퍼지기 시작했다. 하라두쿰이 사용한 주문의 위력은 굉장해서 쏟아지는 포스 볼트에 맞은 병사들이 어디 한군데 부러지거나 실신, 운 나쁘면 그대로 즉사하는 상황이 이어지고 있었다.

"호디스 경!"

그 상황을 보다 못한 라곤이 소리를 질렀다. 하라두쿰의 마법에 얼어붙어 있던 호디스가 퍼뜩 정신을 차리고 다시 주문을 외우기 시작했다. 곧 그가 이를 악물며 외쳤다.

"받아라! 사우전드 포스 볼트!"

눈에는 눈, 이에는 이였다. 호디스가 똑같은 주문으로 응전했다. 성벽 위로 무수한 빛의 원이 떠올라 수백 발의 섬광을 토해내기 시작했다.

그러나 그다음에 기다리고 있는 상황은 호디스의 예상을 초월했다. 허공에 은은한 빛이 떠오르더니 수백 발의 섬광 중

대다수가 녹아버리듯이 흩어지는 게 아닌가?

"디, 디스펠 필드?"

호디스가 어처구니없다는 듯 중얼거렸다. 적의 마법을 무력화시키는 디스펠 필드를 저렇게 넓은 범위에 걸쳐 깔아두다니? 물론 발사된 빛의 절반 정도를 상쇄시켰을 뿐이고 나머지는 그대로 적진에 쏟아지긴 했지만……

"크어어어어!"

오크 히어로들이 앞으로 나서면서 대다수를 받아내 버렸다. 동시에 적군의 움직임이 급격하게 가속되기 시작했다.

쿵쿵쿵쿵쿵!

마침내 달리기 시작한 오크들 사이로 그들보다 육중한 몸을 가진 존재들이 달려간다. 그것은 갑옷을 입은 오우거와 미노타우로스들이었다. 그들이 가까워지는 것만으로도 땅이 울리면서 모든 것이 부서질 듯한 공포가 밀려들었다.

"큭!"

라곤은 그들이 그대로 달려들 경우 위험한 사태가 벌어질 것을 직감했다. 미리 백 개 이상 준비해 두었던 투창을 잡고 가장 선두에서 달려오던 미노타우로스를 향해 집어 던졌다.

콰아앗!

일순간 투창에 오러 블레이드를 겹친 뒤 던져 내자 허공에 섬광의 포말이 흩뿌려졌다. 라곤의 손을 떠난 오러 블레이드가 급속도로 마모되어 흩어지는 것이다. 하지만 던져진 창은 화살보다도 몇 배나 빠르기에 표적에게 도달할 때까지는 충분히 유지된다.

푸른 섬광으로 화한 투창이 미노타우로스를 관통했다. 미친 듯이 달려오던 미노타우로스의 몸에 커다란 구멍이 뚫리면서 균형을 잃고 허우적거린다. 그 몸이 달려오던 기세 그대로 쓰러져서 땅을 나뒹굴었다.

그러나 다른 녀석들은 멈추지 않는다. 원래 몬스터라는 게 흉포해지면 맛이 가긴 하지만 저놈들의 눈은 완전히 이성이 날아가 버린 눈이었다. 라곤은 이를 악물고 연달아 투창을 던져서 성문 쪽으로 달려오던 놈들을 쓰러뜨렸다. 하지만 그래도 다 막을 수는 없었다.

쿠우우우웅!

엄청난 무게의 갑옷을 입은 오우거가 그대로 성벽을 들이받았다. 방어 주문이 약화되어 있는 상황에서 그 체격, 그 체중이 그 기세로 들이받자 엄청난 충격이 성벽을 뒤흔들었다. 위에 있던 자들이 쓰러지고 굴러 떨어지면서 비명이 울려 퍼졌다.

쿠쿠쿠쿵! 쿠쿠쿠쿵!

뒤이어 도달한 오우거와 미노타우로스들이 연달아 성벽을 들이받았다.

'빌어먹을. 그나마 성문 쪽으로 달려들던 놈들을 저지한 게 다행인가.'

지금 상황에서 성문을 들이받았으면 완전히 너덜너덜해졌을지도 모른다. 라곤은 그렇게 생각하면서 달리기 시작했다.

"다들 일어나! 공격해!"

패닉에 빠져 있는 병사들을 독려하면서 라곤은 연달아 투창을 집어 던졌다. 성벽 아래쪽에서 뒤로 물러났다가 다시 돌격하려던 오우거와 미노타우로스들을 관통해 쓰러뜨리고, 그 뒤를 따라 돌격해 오는 오크들도 공격했다.

파창!

그러나 오크들을 공격하는 것은 생각보다 재미를 볼 수 없었다. 오크 히어로들이 선두에 나와서 그것을 방어했기 때문이다. 일점관통이라는 점에서는 마법 이상의 파괴력을 가진 소드 마스터의 투창 공격도 같은 오러의 힘을 가진 오크 히어로에게는 쉽게 통용되지 않는다.

그러는 동안 하라두쿰은 또 새로운 마법을 완성했다. 그가 다시금 하늘을 가리키며 외쳤다.

"사우전드 포스 볼트!"

"제기랄! 철저하게 학살에 치중할 셈이냐!"

하늘에서 쏟아지는 섬광의 비를 보며 라곤이 분노를 터뜨렸다. 약해질 대로 약해진 방어막은 그것을 다 상쇄시키지 못하고 대다수를 통과시키고, 수백 발의 섬광이 쏟아져 건물을 파괴하고 인간들을 후려갈긴다.

게다가 그걸로 끝이 아니었다. 여덟 마리의 오크 히어로가 창을 들더니 그대로 성벽을 향해 집어 던지는 게 아닌가?

여덟 개의 붉은 섬광이 무시무시한 기세로 공간을 관통했다. 라곤은 자신을 향해 날아드는 것 하나를 오러 블레이드로 후려쳐 꺾어버렸다. 하지만 다른 지점에서는 일어나 있던 자들이 관통당하고, 방어 주문이 취약해진 성벽에 명중하면서 폭발이 일어났다.

콰쾅!

성벽 중간 부분이라면 몰라도 위쪽은 오크 히어로의 투창 공격을 받으면 통째로 깎여 나가게 된다. 실제로 방어 주문이 약해진 상황에서는 화약이라도 터진 것처럼 폭발해서 파괴가 일어나고 있었다.

"이것들이 진짜!"

라곤은 투창을 잡고 하라두쿰을 노려보았다. 그는 디스펠 필드의 범위 때문인지 생각보다 앞에 나와 있었다. 라곤의 눈대중에 의하면 거리는 130미터가량.

라곤은 주저없이 그를 향해 투창을 날렸다. 오러 디펜더의 형질을 탄력있게 바꾸어서 그 반동을 이용, 몸을 내던지는 듯한 기세로 쏘아낸 투창이 엄청난 속도로 공간을 관통했다.

파아아아앙!

오크 히어로들조차 미처 대응할 수 없었을 정도로 엄청난 속도였다. 그러나 하라두쿰은 미리 방어 주문을 겹겹이 펼쳐두고 있었다. 앞에서 여섯 겹의 빛의 파문이 일어나더니 그중

다섯 개가 꿰뚫렸다. 그래도 마지막 하나는 남아서 투창을 잡아내고 그대로 으스러뜨렸다.

"놀랍군."

하라두쿰은 감탄하면서 라곤을 바라보았다. 그리고 눈을 크게 떴다.

라곤은 하라두쿰에게 그 공격이 통하든 말든 두 번째 투창을 잡고 방금 전과 똑같은 기세로 던져 내고 있었던 것이다.

"이런!"

궁극 주문을 사용하는 하라두쿰조차 이번에는 피할 수밖에 없었다. 마법으로 몸의 반응 속도를 올려둔 그가 급격하게 옆으로 피하면서 새로운 방어 주문을 발동시켰다.

콰콰콰콰콰!

두 번째 투창이 그의 방어 주문을 관통했다. 그러나 방어 주문에 의해 방향이 틀어져서 하라두쿰에게 충격파만 먹이면서 빗나가 버렸다.

"칫. 방어가 진짜 단단하군."

두 번 연속으로 전력을 다해 투창을 던진 라곤은 팔 근육이 저릿저릿한 것을 느끼며 투덜거렸다. 오러 디펜더 덕분에 초인적인 힘을 내고 있지만 그도 인간이라는 점에는 변함이 없다. 이 이상 무리해 봤자 계속 이어질 전투에 이로울 게 없기 때문에 일단 투창 공격을 포기하고 검을 들었다.

마침내 오크들의 선두가 성벽 앞에 도달했다. 먼저 궁수들이 공격해서 그들을 저지해야 했지만, 잇따른 마법 공격으로 인해서 성벽 위의 병력은 거의 궤멸 상태였다.

"포스 볼트!"

그때 섬광의 화살이 오크 한 마리를 꿰뚫었다. 라곤이 옆을 바라보니 카알이 숨을 고르며 서 있었다.

그것을 시작으로 그나마 멀쩡한 병사들이 움직이면서 대응이 시작되었다. 오크들이 걸치는 사다리를 걷어내고, 갈고리를 잘라내면서 오르는 것을 막았다.

'좋아, 오크 히어로들만 어떻게 하면……'

라곤은 불안한 눈으로 오크 히어로들의 움직임을 관찰했다. 아무리 소드 마스터의 힘을 갖고 있어도 높이가 10미터가 넘고 마법의 가호까지 받는 성벽을 쉽게 타넘을 수는 없다. 하지만 오러의 운용법에 능통하다면 얼마든지 그런 결과를 낼 수 있었다.

과연 오크 히어로들은 라곤이 걱정한 대로 움직이기 시작했다. 자기들끼리 서로 눈짓을 주고받더니 미리 준비한 듯한 철창을 들어서 성벽을 향해 집어 던지는 게 아닌가?

쿵! 쿵! 쿵! 쿵!

철창이 연달아 성벽에 박혔다. 그것은 오른쪽부터 왼쪽까지 마치 발판처럼 비스듬하게 위로 올라가는 형태로 꽂혀 있었다.

"젠장! 오크 대가리로 이런 수법을 생각하다니!"

라곤이 낭패한 표정을 짓는 순간, 오크 히어로 하나가 달리기 시작했다. 엄청난 속도로 오크들 사이를 가로질러서 뛰어오른다. 그리고 성벽에 박힌 철창을 밟고 그대로 위쪽으로 올라오기 시작했다.

"그걸 내가 보고만 있을 것 같냐!"

라곤이 그가 올라오는 지점을 예상하고 달려갔다. 그리고 그들이 성벽을 타넘으려는 순간, 그 앞에 나타나서 오러 블레이드로 몸통을 후려갈겼다.

콰아아앙!

폭음과 함께 오크 히어로가 날아가 버렸다. 그 역시 검을 들어 라곤의 공격을 받아냈지만 충격을 이기지 못한 것이다.

라곤은 그대로 투창 하나를 들었다. 마침 그 오크 히어로의 뒤를 따라서 또 하나의 오크 히어로가 성벽을 타고 오르고 있었다.

"죽어버렷!"

라곤이 그가 뛰어오르는 궤도를 간파해서 비스듬하게 투창을 집어 던졌다. 소용돌이치는 푸른 섬광이 아까 전보다 강렬한 충격파를 일으키면서 오크 히어로를 덮쳤다.

파아아아아아!

그것을 비껴낸 오크 히어로가 버티지 못하고 지상으로 떨어져 내렸다. 그리고 인상을 악귀처럼 일그러뜨리며 으르렁거렸다.

지금 라곤이 던진 투창은 충격파를 발산시키는 데 초점을 둔 것으로, 성벽에 꽂혀 있던 철창들을 꺾어서 떨어뜨려 버린 것이다. 라곤은 오크 히어로를 보며 비웃음을 날렸다.

"흥! 그렇게 쉽게 올라오게 하진 않아!"

오크 히어로가 성벽을 타넘으면 그 순간 끝이다. 아무리 라곤이 그들 하나하나보다 강하다고 하더라도 여럿이 넘어오게 되면 도저히 막을 수 없다. 라곤이 붙잡혀 있는 동안 병사들은 학살당하고 성문이 열리면 결판이 나는 것이다.

쿠우우웅!

그런데 그때 조금 떨어진 곳에서 폭음이 울려 퍼졌다. 라곤은 당황해서 그쪽으로 시선을 던졌다. 그곳에서는 오크 히어로 하나가 커다란 전투용 해머를 들고 성문을 두들겨 대고 있었다.

"저 자식이 진짜!"

성문에는 방어 주문이 집중적으로 걸려 있긴 하지만, 저렇게 근접해서 때려대면 멀리서 궁극 주문으로 때려대는 것보다 더 타격이 심하다. 오크 히어로의 일격 일격은 공성추보다도 위력이 클 테니 성문도 얼마 버티지 못할 것이다.

라곤은 즉시 투창을 날려서 그 오크 히어로를 후퇴시키고는 그쪽으로 달려갔다. 아무래도 전투가 절대 쉽게 풀리지는 않을 것 같았다.

3

전투는 격렬했다. 적들의 공세는 해일처럼 이어졌고 라곤은 오크 히어로들을 막기 위해 쉬지 않고 성벽 위를 뛰어다녀야 했다. 간간이 날아드는 하라두쿰의 공격에 도시를 지키는 마탑의 방어 주문도 거의 한계에 달해서 붕괴하기 직전이었다.

'이러다간 진짜 끝장이야.'

라곤은 절망을 느꼈다.

30분 정도밖에 싸우지 않았는데 체력이 급속도로 소모되고 있었다. 자기 자신만 지키면서 싸운다면 모르겠지만, 5천의 대군을 상대로 오디어 수비군 전체를 커버하려고 종횡무진 뛰어다니고 있으니 당연한 결과였다. 게다가 오크 히어로 여덟을 상대로 저돌적으로 나서지 못하고 수비하면서 소모전만 계속하다 보니 오러도, 체력도 급격히 떨어져 가는 것이다.

"헉, 헉……."

"라곤 경, 괜찮으신 겁니까?"

그의 옆에 붙어 있던 카알이 물었다. 라곤은 안색이 창백해져서 숨을 몰아쉬고 있는 게 아주 상태가 안 좋아 보였다.

"그러는 카알 경이야말로 슬슬 한계 아닙니까?"

라곤은 고개를 끄덕이는 대신 그렇게 물었다. 30분간 카알도 애송이 마법사라곤 믿을 수 없을 정도로 많은 마법 주문을 사용했다. 초반 10분 만에 마력을 다 소진하고 빠졌다가, 다시 명상으로 마력을 회복하고 올라온 지 5분 정도 지난 참이다. 하지만 회복한 마력은 벌써 다 써버리고 말았다.

"슬슬 다시 마력 충전하러 빠져야 할 것 같긴 해요."

"그럼 빨리 빠지는 게 좋아요. 여유가 없으니까."

그렇게 말하던 라곤이 갑자기 카알의 시야에서 사라졌다. 한 줄기 바람이 눈앞으로 휙 지나갔다고 느낀 순간, 반대편으로 돌아간 라곤이 오크 히어로가 던진 투창을 쳐내고 있었다.

쾅!

"크윽……."

오크 히어로가 던진 투창을 쳐서 꺾어버린 라곤이 휘청거렸다. 잠깐 집중력이 흐트러지니 곧바로 몸에 영향이 온다. 라곤은 이를 악물며 몸을 바로잡았다.

그때였다.

"오, 온다!"

누군가 하늘을 가리키며 소리 질렀다.

그 말에 라곤도 하늘을 올려다보았다. 그리고 구세주를 만난 듯한 환희에 휩싸였다.

"소드 마스터다!"

병사들이 환호성을 질렀다.

푸른 섬광과 녹색 섬광이 하늘을 가로지르고 있었다. 그것은 라곤이 이곳에 올 때도 사용된 천공의 궤적이다. 라곤은 단순히 그 표면을 관찰하는 것에 그치지 않고 그 속에 있는 존재들의 정체까지 파악했다.

'질리언! 또 하나는… 블란드 경인가!'

푸른 오러의 소유주가 질리언, 녹색 오러의 소유주가 블란드였다. 블란드는 라곤보다 훨씬 연상으로 소드 마스터가 된 지 20년 이상 되는 역전의 용사였다.

오디어의 상공까지 쏘아져 온 두 사람이 오러 디펜더를 날개 형태로 변형시키며 낙하를 시작했다. 라곤은 즉시 호디스에게로 다가가서 물었다.

"호디스 경, 혹시 실시간 통신 마법 어느 정도 거리까지 가능합니까?"

"그, 그게… 한 200미터 정도면 무난하게 가능합니다만?"

"그럼 두 사람과 통신 가능해지는 순간부터 통신을 연결해 주실 수 있겠습니까?"

"알겠습니다."

호디스는 신중하게 거리를 재고 있다가 그들이 가까워지는 순간 통신 마법을 연결했다. 라곤이 두 소드 마스터를 향해 말했다.

"여기는 라곤 클란드. 적측에는 9서클을 사용하는 마법사, 오크 히어로 여덟이 존재함. 적군 사이로 뛰어들지 말고 곧바로 성벽 안쪽으로 들어와 주기 바람."

한창 낙하 중인 상대에게 전달하는 것이었기 때문에 필요한 정보를 최대한 간결하게 전달했다. 잠시 후 놀란 목소리가 돌아왔다.

—진짠가?

라곤의 기억에 의하면 녹색 섬광의 주인 블란드였다. 그는 공격적인 성격의 기사로 한번 전장에 나가면 끝장을 볼 때까지 물러나지 않는 성격으로 유명했다. 라곤은 그가 사고를 칠지도 모른다고 생각하며 강조했다.

"확실한 사실임. 곧 투창 공격이나 마법 공격이 있을지도 모르니 최대한 빨리 성벽 안쪽으로 내려와 주기 바람."

—알았습니다.

약간 긴장한 듯한 질리언의 대답이 돌아왔다. 곧 그들의 오러 디펜더가 날갯짓을 하듯 변형하면서 낙하 궤도가 틀어지기 시작했다. 그 광경을 보던 라곤은 혀를 찼다.

"저 양반이 진짜!"

질리언은 라곤의 요청대로 성벽 안쪽으로 궤도를 바꿨지만 블란드는 오히려 적진 깊숙한 곳으로 향하기 시작한 것이 아닌가! 라곤의 말을 듣고는 오히려 투지가 불타오른 것이 틀림없었다.

"아악! 저 양반은 왜 나잇값을 못하냐고!"

라곤이 머리를 쥐어뜯으며 신경질을 내자 주변 사람들이 다들 기가 막혀하면서 바라보았다. 하지만 라곤은 신경도 쓰지 않고 질리언에게 다시 통신을 연결했다.

"질리언! 블란드 경이……!"

—저도 봤어요. 저분, 왜 저래요?

그 말과 함께 질리언이 상공 30미터 지점에서 오러 디펜더를 넓게 펼치면서 빙글빙글 돌았다. 오디어의 방어막을 통과한 그가 광장 한복판에 내려섰고, 그다음에는 곧바로 질풍처럼 라곤이 있는 지점을 향해 달려왔다.

그때 적들은 이미 블란드를 향해 공격을 개시했다. 오크 히어로들이 투창을 던져 대고, 하라두쿰 역시 마법의 불길을 쏘아 그를 노린다. 하지만 블란드는 쉴 새 없이 오러 디펜더의 형태를 변형시켜서 그 공격을 비껴내고 쳐내면서 지상에 도달했다.

쿠우우웅!

굉음과 함께 진록색 빛의 파문이 대지를 진동시켰다. 가까이 있던 오크들이 갈가리 찢겨 나가고 멀리 있던 자들도 휩쓸려서 나가떨어진다.

흩어지는 섬광 속에서 모습을 드러낸 것은 날카로운 눈매를 가진 기사였다. 겉보기에는 30대 중반 정도로 보이지만 실제 나이는 47세인 블란드 비젤바크. 30년 이상을 전장에서 살아온 베테랑 중의 베테랑.

"오러 블레이드 전개."

블란드가 사나운 미소를 지으며 중얼거렸다. 동시에 오러 디펜더가 거두어지면서 거대한, 라곤의 것보다도 훨씬 거대한 길이 10미터짜리 빛의 검이 구현되었다.

그다음에는 섬광의 태풍이 몰아치기 시작했다. 한 걸음에 10미터 이상을 앞으로 전진하며 몸을 빙글 돌리는 것만으로도 주변의 오크들이 모조리 휩쓸려서 날아가 버렸다. 블란드는 거치적거리는 것들을 모조리 쓸어버리면서 한 지점을 향해 돌진해 갔다.

"아, 진짜. 저 양반, 누가 좀 말려줘……."

라곤이 머리를 벅벅 긁으며 울상을 지었다. 블란드가 목표로 삼는 게 누구인지는 쉽게 알 수 있었다. 그는 라곤의 말을 듣고는 곧바로 궁극 마법의 사용자 하라두쿰을 타깃으로 잡고 돌격했던 것이다.

무모하기 짝이 없는 행동이었지만 동시에 한눈에 전장의 핵심을 간파했다고 할 수도 있었다. 이 순간 하라두쿰을 쓰러뜨릴 수 있다면 적의 기세뿐만 아니라 전투력도 급감시킬 수 있을 테니까.

"도우러 가야겠군요."

그새 라곤 옆에 도착한 질리언이 말했다. 라곤은 그를 돌아보곤 흠칫했다. 그는 다 죽어가는 사람처럼 안색이 새파랗게 질려 있는 게 아닌가?

"질리언."

"네?"

"안색이 왜 그래?"

"제 안색이 어때서요?"

"완전 파랗게 질렸는데… 어디 아파?"

"아프다니, 이건 그냥 천공의 궤적… 때문이 절대 아니죠. 아니고말고. 그냥 아, 아침에 먹은 게 좀 안 좋아서 그래요. 진짜예요."

"……."

이 녀석, 지금은 완전한 소드 마스터니까 문제없었을 텐데 아직까지 천공의 궤적에 대한 트라우마가 사라지지 않은 건가. 라곤이 측은한 눈으로 바라보자 질리언은 후딱 화제를 돌렸다.

"어, 어쨌든 블란드 경을 도우러 가야죠!"

"그래. 아, 젠장, 힘들어 죽겠는데 숨 돌릴 틈도 안 주다니."

"조금만 더 버타면 돼요. 곧 할로드 경도 따라올 겁니다."

"할로드 경이?"

질리언의 말에 라곤이 반색을 하며 물었다. 솔직히 오크 히어로들도 문제였지만 뒤에서 야금야금 큰 마법을 날려대는 하라두쿰이야말로 진짜 골치 아픈 상대였다. 그에 대적할 만한 대마법사 할로드가 와준다면 충분히 승산이 생긴다.

질리언이 피식 웃었다.

"우리보다 먼저 출발했어요. 오다가 열심히 날아오는 걸

봤는데, 아마 한 시간 안에는 도착할 걸요."

"그 영감님이 오면 해볼 만하지. 그럼 가자."

라곤이 혀를 차며 성벽을 박찼다. 허공에 두 개의 푸른색 빛의 파문이 그려지면서 두 사람이 오크들 사이로 뛰어들었다.

4

두 사람은 일정한 거리를 유지한 채 오러 블레이드를 전개해서 오크들을 닥치는 대로 쓸어버렸다. 그들의 목적은 오크 히어로들을 묶어두는 것이었다. 블란드가 하라두쿰을 상대하러 간 이상, 그의 뒤를 쫓는 오크 히어로들을 두 사람이 막아주지 않으면 안 된다.

위협적인 기운을 뿌려대며 다가오는 두 사람에게 오크 히어로들이 달려들었다. 오크 최강의 전사라는 자존심도 팽개치고 한 사람당 셋씩 달라붙는 것을 보니 라곤과의 교전을 통해 깨달은 게 있는 모양이었다.

"셋이 오면 막을 수 있을 것 같냐?"

라곤이 혀를 차며 세 오크 히어로와의 거리를 좁혀갔다. 적들은 두 녀석이 검을, 그리고 하나는 커다란 양날 전투 도끼를 들고 있었다.

먼저 달려든 것은 도끼를 든 오크였다. 접근해서 공간을 통째로 쪼개놓을 듯한 기세로 도끼를 내려찍는다. 오러 블레이드가 전개된 범위는 적었지만 그 기세는 어마어마했다.

콰아아아앙!

라곤이 옆으로 피하자 땅이 쪼개지면서 충격파가 터졌다. 그리고 그 옆에서 다른 오크 히어로가 뛰쳐나오면서 붉은 오러 블레이드를 휘둘렀다. 라곤은 교묘한 움직임으로 그것을 흘려낸 다음 그대로 서로 거리를 좁히면서 무릎차기로 몸통을 갈겨 버렸다.

쾅!

푸른 충격파가 터지면서 오크 히어로가 날아가 버렸다. 오크 병사들 사이로 떨어지면서 그들을 장난감처럼 튕겨내면서 통통 튀어서 처박힌다.

그런 라곤의 뒤쪽에서 또 다른 오크 히어로가 달려들었다. 라곤은 그대로 몸을 팽이처럼 회전시키면서 내리꽂히는 검격을 피해냈다. 동시에 그의 오러 디펜더가 날개처럼 펼쳐지면서 두 오크 히어로를 후려갈겼다.

"흥!"

라곤은 코웃음을 치며 그들을 뿌리치고 달려나갔다. 오러의 출력, 그리고 신체 능력 면에서는 오크 히어로와 라곤은 거의 차이가 없다. 하지만 오러를 다루는 기술과 전투의 근간이 되는 격투 능력에 있어서는 상대가 안 된다.

라곤이 흘끔 옆을 바라보니 질리언은 라곤과 달리 셋을 상대로 고전하고 있었다. 셋이서 주변을 돌며 날려대는 공격을 피하느라 정신이 없다.

"우와아아앗!"

실전 경험이 거의 없고 오러를 상대하는 적과 싸우는 것은 아예 처음이었기 때문에 질리언은 정신없이 몰렸다. 하지만 그래도 라곤과 대련을 한 가락이 있어서 그런지 간간이 반격을 하면서 결정적인 위기에 몰리는 것만은 피하고 있었다.

'도와줄 새가 없으니 힘내라.'

라곤은 마음속으로 응원을 보내고는 앞으로 나아갔다.

촤라라라락!

오러 디펜더를 넓게 퍼뜨리자 쓰러진 오크들의 무기가 허공으로 떠올랐다. 보이지 않는 손에 의해 내던져진 것처럼 열일곱 자루의 검과 열한 자루의 창, 그리고 두 자루의 도끼와 다섯 자루의 철퇴가 날아올랐다.

뛰어올라서 그중 창 한 자루를 잡은 라곤은 기합을 내지르며 오러 디펜더를 원형의 충격파로 바꾸어 방출했다.

"하앗!"

주변에 떠올랐던 무기들이 화살처럼 사방으로 쏟아졌다. 근처에 있던 오크들이 거기에 맞고 쓰러지며 비명이 울려 퍼졌다.

그리고 아비규환의 풍경 속에서 라곤은 몸을 앞으로 내던지며 전력을 다해 창을 집어 던졌다.

콰콰콰콰콰!

공기가 찢어지면서 푸른 섬광의 궤적이 그어졌다. 라곤이 노린 것은 블란드의 등을 노리고 달려가던 오크 히어로였다. 뒤늦게 라곤의 공격을 알아차린 오크 히어로가 깜짝 놀라서 뒤를 돌아보았다.

하지만 반응이 늦었다. 주변에 둘러친 오러 디펜더가 찢겨져 나가면서 창이 그 몸을 관통했다. 반발력 때문에 약간 궤도가 틀어지기는 했지만 팔 하나를 통째로 뜯어냈으니 더 이상 신경 쓸 필요는 없었다.

그런 라곤의 뒤쪽에서 도끼를 든 오크 히어로가 달려들었다. 조금 전에 뿌리친 녀석이 자세를 바로잡고 뒤쫓아 온 것이다.

제 딴에는 기습을 가하겠다고 한 것이겠지만 라곤은 처음부터 그의 움직임을 완벽하게 파악하고 있었다. 웅장하기까지 한 일격이 머리 위로 내리꽂히는 순간, 라곤은 슬쩍 옆으로 딱 한 걸음만 움직였다.

"크헝!"

오크 히어로의 외침에는 의문이 섞여 있었다. 하지만 다음 순간 그의 눈이 부릅떠졌다.

도끼가 지면을 후려치자 폭음이 울리며 흙과 돌이 부서져서 흩어졌다. 하지만 그 일격을 날린 오크 히어로는 허공에서 입을 쩍 벌린 채 멈춰 있었다.

"…힘이 남아돈다고 무조건 휘둘러대는 게 좋은 건 아니지."

라곤이 차갑게 중얼거렸다. 그는 뒤도 돌아보지 않은 채 오크 히어로의 일격을 5센티 간격으로 피해냈다. 그러면서 겨드랑이 사이로 검을 뒤로 찔렀고, 거기서 뻗어나간 오러 블레이드가 오크 히어로의 명치를 관통했던 것이다.

오러 블레이드를 거둔 라곤이 앞으로 달려나가는 것과 동시에 오크 히어로의 몸이 폭발했다. 붉은 섬광의 격류가 주변을 휩쓸면서 울부짖는다.

단번에 두 마리의 오크 히어로를 처리해 버리는 라곤의 위용에 오크 히어로들이 다 경악해서 멈춰 섰다. 아니, 아군조차도 믿을 수 없다는 듯 그를 주목하고 있었다.

"젠장. 역시 괴물 같은 인간이야."

세 명을 상대로 힘겨운 싸움을 계속하던 질리언이 투덜거렸다. 소드 마스터가 된 후에 제일 놀랐던 사실 중에 하나는 라곤은 오러의 출력만 보면 오히려 그보다 아래라는 점이었다. 하지만 그걸 다루는 기술에서 하늘과 땅만큼 차이가 났다.

주변이 경악하든 말든 라곤은 블란드가 정신없이 맞서 싸우고 있는 하라두쿰을 향해 달려갔다. 그 모습에 퍼뜩 정신을 차린 오크 히어로들이 달려들었다.

섬광이 쏟아진다. 섬뜩한 핏빛 섬광들이 라곤의 몸을 갈가리 찢기 위해 날아든다.

라곤은 춤을 추듯 그것을 피해내고, 비껴내고, 받아내고, 반격했다. 절대 과장된 동작을 취하지 않고, 절대 많은 수를 쓰지 않는다. 완벽하게 통제된 효율적인 움직임으로 적을 제압하고 날려 버려서 뿌리친다.

"블란드 경!"

마지막 오크 히어로를 뿌리친 라곤이 외쳤다. 블란드는 그 말을 기다렸다는 듯 오러를 맹렬하게 불태우며 하라두쿰에게로 돌격했다. 하라두쿰의 주변을 떠돌고 있던 마법의 힘이 쏟아지며 그의 오러 디펜더를 두들긴다. 그래도 그는 돌격한다. 불꽃에 그을리고 내장이 진탕했지만 죽음을 각오한 것처럼 나아가며 거대한 녹색 오러 블레이드를 찌른다.

파아아아아아!

그의 오러 블레이드가 하라두쿰의 방어막과 충돌했다. 섬광이 울부짖으면서 겹겹이 둘러쳐진 방어막이 꿰뚫린다. 완전히 꿰뚫지는 못했지만 그 여파로 방어막에 거미줄 같은 금이 가기 시작했다.

'끝이다!'

그 순간, 그 위쪽으로 솟구친 라곤이 금 간 유리처럼 약해진 방어막을 향해 고속 회전하는 오러 블레이드를 전심전력으로 내려쳤다.

콰창!

눈앞이 새카맣게 물들었다.

5

'뭐지?

라곤은 한순간 상황을 파악할 수 없었다.

완벽한 공격이었다. 블란드가 부상을 각오하고 하라두쿰에게로 돌격해서 그 마법을 소진시키고 방어막을 약화시키는 순간, 라곤이 오러 블레이드를 내려치는 것만으로도 승부가 났어야 했다. 라곤은 그 순간 분명히 하라두쿰의 표정이 경악으로 물드는 것까지 보고 있었다.

그런데 다음 순간 시야가 암흑으로 물들면서 잠깐 의식이 날아갔다. 상황을 반추하던 라곤의 감각이 원래대로 회복되면서 주변의 소리가 한꺼번에 쏟아져 들어왔다.

"으윽……."

라곤은 자신이 쓰러져 있다는 사실을 알고 깜짝 놀랐다. 팔은 강렬한 충격을 받은 듯 얼얼하고, 내장이 진탕돼서 당장에라도 속에서 뭔가가 올라올 것 같았다.

'뭐가 어떻게 된 거야?

라곤은 오러 디펜더를 전개하며 일어났다. 주변을 보니 그의 오러 디펜더가 그려낸 궤적이 보였다. 아마 쓰러지면서도 반사적으로 오러 디펜더를 전개해서 적들의 접근을 막은 모양이다.

일어난 그의 눈에 기이한 광경이 보였다. 하라두쿰을 둘러싸고 있던 오크들이 천천히 좌우로 갈라진다. 모여 있던 수천의 오크가 일제히 양쪽으로 갈라지는 광경은 놀랍다 못해 전율이 일 정도였다.

두근.

심장이 뛰기 시작한다.

터무니없이 불길한 뭔가가 다가오고 있다는 생각을 지울 수 없었다. 전설 속에 나오는 기적에 의해 갈라진 바다처럼 길을 튼 오크들 사이에서 그의 상상을 초월하는 뭔가가 나타날 것만 같았다.

"라곤 경, 괜찮나?"

그때 블란드의 목소리가 들려왔다. 그 역시 바짝 긴장하고 있다는 것을 알 수 있었다.

라곤은 고개를 끄덕이면서도 오크들에게서 시선을 떼지 않았다. 갈라진 오크들 사이로 뭔가가 걸어오는 게 보였다. 그 모습을 본 순간 라곤은 오싹함을 느꼈다.

'저건……'

전신을 새카맣게 두른 존재가 걸어오고 있었다.

그것은 마치 악몽 속에서 현실로 튀어나온 존재 같았다. 새카만 갑옷으로 몸을 두르고 얼굴을 완전히 가리는, 커다란 붉은 눈을 가진 마물의 머리를 형상화한 듯한 검은 투구를 쓰고 안쪽이 피처럼 새빨간 검은 망토를 펄럭인다. 그 주변으로 공간을 아지랑이처럼 일그러뜨리는 검은 기운이 뿜어져 나오고 있었다.

블란드가 신음처럼 중얼거렸다.

"검은 오러라니…… 말도 안 돼."

소드 마스터들이 발현하는 오러의 색깔은 세 가지다. 푸른색, 녹색, 붉은색.

그런데 지금 모습을 드러낸 저 검은 존재는 밤의 어둠으로부터 추출해 낸 듯한 검은 기운을 뿜어내고 있었다. 그리고 그 기운은 두 사람이 감지하기에는 틀림없이 오러였다.

라곤이 기억 속에서 한 가지 사실을 끄집어내고 물었다.

"검은 오러, 아주 없었던 건 아니지 않습니까? 17년 전 바이더스 제국에서……."

"칠흑의 악마 베이런?"

블란드가 신음처럼 대답했다.

그것은 너무나도 유명한 이야기였다. 대륙 최대의 영토를 가진 북부의 바이더스 제국, 그 거대한 나라 전체를 공포에 떨게 만들었던 단 한 명의 남자.

당시 제국이 보유했던 소드 마스터 30명 중 17명을 참살하고 수천 명의 제국민을 학살했던 그의 이름은 베이런 크로네스. 역사상 유일한 검은 오러를 가진 소드 마스터였으며, 공식적으론 결코 인정되지 않지만 사상 최강의 소드 마스터로 불리기도 하는 존재다.

하지만 그는 분명 17년 전에 제국군에게 잡혀서 처형당한 것으로 알려져 있었다. 그렇다면 지금 그들을 향해 걸어오는 저 존재는 베이런 크로네스와 같은 힘을 가진 존재란 말인가?

마침내 흑기사가 그들로부터 30미터 떨어진 곳에서 멈춰 섰다. 지금이 전쟁 중이라는 것을 믿을 수 없을 정도로 조용한 정적 속에서, 그가 얼굴을 완전히 감싸는 투구 속에서 중저음으로 울리는 목소리로 입을 열었다.

"하라두쿰 공, 제가 분명히 당부하지 않았습니까. 리할드 왕국군을 너무 얕봐서는 안 된다고."

그는 라곤과 블란드를 완전히 무시한 채 하라두쿰에게 말했다. 하라두쿰은 벌레 씹은 표정으로 대꾸했다.

"잠깐 방심했을 뿐이오. 우리가 저 도시를 함락시키는 것은 시간문제였소이다."

"한순간의 방심이 목숨을 앗아갈 수도 있지요. 하이오크 삼귀장인 당신이 전사하기라도 하면 프로토 오크의 제국 건설은 요원해집니다. 잘 알고 계실 텐데요."

"크으……."

"앞으로는 조심해 주시길 바랍니다. 아직 몸이 완전하지도 않은 분이 무리하시면 곤란하지요. 그래서 두 분이 깨어날 때까지 느긋하게 기다리시라고 했던 것인데……."

"더 이상 말하지 마시오, 흑기사. 지금 중요한 것은 그게 아니지 않소?"

하라두룬이 책임이 추궁당하는 것이 불쾌한 듯 그의 말을 막았다. 흑기사는 어깨를 으쓱하고는 고개를 끄덕였다.

"그야 그렇긴……."

그의 말은 끝까지 이어지지 못했다. 그 순간 블란드가 단숨에 30미터의 거리를 격하며 달려들었기 때문이다. 위축되었던 녹색 섬광이 엄청난 기세로 뿜어지면서 거대한 오러 블레이드가 흑기사를 후려쳤다.

콰아아아아!

폭발하는 섬광 속에서 블란드는 경악했다. 녹색 오러 블레이드에 정통으로 격중당한 흑기사가 그 자리에서 미동도 하지 않은 채 자신을 바라보고 있는 게 아닌가? 남자의 주변에는 짙은 어둠의 윤곽이 떠올라 있었는데 블란드의 오러 블레이드는 그것에 막혀서 흩어지고 있었다.

흑기사가 붉은 괴물의 눈 너머에서 블란드를 바라보았다. 순간 블란드는 그가 투구 속에서 웃는 듯한 착각을 느꼈다.

"어리석군. 그저 뿌려댈 뿐인 저급한 힘. 역시 네놈들은 질이 너무 낮아."

그의 중저음의 목소리가 또렷하게 귓가를 파고들었다. 그리고 그의 팔이 전광석화처럼 움직이며 블란드의 눈앞으로 새카만 궤적이 달려들었다.

콰아아아앙!

폭음과 함께 블란드의 몸이 뒤로 튕겨 나갔다. 땅에 착지한 그가 내장이 진탕하는 충격에 울컥 피를 토했다.

"호오."

그를 날려 버린 흑기사가 재미있다는 듯 탄성을 흘렸다. 그 앞에는 푸른 오러 블레이드를 전개한 라곤이 잔뜩 굳은 표정으로 서 있었다.

"재미있군."

방금 전 그는 블란드를 두 동강 낼 생각이었다. 힘만 넘치는 블란드는 그의 공격을 막을 생각조차 하지 못한 채 눈을 부릅뜰 뿐이었고, 라곤이 끼어들지 않았다면 그대로 썰렸을 것이다.

'터무니없이 강해.'

라곤은 흑기사를 보며 식은땀을 흘렸다. 검을 들고 서 있긴 하지만 그 역시 내장이 진탕하는 충격을 어떻게든 흩어뜨리느라 제대로 움직일 수가 없었다.

흑기사가 날린 검은 궤적은 물론 오러 블레이드였다. 허공에 갑자기 새카만 오러 블레이드가 나타나서 블란드를 베어 갔던 것이다. 블란드의 오러 블레이드가 종잇장처럼 찢겨 나가고, 그 앞에 끼어든 라곤의 오러 블레이드 역시 간단히 해체되었지만 그 순간 라곤은 오러 블레이드를 맹렬하게 회전시켜서 그 공격을 튕겨내는 데 성공했다.

흑기사가 웃으면서 말했다.

"라곤 클란드. 만나고 싶었다."

"뭐?"

그 말에 라곤이 깜짝 놀랐다. 이 괴물 같은 작자가 자신을 알고 있단 말인가?

흑기사가 말을 이었다.

"몇 번이나 우리 계획을 망쳐 놓으며 활약했더군. 보고를 들을 때마다 너를 만나보고 싶은 마음이 강해졌지."

"당신은 누구지?"

"글쎄, 그런 것을 궁금해하기 전에 좀 더 즐겨보지 않겠나? 회전기를 터득한 녀석도 간만에 보거든. 오크들은 머리가 나빠서 가르쳐 줘도 좀처럼 못하는데. 어디 한번 더 막아봐라."

흑기사가 가볍게 손짓을 한 번 했다. 그러자 다시금 허공에서 검은 오러 블레이드가 나타나서 라곤을 노렸다. 소드 마스터의 감각을 기준으로 해도 터무니없이 빠른 속도에 라곤은 죽을 각오로 방어를 시도했다. 오러 디펜더를 한 점으로 응축시키면서 옆으로 회피, 혼신의 힘을 다해서 그 옆을 후려쳤다.

콰아아아아아아!

폭음과 함께 라곤의 몸이 옆으로 주르륵 밀려났다. 그 모습을 본 남자가 흥이 난다는 듯 중얼거렸다.

"정말 멋지군. 회전기를 확실히 터득했어."

남자의 말에 라곤은 섬뜩함을 느꼈다. 그의 말은 라곤이 발휘하는 힘의 비밀 중 하나를 꼬집고 있었다.

소드 마스터는 일단 오러를 응축시키고, 밀도 높은 상태를 유지하면서 변형시키거나 강력한 기세로 분출하는 법을 연습한다. 여기서 얼마나 자유자재로 변형시켜 가며 싸울 수 있는가가 소드 마스터의 강함을 결정한다.

현대의 소드 마스터의 능력은 거기까지다. 하지만 라곤은 과거의 기록들을 뒤져서 하나의 기술을 더했다. 바로 오러 블레이드를 고속으로 회전시켜서 적은 힘으로도 강력한 파괴력을 발휘하는 기술이다. 지금 라곤의 검을 감싼 오러 블레이드는 검신을 축으로 고속으로 회전하고 있었다. 이 회전과 힘의 규모를 키워 극대화시킨 기술이 바로 스파이럴 차징이다.

흑기사가 물었다.

"하나 묻지. 넌 소드 마스터가 된 지 얼마나 되었지?"

"…1년 4개월이다."

라곤은 조금이라도 상대를 파악할 시간을 얻기 위해 대답해 주었다. 그 말에 검은 남자가 감탄했다.

"아직 2년도 채 안 됐단 말인가? 역시 대단한 재능이야. 귀족 출신이 아니면서 소드 마스터가 됐다는 장점을 아주 잘 살리고 있어."

"당신은 도대체 뭐지?"

라곤은 정말로 놀라서 되물었다. 라곤의 출신 성분에 대해서 아는 것은 전혀 놀랄 게 없다. 하지만 그의 말은 라곤이 다른 소드 마스터들을 상대로 갖고 있던 우월감의 정체를 짚고 있지 않은가?

흑기사가 웃음 섞인 목소리로 말했다.

"아직 넌 그걸 알 자격이 없다. 좀 더 네게 경의를 표하고 싶은 마음이 들게 만들어보거라."

라곤의 눈앞에서 그가 불길한 검은 오러를 진동시키기 시작했다. 그러자 그의 허리춤에 매달려 있던 검이 저절로 뽑혀져 나온다.

스르룽.

그 칼날조차도 어둠을 입혀놓은 듯 새카맣다. 모든 것이 새카만 가운데 괴물 형상의 투구에 달린 두 개의 눈만이 붉은 빛을 발하고 있었다.

그는 검을 쥐고 말했다.

"영광으로 알아라. 내가 검을 직접 쥐고 상대할 가치를 인정한 것은 자그마치 17년 만에 네가 처음이니라."

라곤은 그 말이 의미하는 바를 깨닫고 전율했다. 하지만 미처 뭐라고 하기도 전에 그의 검이 휘둘러졌다.

폭음이 울리며 라곤의 몸이 수십 미터나 뒤로 날아가 버렸다. 중단을 노리고 날아드는 어둠의 칼날을 막아내는 순간, 엄청난 충격과 함께 튕겨 나간 것이다.

오러 디펜더를 회전시키며 그 충격을 상쇄시킨 라곤은 오크들 사이에 멈춰 섰다. 그리고 경악했다.

파학!

밀려난 라곤의 뒤를 따라오던 검은 남자가 장난처럼 휘두른 검격이 블란드를 가르고 지나갔다. 피보라가 일어나면서 어깨부터 옆구리까지를 완전히 베인 블란드가 무너져 내린다. 천천히 걸어오는 검은 남자의 뒤쪽에서 블란드의 오러가 폭주하면서 진녹색 빛의 폭풍이 휘몰아쳤다.

라곤은 블란드의 죽음에 분노하기보다 다른 사실에 충격을 받았다. 그것은 바로 블란드를 베어버린 검은 오러 블레이드였다.

'회전하고 있지 않아.'

라곤이 회전기를 터득한 것을 칭찬한 주제에 그 자신은 그런 기술을 사용하고 있지 않다. 곰곰이 생각해 보니 방금 자신을 덮친 공격 역시 마찬가지였다. 그런데도 회전기를 사용하는 라곤이 형편없이 밀려나다니, 도대체 어떤 비밀을 감추고 있단 말인가?

그사이 20미터 앞쪽까지 다가온 남자가 검을 내려쳤다. 검은 칼날이 공간을 격하고 라곤을 후려친다. 라곤은 가까스로 그것을 비껴내고는 그를 향해 달려들었다.

그러자 곧바로 다음 공격이 이어진다. 허리를 끊어놓을 듯한 검격이 라곤을 후려치고, 라곤은 그것을 받아내면서 옆으로 주르륵 밀려난다.

다음 순간 라곤이 그 충격을 흩어내면서 대각선으로 달려

나갔다. 그리고 혼신의 힘을 다해 남자를 향해 검을 내려쳤다.

……아아아!

라곤은 자신의 의식이 잠시 끊겼다는 사실을 깨달았다. 오러 블레이드끼리 맞부딪칠 때의 폭음은 끝날 때의 울림만 들려오고 그의 몸은 수십 미터 허공을 날고 있었다.

'이런… 말도 안 되는…….'

도대체 어떤 마술을 부렸기에 상대방은 제자리에서 미동도 하지 않는데 이쪽만 이렇게 일방적으로 날아가 버린단 말인가? 서로 똑같이 오러의 힘을 사용하고 있는데 도대체 어떻게!

우우우웅…….

충격을 흩어내면서 겨우 지상에 착지한 라곤의 귀에 거슬리는 소리가 들려왔다. 라곤은 아까부터 들려오던 그 소리에 이상한 느낌을 받으며 흠칫했다.

그때 질리언이 라곤의 앞을 가로막고 섰다. 그가 검은 남자를 노려보며 물었다.

"라곤 경, 괜찮습니까?"

"괜찮아. 으윽."

근육이 비명을 지르고 있었다. 오러 디펜더로 버텨내고 흩어버렸지만, 검은 남자가 가한 공격은 확실하게 그의 육체에 타격을 입혔다. 움직이는 것조차 쉽지 않았다.

질리언이 말을 이었다.

"일단 후퇴하죠. 이런 말 하긴 싫지만… 저건 도저히 사람 같지 않은 괴물이군요. 다른 사람도 아니고 라곤 경을 어린애처럼 갖고 놀다니, 절대 상대할 수 없어요."

"도망갈 수 있을 리가 없지. 우리가 후퇴하는 순간이 성벽이 무너지는 순간이야."

라곤이 단언했다. 그 말에 질리언이 쓴웃음을 지었다.

"…그렇군요."

소드 마스터조차 어린애 취급하는 악몽 같은 존재다. 그런 존재를 여기서 막지 못하면 너덜너덜해진 오디어의 방어 주문과 성벽 따위는 한순간에 돌파당할 것이다.

라곤이 몸을 일으키며 말했다.

"질리언, 성으로 돌아가서 전 병력을 후퇴시켜."

"네?"

"지금 이대로는 승산이 없어. 일단 오디어를 주고 물러나서 전력을 모아야 해."

"패배를 인정하자는 말입니까?"

"그럴 수밖에 없어."

라곤은 그렇게 말하며 앞으로 나섰다. 질리언이 물었다.

"라곤 경은 어쩌려고요?"

"그야……."

라곤은 심호흡을 한 번 해서 몸의 통증을 몰아내며 대답했다.

"저놈을 막아야지."

"……."

질리언은 라곤이 여기서 희생할 각오를 다졌다는 사실을 깨달았다. 어차피 도망칠 수는 없다. 저 괴물같이 강한 남자는 라곤을 표적으로 정했고, 도망치는 것을 용서하지 않을 것이다.

하지만 그 사실을 이용하면 질리언은 도망치게 할 수 있을 것이다. 그리고 오디어의 병력과 시민들도 살릴 가능성이 생긴다.

"라곤 경……."

"질리언, 넌 이미 뭐가 현명한 선택인지 알고 있잖아."

질리언의 마음에 남은 미련을 잘라내듯 라곤이 돌아보지 않은 채로 말했다. 그 말에 질리언이 입술을 깨물었다.

"알겠습니다. 무운을."

질리언은 무겁게 고개를 끄덕이고는 몸을 돌리지 않은 채로 질풍처럼 뒤로 물러나기 시작했다. 흑기사는 질리언은 안중에도 없다는 듯 라곤과 그의 대화가 끝나고 그가 물러나는 것까지 그냥 수수방관하고 있었다.

그 태도에 당황한 것은 하라두쿰이었다. 그가 당황해서 외쳤다.

"흑기사! 왜 쫓지 않나!"

"뭐, 그건 알아서 하시죠."

"뭐라고?"

"애당초 이 전투에 나올 예정도 없었습니다. 그냥 구경이나 할 생각이었는데 당신이 위험하니까 나온 거죠. 이 애송이가 재미있어 보여서 남았을 뿐, 이 전투의 결과가 어떻게 나오든 제가 책임질 바는 아닙니다. 그건 당신의 몫."

흑기사라 불린 남자는 시큰둥한 목소리로 말했다. 그 목소리에서 라곤은 지독한 경멸과 권태를 엿볼 수 있었다. 이 남자는 지금 주변의 모든 것이 참을 수 없을 정도로 시시하고 지루한 것이다. 오로지 라곤만이 그의 흥미를 끄는 유일한 존재였다.

그 말에 하라두쿰은 말문이 막혀서 표정을 험악하게 일그러뜨렸다. 아마 둘 사이에는 알 수 없는 앙금이 있는 것 같았다. 아니, 그전에 도대체 무슨 관계인지조차 좀처럼 감이 잡히지 않았다.

'하긴, 그게 중요한 게 아니지.'

라곤은 그렇게 생각하며 한 걸음 앞으로 나섰다. 그리고 검을 들지 않은 왼손으로 얼굴을 감쌌다. 그 모습을 본 흑기사가 말했다.

"여기서 죽을 각오라……. 그거 좋지. 네 모든 힘을 다해서 덤벼봐라. 나를 조금이라도 즐겁게 해준다면 그 목숨을 부지할 수 있을지도 모르니."

"무슨 신이라도 되는 것처럼 말하는군."

라곤이 으르렁거리는 목소리로 말했다. 그리고 눈을 빛내며 말을 이었다.

"목숨을 도외시한 소드 마스터의 힘, 보여주지."

그리고 그의 몸을 감싸고 어마어마한 오러의 파동이 일어나기 시작했다.

6

마치 푸른빛의 해일이 몰아치는 것 같았다. 이제까지와는 비교도 안 되는 기세로 분출된 빛이 허공의 한 점으로 모여들더니 지름 3미터 이상의 빛의 기둥으로 화한다. 그러더니 맹렬하게 소용돌이치면서 20미터 이상의 길이로 뻗어나갔다.

오크들은 그 비현실적인 광경 앞에 압도되어 다들 굳어버렸다. 그 앞에서 빛의 근원에 선 라곤이 검을 휘둘렀다. 그 궤적을 따라 소용돌이치는 거대한 빛기둥이 움직이는 것을 본 오크들은 모두 경악했다. 그것이 오러 블레이드라는 사실을 깨달았기 때문이다.

쿠아아아아앙!

빛이 폭발했다. 솟구치는 어둠을 사정없이 분쇄하면서 빛기둥이 작렬, 수십 미터의 지면을 통째로 뜯어내면서 질주한다. 인간을 수천 번도 더 산산조각 낼 수 있을 것 같은 파괴력이었다.

그 뒤에서 라곤이 달려들었다. 마치 이 정도로는 적이 꿈쩍도 하지 않을 것을 안다는 듯이.

과연 섬광을 뚫고 흑기사가 뛰쳐나왔다. 그는 새카만 오러 블레이드를 날려서 라곤이 발하는 섬광을 지워 버렸다. 해일처럼 쏟아지던 오러 블레이드가 좌우로 갈라지면서 라곤의 정수리로 어둠이 내리꽂힌다.

다음 순간 라곤의 몸이 흐릿해지며 사라졌다. 흑기사의 시선이 오른쪽으로 향한다. 빛의 파문을 그려내며 엄청난 속도로 옆으로 뛰쳐나갔던 라곤이 다시 디딘 지면을 폭발시키며 달려들고 있었다. 그 속도는 인간들도 오크들도 눈으로 따라갈 수 없을 정도였다.

콰아아아아아앙!

다시 내려쳐진 어마어마한 오러 블레이드가 폭발했다. 주변에 있던 오크 수십을 한꺼번에 쓸어버리며 작렬하는 그 섬광 속에서 너무나도 미세해 보이는 검은 선 하나가 솟구쳤다. 그리고 그곳을 중심으로 빛의 격류가 좌우로 갈라지면서 흑기사가 걸어나왔다.

그 앞에서 라곤이 가장 자신있는 카드를 꺼내 들었다. 그의 오러 블레이드와 오러 디펜더가 하나로 얽혀서 맹렬하게 회전하기 시작했다.

후우우우우우우!

'스파이럴—'

빠르게, 더 빠르게, 질풍보다도 빠르게, 번개보다도 빠르게, 미칠 듯이 빠르게 소용돌이치며 공간을 깎아낸다. 어느 순간 그 회전이 임계점에 도달하며 라곤의 앞쪽으로 기사의 랜스처럼 기다란 원뿔형 오러 블레이드가 돌출되었다.

그 순간 라곤이 땅을 박찼다. 그 발 구름의 충격에 지면이 터져 나가며 그 몸이 한줄기 섬광으로 화했다.

'—차징!

흑기사는 피하지 않았다. 라곤이 힘을 끌어올리고, 가속시키는 것을 빤히 보면서도 양팔을 벌린 채 맞이할 준비를 하고 있었다. 라곤이 가진 모든 것을 받아들여 주겠다는 듯이.

콰아아아아아!

빛이 폭발했다. 라곤이 있던 자리부터 흑기사가 있던 자리까지 거대한 빛의 벽이 분출되고 그 충돌 점에서 원형으로 퍼져 나간 충격파가 주변을 휩쓸었다. 가까이 있던 오크들은 그것만으로도 몰살, 멀리 있던 자들도 버텨내지 못하고 장난감처럼 날아가거나 그대로 우수수 쓰러져서 땅을 굴렀다.

쿠구구구구…….

그러나 그 신화적인 격돌의 결과는 너무나도 무덤덤했다. 흑기사는 그 자리에 서 있었고, 라곤은 그의 앞에 검을 겨눈 채 멈춰 있었다.

"…이것도 안 통하는 건가."

숨이 거칠어진 라곤이 투덜거렸다. 흑기사의 앞쪽에는 검은 오러의 장벽이 진동하며 둘러쳐져 있었고, 라곤의 스파이럴 차징은 그 지점에 도달하는 순간 더 이상 나아가지 못하고 막혀 버렸다.

흑기사가 그런 라곤을 내려다보며 말했다.

"어그레시브 오러 모드."

"……"

"좋아. 대충 기본기는 다 갖추고 있다고 봐도 되겠어."

그는 라곤의 힘이 폭증한 이유를 정확하게 짚어내고 있었다.

어그레시브 오러 모드.

그것은 소드 마스터가 목숨을 도외시할 때만 발휘할 수 있는 힘이다.

원래 소드 마스터가 가진 오러의 힘은 오러 블레이드에 2할, 오러 디펜더에 8할 정도가 할애된다. 오러 디펜더는 소드 마스터를 지키고 주변을 휩쓸며, 동시에 그 육체가 초인적인 힘을 발휘하도록 해주는 안전장치이기도 했다.

육체 자체는 보통 인간과 크게 다르지 않은 소드 마스터가 엄청난 파괴력을 발휘하고도 그 반동을 견뎌낼 수 있는 이유는 오러 디펜더 덕분이다. 오러 디펜더는 몸 안에서 뼈와 근육을 받쳐 주는 역할을 수행한다. 그렇기에 괴력을 발휘하고도 뼈와 근육이 무사할 수 있고, 엄청난 파괴력을 작렬시키고도 그 반동을 견뎌낼 수 있는 것이다.

어그레시브 오러 모드는 그 힘의 비율을 바꾼다. 몸을 지켜주던 오러 디펜더의 힘을 빼내어 공격력으로 전환한다. 그렇게 되면 오러 블레이드는 더더욱 강해지고, 육체 능력 또한 압도적으로 증폭되는 것이다.

물론 그 대가는 크다. 공격을 할 때마다 엄청난 반동이 몸에 걸리며 신체가 망가져 간다. 라곤은 이 짧은 시간 동안 몇 번의 공격을 가한 것만으로도 몸이 갈가리 찢겨지는 듯한 고통을 느끼고 있었다.

흑기사가 말했다.

"하지만 네가 휘두르는 힘이 아무리 커져도 나와의 격차는 좁혀지지 않는다. 그걸 깨닫지 못할 정도로 어리석지는 않을 것 같은데?"

"그래, 그렇겠지…….."

라곤은 고개를 끄덕였다. 흑기사의 말대로였다.

어그레시브 오러 모드로 들어가서 엄청난 출력으로 공세를 퍼부었는데도 적은 터럭 하나 상하지 않았다. 이 차이는 힘의 크기가 아니고, 그것을 다루는 기술의 차이다. 오러를 다루는 기술의 수준이 수십 단계 정도는 차이 나는 것 같았다.

"그럼 나도 당신과 같은 방식으로 싸우는 수밖에."

"뭐?"

"회전 다음에는 진동, 새로운 사실을 알려준 것에 감사한다."

그렇게 말하는 라곤의 오러 블레이드가 변화했다. 크기가 다시 3미터 정도까지 줄어들면서 회전이 멈춘다. 대신 처음보다 훨씬 또렷하게 울리는 공명음이 울려 퍼지기 시작했다.

우우우우우웅…….

"아까부터 당신의 오러를 보며 생각했어."

라곤이 흑기사를 똑바로 노려보며 말했다.

"내 회전기를 칭찬하면서도 그것을 쓰지는 않는다. 그러면서도 어째서 이쪽을 압도할 수 있는가."

"……."

"정답은 이거지. 고밀도로 응축시킨 오러를, 미세한 간격으로 초고속 진동시킨다."

라곤은 흑기사가 발휘하는 비정상적인 힘의 비밀을 풀어냈다. 회전 이상으로 오러의 힘을 증폭시키는 운용 방식, 그것은 바로 초고속 진동이었다.

지금 이 순간 라곤의 오러 블레이드는 1센티 정도의 폭으로 초당 1천 번 가까이 진동하고 있었다. 그것을 제어하느라 머리가 아플 지경이다. 그런데도 익숙하지 않아서 진폭과 진동 속도가 불안정하게 들쭉날쭉했다.

"하하하. 훌륭하군. 이거 너무 아쉬운데……."

흑기사가 웃었다. 라곤이 무슨 의미냐는 물음이 담긴 시선을 보내자 그가 말했다.

"10년쯤 후에 만났더라면 정말 좋은 대결을 할 수 있었을 것 같아서 하는 말이야. 하라두쿰 공이 위험에 처하지만 않았어도 좀 더 숙성시켰다가 요리해 먹을 수 있었을 것을. 이후 대업을 성취할 때까지 너처럼 좋은 소재가 내 앞에 나타날지 모르겠군."

흑기사는 그렇게 말하며 손을 들었다. 그가 손가락으로 투구의 목 옆쪽을 깊게 누르자 쉬쉬식 하는 소리와 함께 투구가 접혀서 해체되더니 갑옷과 결합되었다. 그리고 그 속에서 회색 머리칼에 붉은 눈동자를 가진 남자의 얼굴이 나타났다.

"내 소개를 하지."

30대 중반 정도로 보이는 남자는 검을 들어 올리고 정중하게 기사의 예를 올렸다.

"나는 베이런 크로네스."

그 이름을 듣는 순간 라곤은 불길한 예감이 맞아떨어졌다는 것을 알았다. 17년 전에 죽었다고 알려진 사상 최강의 소드 마스터가 지금 그를 죽이려 하고 있는 것이다.

"지금은 이름을 밝힐 수 없는 주군을 모시는 기사다."

"나는 라곤 클란드."

라곤은 그와 똑같이 기사의 예를 취하며 말했다.

"클란드 백작이며, 리할드 왕국의 국왕 프란 비 리할디스를 섬기는 기사다."

라곤은 그러는 한편 뒤쪽으로 감각을 확장해서 상황을 살폈다. 오크들의 신경은 라곤과 베이런의 대결에 못 박혀 있었고, 그러는 동안 오디어에서는 사람들이 바쁘게 도망치고 있었다. 이대로 조금이라도 더 시간을 끄는 것이 그가 할 일이다.

'후후, 살아남을 생각을 버리고 싸우는 날이 또 오다니, 소드 마스터가 된 후로는 영원히 그런 날이 오지 않을 것 같았는데……'

소드 마스터가 되기 전에는 세상 전부가 지옥으로 보였다. 언제나 전쟁이 있는 곳에 있었고 살아남기 위해 필사적으로 발버둥쳤다. 옆에서 농담을 주고받던 이가 몇 시간 후에는 시체로 변해 있는 상황을 수십 번도 더 겪으면서 언제나 죽음을 의식하고 살아야 했다.

누구도 자신의 목숨을 보장해 주지 않는다. 운명의 신은 잔혹하고, 인간의 목숨은 벌레처럼 하찮다. 여름밤, 불을 향해 뛰어드는 부나방처럼 언제라도 스러질 수 있는 작은 불꽃.

그렇기에 태양처럼 눈부신 빛을 가진 자들을 동경했다. 그리고 가혹한 시련의 시간을 견뎌내고 그런 존재가 되었을 때, 자신이 동경했던 것들이 빛을 잃은 것을 보며 서글퍼했었다. 지독한 권태에 빠진 채 그동안 죽 바라왔던 현실의 행복을 손에 넣음으로써 스스로를 위로하려 했다.

하지만 그런 오만도 여기까지다. 자신이 살아온 지옥에 가치가 있다면, 그런 삶을 통해 누군가는 평화를 누릴 수 있었다는 것이다. 그것이 그에게 주어진 유일한 보상이었다. 그렇기에 라곤은 이 자리에서 스스로를 희생할 각오를 굳힐 수 있었다.

"자네 이름을 잊지 못할 것 같군."

흑기사 베이런은 아쉽다는 듯이 말했다. 그리고 너무나도 자연스럽게 한 발짝 앞으로 나서며 검을 내려쳤다. 허공에 그려지는 검은 궤적이 라곤의 몸을 베어간다.

파아앙!

라곤의 검이 그의 검격을 맞받는다. 푸른 오러 블레이드가 어둠에 찢겨 흩어진다.

"커헉!"

두 번 더 공격을 받아낸 라곤은 내장이 진탕하는 충격 속에서 피를 토하고 말았다. 검에 몸을 지탱한 채 주저앉은 라곤을 베이런은 여유있게 바라보았다.

'진동수 차이가 너무 커……'

라곤은 세 합을 겨뤄본 끝에 깨달았다. 똑같이 진동의 묘리를 사용한다고 해도 그 숙련도에서 너무 큰 차이가 난다. 베이런의 오러 블레이드는 완벽할 정도로 일정한 리듬, 일정한 폭으로 진동하고 그 속도는 적어도 수만 번 이상은 되는 것 같았다.

베이런은 라곤이 비틀거리며 일어나자 기다렸다는 듯 다

시 검격을 날렸다. 라곤은 이를 악물고 그것을 받아냈다. 오러 블레이드와 오러 블레이드가 서로 맞닿는 순간, 오러 디펜더를 변형시키며 그것을 흘려낸다. 라곤의 오러 블레이드의 한쪽 면이 통째로 뜯겨 나가듯이 흩어졌지만 라곤 자신은 충격을 받지 않았다.

"하앗!"

기합과 함께 거리를 좁힌 라곤의 일격이 베이런의 허리를 노린다. 베이런은 여유있게 그것을 받아낸다. 진동수에서 압도적인 차이가 나는 이상, 닿는 순간 라곤은 자멸할 것이다.

그러나 라곤은 그의 예상과는 다르게 움직였다. 검의 궤적이 갑자기 교묘하게 바뀌는 것이 아닌가? 검의 궤도가 바뀌는 것과 동시에 오러 블레이드가 세 개로 갈라져서 상, 중, 하단을 동시에 노렸다.

"호오!"

베이런이 감탄하며 오러 디펜더로 그것을 막아냈다. 하지만 그 뒤쪽에서 아슬아슬한 시차로 라곤의 검이 하단을 쓸어간다.

베이런이 처음으로 땅에서 발을 뗐다. 그가 도약하자 라곤이 땅에서 주운 돌멩이에 오러를 실어서 집어 던졌다. 베이런이 그것을 쳐내는 짧은 순간, 그의 주의가 잠깐이나마 흩어진 찰나를 노려서 시야의 사각을 노리고 뛰어들며 오러 블레이드를 날렸다.

휘리리리릭!

일곱 줄기로 갈라진 오러 블레이드가 채찍처럼 휘어지며 꿈틀거린다. 날카로운 소리와 함께 예측하기 어려운 복잡한 궤도를 그리며 날아들었다.

베이런은 전광석화 같은 검격으로 세 개를 뿌리치고, 오러 디펜더를 변형시켜 나머지를 받아냈다. 그런데 그 너머에는 라곤의 모습이 없었다. 라곤은 오러 블레이드를 페인트로 날리면서 오러 디펜더를 이용해 공중에서 한 번 더 도약, 베이런의 뒤를 잡고 결정적인 검격을 날린 것이다.

콰창!

라곤과 베이런이 서로 반대방향으로 튕겨 나갔다. 땅에 내려선 베이런이 경이로워하며 말했다.

"정말 대단하군. 검투 능력으로만 보면 오히려 나보다도 위라는 건가?"

일대일에서 한순간이라도 그를 압도한 존재는 소드 마스터가 된 이래로 단 한 명도 만나지 못했다. 제국에서도 100명의 마법사와 100명의 사제가 짜낸 대규모 봉마진에 사로잡힌 것이지 무력으로 패배한 것이 아니었다.

그런데 라곤은 손도 발도 쓸 수 없는 상황에서 한순간이나마 그를 압도했다. 방금 전 일격을 그는 따라가지 못했다. 온몸을 두른 고밀도 오러 디펜더가 진동하면서 튕겨냈을 뿐이다. 그와 라곤의 오러 진동수가 동급이었다면 분명 목이 날아갔을 터.

라곤이 쓴웃음을 지으며 말했다.

"크윽, 칼날조차 안 들어가다니, 일반인들이 소드 마스터를 상대할 때 어떤 기분인지 잘 알겠어."

완벽한 일격이었는데 아무런 타격도 주지 못하고 튕겨 나오다니, 설마 이럴 줄은 상상도 못했다.

너무나도 불리한 상황이다. 힘, 속도, 감각 모든 면에서 상대방이 위다. 게다가 이쪽에서 공격해서 상대방이 방어하기만 해도 되레 타격을 받는, 뭘 해도 타격을 받기만 하다가 질 수밖에 없는 상황이라니 이래서야 절망할 수밖에 없지 않은가.

베이런이 말했다.

"너는 경의를 표할 가치가 있는 녀석이다."

후우우우우우…….

짙은 어둠이 일어 오르기 시작했다. 항상 최저한의 규모로만 발현되었던 베이런의 오러 블레이드가 거대하게 타오르기 시작했다.

"그러니 너에게 살아남을 기회를 주지."

베이런이 말함과 동시에 검을 후려쳤다. 빠르다. 라곤은 감각에 의존해서 아슬아슬하게 피했다. 동시에 오러 블레이드를 쏘아내서 원거리에서 그를 노린다.

하지만 베이런은 초진동 오러 디펜더로 그것을 무력화시

키며 앞으로 한 걸음 내디뎠다. 그것만으로도 두 사람 사이의 거리가 한순간에 사라져 버렸다.

라곤은 당황하지 않았다. 그렇게 될 것을 예측했다는 듯 앞차기를 날려서 그의 방어 위를 때리고 그 반동으로 튕겨 나갔다.

파각!

'어……?'

그다음에 일어난 일은 라곤의 예측을 완전히 벗어났다. 라곤은 뒤로 날아가는 순간 등 뒤를 후려갈긴 충격에 비명조차 지르지 못하고 땅에 곤두박질쳤다.

곧바로 일어나야 한다고 생각했지만 몸이 움직이지 않는다. 마취제를 맞은 것처럼 부들부들 떨릴 뿐 일어날 수가 없었다.

그런 그의 앞으로 베이런이 다가왔다. 베이런은 불길한 어둠을 흩뿌리며 말했다.

"내 앞에서 도망치는 것은 불가능하다."

베이런은 그렇게 말하며 라곤의 머리를 쥐고 들어 올렸다. 그 덕분에 시선이 위로 올려진 라곤은 비로소 그의 말뜻을 알 수 있었다.

주변에 온통 어둠의 선이 그어져 있었다. 마치 세상이라는 풍경화 위에 악의를 담아 덧칠해 놓은 것처럼 무수한 어둠의 오러 블레이드가 주변을 둘러싸고 진동한다.

베이런이 진짜 힘을 드러내는 순간 이미 승부는 나 있었던 것이다. 라곤은 타격을 받는 것을 감수하고 그의 초진동 오러와의 반발력을 이용해서 달아나려고 했지만, 베이런은 이미 그를 가둘 완벽한 감옥을 완성해 두고 있었다.

"분하군······."

라곤이 나오지 않는 목소리를 쥐어짜 내어 말했다. 베이런이 물었다.

"패배한 것이 말인가?"

"아니. 하필 지금 당신을 만난 것이. 당신 말대로 10년만 있었으면 당신을 이길 수 있었을 것 같은데."

"확실히 너는 운이 나빴다. 그래서 나는 네게 한번 기회를 주기로 했다."

"…뭐?"

라곤이 깜짝 놀라는 순간이었다. 베이런은 오러의 힘으로 라곤을 허공에 떠워둔 채 품에서 뭔가를 꺼냈다. 작고 둥근 금속제 병이었는데, 그 뚜껑을 여는 순간 거기서부터 격렬하게 꿈틀거리는 백색 스파크가 튀어나왔다.

눈을 크게 뜬 라곤에게 베이런이 악마처럼 속삭였다.

"이것은 내 주군이 만든 '성흔(聖痕)'이라는 것이지."

그가 오러를 세심하게 운용하자 병 안으로 어둠의 기류가 빨려들어 갔다. 그리고 그것에 잡혀 끌려 나오듯이 격하게 꿈틀거리는 백색 스파크가 병에서 빠져나왔다.

"이것을 받은 자는 죽던가, 폐인이 되던가, 아니면 마법사가 된다."

"마법사… 라고?"

"나의 주군은 한 가지 실험을 원하고 계시지. 소드 마스터가 된 자가 마법의 힘을 손에 넣을 수 있는가."

"그런 일이 가능할 리가……."

라곤은 부정했다. 마법과 소드 마스터의 힘은 서로 양립할 수 없다. 인간을 초월한 감각을 손에 넣어 그로써 마나를 사용해 오러의 힘을 손에 넣는 소드 마스터와 달리, 마법사들은 약을 이용해 인위적으로 마나를 인지하고 신체를 개조해 마법 회로를 박아 넣는다. 몸에 마법 회로가 생기는 순간 그 인간은 영원히 소드 마스터가 될 수 없었다.

"그게 상식이지."

베이런이 웃었다.

"하지만 소드 마스터가 된 자에게 실험해 보면 어떨까? 내 주군께선 그 결과를 알고 싶어하셨다. 오크 히어로들에게 실험해 본 결과는 비참했지만 인간 소드 마스터는 또 어떨지 모르지."

동시에 어둠의 기류가 움직였다. 라곤의 의지와는 상관없이 양손이 앞으로 들어 올려진다. 그리고 꿈틀거리던 백색 스파크가 두 갈래로 갈라지더니 라곤의 손등으로 파고들었다.

"……!"

격통이 몰려들어 왔다. 라곤은 비명을 지르기 위해 입을 벌렸지만 소리가 나오지 않는다. 팔을 해부해서 신경을 쥐어뜯는 것 같은 고통이 온몸을 타고 내달린다. 머릿속이 새하얗게 변해 버리는 가운데 라곤은 뭔가가 자신의 손등을 뚫고 몸 안으로 침입해 들어오는 것을 느꼈다.

"…부디 살아남도록 하게. 그러면 자네에게 미래를 보게 해주지."

베이런의 목소리가 먼 곳에서 들려오는 것처럼 아득해진다. 라곤은 움직일 수도 없는 상태로 지옥 같은 고통 속에서 절규했다. 하지만 그것은 누구에게도 들리지 않은 채로 그의 마음속에서만 계속, 어쩌면 영원히 끝나지 않을 것처럼 절망적으로 울려 퍼졌다.

7

불길이 너울거리며 타오른다. 대지를 불태우는 불길로부터 분리된 불씨들이 허공으로 날아서 춤을 추다가 흩어져 간다.

잠시 동안 아무런 소리도 들리지 않았다. 세상은 역동적으로 움직이고 있는데 누군가 나서서 모든 소리를 지워 버린 듯한 그런 광경.

그 비현실적인 상황은 보는 이를 취하게 만들었다. 한동안 그는 아무 생각도 없이 그 광경을 홀린 듯이 바라보고 있었다.

두근.

가장 먼저 돌아온 것은 심장 소리였다.

자신의 심장이 뛰고 있다는 사실을 인지한 순간, 멈춰 있던 시간이 다시 움직이는 것처럼 주변의 소리가 쏟아져 들어오기 시작했다.

갑옷과 장비가 철크럭거리는 소리, 마차 바퀴가 덜컹거리며 굴러가는 소리, 말들이 힘없이 걸어가며 나는 말발굽 소리, 많은 사람들이 힘없는 목소리로 떠들어대는 웅성거림.

그 속에서 라곤은 한 사람을 발견했다. 흰 수염을 길게 기르고 긴 머리를 뒤로 묶어서 늘어뜨린 노인이었다. 그는 누워 있는 라곤의 옆에 앉은 채 눈을 감고 있었다.

라곤은 노인이 누군지 알고 있었다. 자신도 모르게 입술을 달싹였다.

"할로드 경⋯⋯."

그 소리에 노인이 눈을 떴다. 궁정마법사이자 리할드 왕국 마법사들의 정점에 군림하는 대마법사 할로드는 깨어난 라곤을 내려다보며 말했다.

"깨어났군. 상태는 좀 어떤가?"

"아⋯⋯."

"자네는 사흘 하고도 반나절 만에 깨어났네. 참고로 지금

우리는 생존자들과 함께 왕도로 향하는 중이지."

할로드는 곧바로 상황을 설명했다. 오디어가 무너지고 나서 곧바로 카델까지 연파당했다. 바렐의 숲을 중심으로 한 개척도시 세 곳이 모두 오크들의 손아귀에 들어간 것이다.

현재까지 파악된 오크 군단의 숫자는 2만 이상. 세 개의 도시를 점거하기에 충분한 숫자였다. 게다가 아직도 바렐의 숲에서 새로운 오크 병력이 꾸역꾸역 기어나오는 중이라고 한다.

그의 설명을 들은 라곤이 물었다.

"질리언은……?"

"중상일세. 자네보다는 덜하지만."

할로드는 고개를 절레절레 저었다. 적들 중에 나타난 오크 히어로의 숫자는 라곤이 처리한 것들을 제외하고도 20명 이상. 질리언뿐만 아니라 두 명의 소드 마스터가 추가로 투입되었지만 숫자가 너무 차이 나는 데다가 9서클을 사용하는 하라두쿰이라는 마법사의 지원까지 더해지자 도저히 당해낼 수 없었다고 한다.

결국 질리언은 중상, 다른 소드 마스터 두 명 중에서도 한 명이 중상을 입었다.

다행히 오크들은 일단 세 개의 도시를 함락시킨 시점에서 진격을 멈췄다. 덕분에 현재 살아남은 병력이 가까운 크루세스 요새로 후퇴했고, 왕국 각지에서 급파된 지원 병력이 결전을 위해 집결하고 있었다.

상황 설명을 다 들은 라곤이 비로소 자신에 대해 물었다.

"하지만… 저는 어떻게 된 겁니까? 분명히 그때 적들의 손에……."

"내가 구했네. 조금 늦게 도착한 것이 전화위복이 되었던 셈이지."

천공의 궤적을 사용할 수 없는 할로드는 일찍 출발했음에도 불구하고 질리언과 블란드에 비해 몇십 분 정도 늦게 도착했다. 그런데 막 도착했을 때 라곤이 검은 갑옷의 기사에게 기괴한 짓을 당하고 있는 것을 발견, 마법을 난사해서 적들을 혼란에 빠뜨리고 구해온 것이다.

"그렇군요……."

"도대체 자네는 무슨 짓을 당한 건가?"

할로드가 혼란에 빠진 목소리로 물었다. 라곤은 그 순간 정신이 번쩍 들었다.

할로드는 왕국 최강의 전력이라고 할 수 있는 대마법사다. 그런데 왕국이 결전을 준비하며 병력을 한데 모으고 있는 와중에 후방으로 보내질 부상병들의 무리에 껴서 라곤을 돌보고 있다? 이건 이치에 맞지 않는다. 분명히 그래야만 하는 이유가, 아마도 라곤 자신의 상태에 있을 것이다.

"…제 상태를 말씀해 주시겠습니까?"

"……."

절망적인 가능성을 떠올린 라곤의 물음에 할로드는 눈살을 찌푸린 채로 한동안 침묵했다. 하지만 곧 작게 한숨을 쉬며 대답했다.

"자네는… 더 이상 소드 마스터가 아닐세."

그 말이 벼락처럼 뇌리를 강타했다. 예상했던 대답임에도 불구하고 라곤은 절망의 구렁텅이로 빠지는 듯한 착각을 느끼며 눈을 질끈 감았다.

정신을 잃기 직전까지의 기억은 생생하게 남아 있다. 자신을 무참하게 패퇴시킨 베이런이 한 말도 악몽처럼 떠올라서 귓가에 맴돈다.

눈을 감은 라곤의 귓가에 할로드의 목소리가 들려왔다.

"도대체 무슨 짓을 한 것인지는 모르겠지만 자네의 몸 전체가 마법 회로와 흡사한 성격을 띠게 되었네. 그렇다고 마력이 통하는 상태는 아니지만, 그래, 자네들 소드 마스터식 표현대로 하면 '오염된' 상태가 된 거지."

라곤은 깨어나는 순간부터 이런 현실을 예감하고 있었다.

소드 마스터가 된 순간부터 그의 감각은 일반인의 것과는 완전히 달라졌다. 언제나 주변에 가득 차 있는 마나의 존재를 느끼고 그것을 움직일 수 있었다.

그런데 조금 전 깨어났을 때는 달라졌다. 마나의 존재는 느껴졌지만 그것들은 요지부동이었다. 볼 수는 있는데 닿을 수는 없는 아득함 속에서 한동안 잊고 있었던 무력감이 되살아

났다. 어떻게든 초인의 경지에 도달하고 싶어서 발버둥치던 그 시절에 안고 있었던 보통 사람의 무력함이…….

"알려주게. 그들이 자네에게 무슨 일을 한 건가?"

할로드가 집요하게 물었다. 라곤은 한순간 그에게 살의가 치미는 것을 느꼈다.

지금 자신은 일생에 걸쳐 추구해 왔던 모든 것을 잃었다. 그런데 그 상처를 후벼 파면서 자신의 호기심을 충족시키려고 하다니, 이 얼마나 잔혹한 인간인가.

할로드가 크루세스 요새에 남지 않고 라곤의 곁에 있었던 이유는 간단하다. 라곤이 깨어나면 이 중대한 문제의 원인을 캐냄으로써 마법사로서의 호기심을 충족시키기 위해서다.

하지만 라곤은 곧 치미는 감정을 가라앉히고 한숨을 쉬었다. 눈물이 흐를 것 같다. 그래도 이 빌어먹을 작자에게 대답해 줘야만 한다. 단지 그의 호기심을 충족시켜 주기 위해서가 아니고 자신의 앞일을 위해서.

"그는 성흔이라고 했습니다."

"성흔?"

"베이런 크로네스를 알고 계십니까?"

"칠흑의 악마 베이런?"

할로드는 어째서 지금 그 이름이 나오는지 모르겠다는 듯 어리둥절한 표정을 지었다. 라곤은 그의 반응을 개의치 않고 말을 이었다.

"제 앞에 있던 흑기사가 바로 그였습니다."

"뭐라고? 그가 살아 있었단 말인가?"

놀라는 할로드에게 라곤은 그때의 상황을 모두 설명했다. 그가 모시는 주군이라는 존재가 성혼이라는 것을 만들어냈고, 그것을 심은 대상은 마법사가 되던가 죽던가 아니면 폐인이 되게 되며, 그들이 원하는 것은 소드 마스터가 동시에 마법의 힘을 손에 넣을 수 있게 되는가 하는 것이라고.

그 결과 라곤은 소드 마스터의 힘을 잃었다. 살아남기는 했지만 폐인이 되었는지 아닌지는 이제부터 좀 더 시간이 되어 봐야 알리라.

"그렇군……."

할로드는 고개를 끄덕이고는 몸을 일으켰다. 라곤에게는 볼일이 끝났다는 태도였다.

그가 마부에게 명해 마차를 멈추게 하고는 마차 문을 열고 밖으로 나서며 라곤을 돌아보았다.

"몸조리 잘하고 기다리게. 나중에 찾아가겠네."

할로드는 끝까지 이기적인 의도가 담긴 말을 남기며 떠나갔다. 마차 안에 혼자 남은 라곤은 허탈해하고 있다가 이를 갈았다.

"빌어먹을……!"

모든 것을 잃었다. 지금까지 필사적으로 쌓아올렸던 모든 것을.

"이대로 끝나지는 않아."

라곤이 무서운 눈으로 허공을 노려보며 중얼거렸다.

그렇다. 절대로 이대로 끝나지는 않을 것이다. 오히려 지금 상황에는 감사해야 한다. 실전에서 패배는 곧 죽음을 의미하거늘, 적어도 살아남아서 앞일을 기약할 수 있게 되었으니.

"베이런 크로네스."

라곤은 그 증오스러운 이름을 중얼거렸다.

'목을 씻고 기다려라. 나를 죽이지 않고 살려둔 것을 후회하게 만들어줄 테니까!'

『마검전생』 2권에 계속…

기적
Miracle

홀로선별 퓨전 판타지 소설

무공을 익힐 수 없는 비운의 천재 제갈수.
공작가의 망나니 공자 슈.

운명을 벗어나려는 제갈수의 노력은 망나니 공자의 죽음과 만나 비상한다.

제갈수의 영혼과 슈의 신체를 이어받은 새로운 슈 부르셀라 폰 레비안또 가누비엔
그것은 하나의 위대한 기적!

홀로선별 퓨전 판타지의 신기원!
『기적!』

따뜻한 그의 이야기가 지금 시작된다.

- 유행이 아닌 자유추구 -
WWW.chungeoram.com
Book Publishing CHUNGEORAM

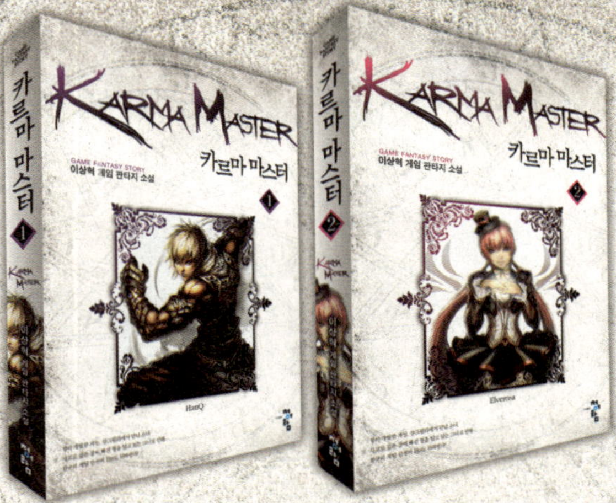

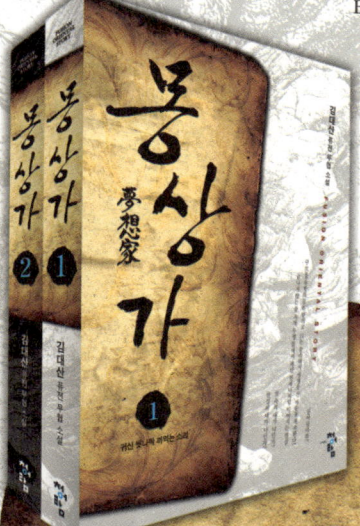